戴维·洛奇的空间叙事研究

张扬 著

中国农业出版社
北 京

图书在版编目（CIP）数据

戴维·洛奇的空间叙事研究 / 张扬著. -- 北京 ：中国农业出版社，2024. 6. -- ISBN 978-7-109-32200-4

Ⅰ. I561.065

中国国家版本馆 CIP 数据核字第 20249Q71H3 号

中国农业出版社出版

地址：北京市朝阳区麦子店街 18 号楼

邮编：100125

责任编辑：张丽四

版式设计：杨　婧　　责任校对：吴丽婷

印刷：中农印务有限公司

版次：2024 年 6 月第 1 版

印次：2024 年 6 月北京第 1 次印刷

发行：新华书店北京发行所

开本：700mm×1000mm　1/16

印张：13.5

字数：220 千字

定价：88.00 元

目　录
CONTENTS

第一章　导　论

戴维·洛奇，是一位享有国际声誉的英国小说家和文学批评理论学者，同时他也是英国皇家艺术学院院士，曾获得过不列颠帝国勋章和法国艺术与文学骑士勋章，数次获得英国最高文学奖“布克奖”提名，他的作品包括近20部小说，以及10余部文学批评理论文集。他的作品被翻译成多国语言，在全世界出版发行。洛奇的成就受到了英国及欧洲大陆学术界、出版界的肯定，并引起世界各国读者、评论家的关注。

一、空间理论与空间叙事

国外关于洛奇的研究成果颇丰，笔者对EBSCO、A&HCI与JSTOR[①]几大数据库的数据以及ProQuest[②]学位论文全文数据库的相

① EBSCO数据库，是美国EBSCO公司开发的，是世界上最大的多学科学术期刊数据库和综合性商业资源全文数据库之一。

A&HCI，是一种引文索引数据库，全称为艺术与人文科学引文索引，专注于艺术与人文科学领域的期刊文献。

JSTOR全名为Journal Storage，是一个对过期期刊进行数字化的非营利性机构，于1995年8月成立。是以政治学、经济学、哲学、历史等人文社会学科主题为中心，兼有一般科学性主题共十几个领域的代表性学术期刊的全文库。

② ProQuest，是目前国内提供国外高质量学位论文的全文数据库，主要收录了来自欧美2 000多所高校的高质量博硕士论文。

关资料进行了分析与研究，数据表明，自 1972 年开始，有超过 11 752 篇与洛奇相关的研究性期刊论文发表。笔者将国外研究内容归纳总结为以下六大类型：第一类是用现当代文学理论分析洛奇小说文本，如结构主义，雅各布森[①]的隐喻与转喻；第二类是对洛奇后现代主义语境中的小说技巧进行研究，强调洛奇的后现代学派归类，如强调拼贴、戏仿等后现代创作技巧；第三类是从叙事学角度研究洛奇的作品，如从元小说叙事、叙事视角聚焦等方面进行研究；第四类是探讨洛奇小说流派的归属问题，对洛奇是后现代主义、现代主义还是现实主义进行分析研究；第五类是比较研究，从理论批评、创作方式、内容主题研究等方面与其他同类作家进行比较；第六类是主题小说研究，从洛奇典型的校园小说与宗教小说入手进行研究分析。国外研究成果成均匀分布态势，可见对洛奇研究的广泛性与持久性，充分体现了洛奇研究的学术价值。较早的论文例如：1972 年收录在 JSTOR 期刊平台的《小说论坛》(*A Forum on Fiction*) 杂志刊登的由帕克·霍楠 (Park Honan) 撰写的《戴维·洛奇与英格兰电影小说》(*David Lodge and the Cinematic Novel in England*)，1989 年由约翰斯·霍普金斯大学出版社出版的《现代语言纪事》(*Modern Language Notes*) 中收录的由西格弗里德·米斯 (Siegfried Mews) 撰写的论文《教授小说：戴维·洛奇的〈小世界〉》(*The Professor's novel*: *David Lodge's Small World*)，1994 年由罗伯特·伯顿 (Robert Burton) 发表在《批评》(*Critique*) 杂志上的《徘徊在十字路口：戴维·洛奇〈好工作〉中乡镇偶遇礼服的时候》(*Standoff at the Crossroads*: *When Town Meets Gown in David Lodge's "Nice Work"*)，2000 年在《新生》(*Renascence*) 杂志发表的由玛丽安·克罗撰写的 (Marian

---

① 即罗曼·雅各布森，1896 年出生于莫斯科，杰出的语言学家、诗学家，莫斯科语言小组成员之一。

Crowe）《不朽的宣告：戴维·洛奇小说〈天堂消息〉中的天主教》（*Intimations of Immortality*：*Catholicism in David Lodge's* "*Paradise News*"）。以上的论文研究内容均偏向对洛奇某部作品的具体分析，而 2014 年 J. 罗素·帕金斯（J. Russell Perkins）撰写的，由麦吉尔女王大学出版社出版发行的专著《戴维·洛奇与现代小说传统》（*David Lodge and Modern Fiction Traditions*）是对洛奇写作理论的全面评述。国外知名大学关于洛奇研究的博士学位论文只有 4 篇，分别是 1986 年澳大利亚墨尔本大学（University of Melbourne）奥蒙森（Ommundsen）撰写的《自我意识小说与文学理论：戴维·洛奇，B. S. 约翰逊与约翰·福尔斯的元小说、叙事学理论、后现代主义》（*Self - Consious Fiction and Literary Theory*：*David Lodge*，*B. S. Johnson*，*and John Fowles——Metafiction*，*Narratology*，*Postmodernism*），1997 年李文新于普渡大学（Purdue University）撰写的《戴维·洛奇的谈判小说：对英格兰现状的重新映射》（*David Lodge's fiction of negotiation*：*Re - mapping the condition of England*），2002 年玛尔塔·吉拉奥（Marta Guirao）于伦敦大学（University of London）毕业时撰写的《戴维·洛奇的西班牙语版校园小说：体裁与互文性的比较研究》（*David Lodge's Campus Novels in Spanish Translation*：*A Comparative Study of Genre and Intertextuality*），以及 2005 年由加州大学洛杉矶校区（University of California，Los Angeles）的托马斯·道尔（Thomas Doyle）毕业时撰写的《戴维·洛奇的价值观》（*David Lodge*：*Narrative Values*）。此 4 篇博士论文偏向于理论研究，与期刊发表的论文具有明显的区别。

国内期刊论文关于洛奇的研究范围与国外具有相似之处，笔者以中国知网收录的期刊与博士论文为例，有关洛奇的研究性期刊论文共计 237 篇、博士论文共计 6 篇。其中期刊论文最早是于 1989 年在《外国文学评论》刊登的慈继伟老师撰写的《戴维·洛奇为什么不仿效现代派?》，距此之后直到 2020 年仍然有学者持续发表关于洛奇研究的期刊论文，但是与国外期刊发表内容极为接近，均是对作品的具体分析与研究，或者是对校园小说、宗教主题小说写作的分析与剖析。国内关于洛奇的研究性博士论文分别题为《结构与解构的悖论性对话——戴维·洛奇校园小说的建构模式研究》《戴维·洛奇文学批评研究》《戴维·洛奇天主教小说的宗教意识》《戴维·洛奇对话小说理论与创作实践》《戴维·洛奇重要小说中三种现代写作方式研究》《戴维·洛奇作品中的“危机”母题研究》，基本也符合研究内容的六大类型中的几类：对校园小说的研究、作品研究与理论结合、宗教小说研究、现代写作方式研究以及主题研究。

综合以上国内外关于洛奇的研究内容可见，近 50 年有关洛奇的研究内容相对集中，对其作品的分析校园三部曲[①]与宗教系列小说占有很大比例，同时对洛奇派别归属及其创作方法具有一定争议，相关的理论评述比较少，尤其是针对其空间叙事理论的总结与评论鲜有文章与论文提及，国内仅有 2016 年在《国外文学》刊登的《〈换位〉的性别空间》，以及 2013 年的一篇硕士论文《〈小世界〉叙事视点的空间艺术》有所涉及，但遗憾的是，此两篇论文也都是针对洛奇的某一部作品与洛奇空间叙事的某一个角度进行的文本分析与理论探讨，而不是成体系地进行整体研究。因此，针对本书主题，笔者将在以下部分具体阐释空间叙事、叙事学由时间向空间的转向过程以及洛奇的空间叙事转向三大问题。

所有的文学作品发生的背景都具有空间性，这里的空间可能是某一个空间领域抑或是若干个关联空间，空间的存在是不可消解的。这里的时间与空间便是叙事的两个维度，它们在小说中相互依存。时间

---

① 校园三部曲，指戴维·洛奇的《换位》《小世界》《好工作》，以其对学术生活的深刻洞察和幽默风趣的叙述而著称。

结构是指阅读过程是时间的线性，而空间结构是当时间停止，所有的形式与体系都在此发生。实际上，文学的空间研究是一个完整的体系，任何作家的作品中都包含时间维度与空间维度，二者不会产生矛盾与相悖，它们是文学作品必不可少的两个关键点，尽管如此，文学叙事在早期过多地关注时间维度叙事而忽视了空间维度叙事，这就是本书中提到的空间叙事研究。

叙事的根本不仅仅是小说，它是一个宏大的系统，其中包括了与人类文明发展相关的众多形态与发展时期，叙事也存在于文学作品之外，是人类文明发展过程不可缺少的产物。所有国家、社会都存在不同类型的叙事作品，叙事可以达到时间的永恒，也可以在空间上延展，它是人类文明不可缺少的。结构主义叙事学进入文学研究发展视野是在 20 世纪 60 年代中期的法国，不久便发展到其他国家，并逐步形成国际性的文学研究趋势。结构主义叙事学者们将注意力由文学作品外部转移到对内部结构规律与关联的关注上，更加注重文学创作的系统性与科学性。这种研究趋势一方面提升了对文学作品的鉴赏水平，但另一方面也具有其特有的局限性，尤其是关于文本与其外部的联系，如文本涉及的历史、人文、社会和历史背景等。20 世纪 80 年代初，结构主义叙事学逐步走向衰退，这是由于学者极端地将文学作品变成政治斗争的武器，忽视了文学研究的审美。但叙事学并未在 80 年代死去，而是形成了超越它的“新叙事”，或者称之为由“经典叙事”向“后经典叙事”的转变。此叙事学在文本分析时更加注重外部因素的影响，注重对读者的作用、解构时间与历史在结构主义叙事中的地位，如马克·柯里在他的《后现代叙事理论》中提到：传统结构主义意义的叙事学理论不存在线性特征，也没有表现出对时间的冷漠，而是将时间线上的叙事表现为空间上的相互关联。

最早提出空间理论的是亨利·列斐伏尔[①]，他于1974年出版的《空间的生产》一书被认为是拉开了学术界空间理论的序幕，这是一次面对传统理论在文学批评中已经捉襟见肘所做出的一次主动出击。空间叙事以开放的特征融合吸纳跨学科以及多种理论形式，以此来引起当时学者对现实的关注，无论是结构主义还是现代主义都被吸纳到空间理论当中，历史已经成为碎片的拼贴。种种全球化的空间格局预示着学术界不得不从一个崭新的角度考虑空间与社会、历史与人的关系，甚至是地理与种族、生态与资源等一系列问题，此时，空间理论才是最终的选择。

正如德里达[②]提出的"延异"概念，它既包括空间的意义，又带有时间的意义，他在自己的《立场》一书中总结历史为多样性并且具有形而上的线性特征，即符号的意义所在只能参照符号所掩盖着的整个体系的关系才能得以解释。这是与福柯[③]观点存在争论之处。福柯在《疯癫与文明》中提出两个话语世界，一个是被接受的话语世界，另一个是被排除的话语世界，这两个世界中没有王权。虽然德里达与福柯在历史派别之争中是观点对立的，但是在叙事学的多样性的观点上是一致的。而弗雷德里克·詹姆逊[④]则提出建立"永恒现在"的观点，意思是把现在尽快赋予过去。这种加速似乎与当代语境密不可分，其将互文性拉进了主导思想。这种加速重置语境带来的后果就是：历史表现为一种螺旋式的自我指涉，开始了对时间的解构、和过去的决裂。这种语境的加速跑加快了对时间的压缩，也就是詹姆逊提

---

① 亨利·列斐伏尔，法国哲学家、社会学家和地理学家。他的研究涵盖了日常生活社会学、马克思主义、现象学和都市理论等多个领域。

② 即雅克·德里达，法国哲学家，被广泛认为是解构主义的创始人和主要代表人物。他的工作深刻影响了哲学、文学理论、法律、政治理论、人类学和其他许多学科。

③ 即米歇尔·福柯，一位影响深远的法国哲学家和社会理论家。他的研究领域广泛，涵盖知识社会学、历史哲学、批判理论和文化研究，他对20世纪后半叶的思想界产生了深远的影响。

④ 弗雷德里克·詹姆逊，著名的马克思主义批评家和文化理论家。他的工作广泛涉及后现代主义、文化批评和全球化等领域。

出的“永恒现在”。这种现代意识导致在时间上的停顿与选择的发生，打破了事物线性本质，造就了语言在时间和叙事的线性顺序、意识顺序上的停滞不前——这便是空间叙事。值得一提的是，时间并未消失，叙事也还存在，叙事并未消解于空间中，它作为文学文本不可或缺的重要部分与这些附有后现代身份的意识共存于文学之中。正如列斐伏尔在他的空间理论中提到的三个要素，即社会性、历史性及空间性，这三者是辩证统一的社会生产的产物，因此空间的转向问题绝不是单纯的由时间完全转向空间研究，而是站在更高的综合视角，将时间与空间放置到一个共同体中进行探究。爱德华·W·苏贾①在他的《后现代地理学》一书中提出的这种空间理论“推进了对空间、时间和存在物质性进行一种重大的重新阐释，这是社会理论的建构性核心”。也许福柯的“异托邦”思想更能明确地解释此观点：我们人类生活的空间是复杂的，是布满各种梦幻幻觉的虚无空间，这个空间具有异质性。可见，福柯的空间理论是关于各种关系构成的网络集合，这种集合是各种关系的相互参照，是社会实践的产物，是在参与生产过程中产生的诸多因素间的关系构成的，福柯的空间是充满“异质性”的。

事实上，由时间到空间的转向是人类认知的转向，是从历史、时间轴上找寻到全新视角来重新审视世界，是以从时间转为空间为基础把握看待所有事件，它并不是排除时间。这种看待问题立足点的变换是将时间问题纳入空间理论新框架中进行的考量，只有这样，文学视域内由时间形式到空间形式的趋向研究以及视角才能更加多样化。

“时间艺术”和“空间艺术”是伟大的德国文艺学家、诗人莱辛在《拉奥孔》中对文学作品和艺术作品的界定。自 1764 年《拉奥孔》

① 爱德华·W·苏贾，著名的美国地理学家和城市规划理论家。他的工作主要集中在城市空间、区域发展和社会理论上，其以对空间、城市和社会结构的独特视角而闻名，在地理学和城市研究领域产生了广泛的影响。

首次出版以来，这部作品一直被视为最有价值的艺术文献之一。而莱辛则认为："一部文学作品的语言属性决定了该作品是存在于时间中的。"艺术家被限制在某个时间点中，而且他必须选择一个可以给欣赏者留有余地的时刻，并使人们相信此刻即是永恒。然而，对诗人而言，即使局限于此也不影响他表达美，无论何时何地只要作品需要情感表达，诗歌即可让读者感受到字里行间的美妙旋律，而诗人也可以安全地使用语言表达各种情绪。事实上，虽然诗歌如艺术品设计一样具有既定的美感，但同时，诗歌也可以兼有另一种形式之美，这需要诗人小心使用语言，正如在文字的激情中获得片刻安宁的平和艺术，达到了艺术家所创造的色彩与形式上的和谐之美，这便是文学作品中时间与空间的和谐。

莱辛较早地将诗歌等文学创作归为"时间艺术"的行列，并且对时间的前后承接做出强调；而在莱辛之后，按照"认知符号"的物质特性，人们又将艺术做了详细分类，分为"时间艺术""空间艺术"及"时空艺术"；玛克斯·德索①赞同莱辛并在他的《美学与一般艺术学》中也提到了诗歌的"时间艺术"特征。由此可见，当时"文学创作是一种'时间艺术'"的观点被广泛接受，包括福斯特②在《小说面面观》中也曾表达过："小说把时间完全摒弃后什么也表达不出来。"因此，可以从以上内容看到，随着时代需求的改变，在叙事中追求"时间艺术"在文学创作中的发展是当时整个社会发展的必经阶段，"时间"在文学创作中起到了重要作用。

如上文所述，时间与叙事是存在于时间与空间维度中的现象，文学作品中都会出现故事发生的某一时间或是发生的特定空间，超越二

---

① 玛克斯·德索，德国哲学家和心理学家，也是美学和心理学领域的重要学者。他在这两个领域都做出了贡献，特别是在探索艺术与心理之间的联系上。

② 即 E. M. 福斯特，英国小说家、散文家和文学评论家，以其对人物心理的细腻刻画和对英国中产阶级生活的深刻洞察而著名。福斯特的作品常探讨阶级差异、偏见以及个人与社会的关系，展示了他对人性复杂性和道德问题的关注。

者的文学作品是不可能存在的，正如罗曼·英伽登[①]指出：文学作品就是具有两个维度，所有的层次都在其中一个维度中进行展现，而另一个却是循序渐进地慢慢展开在读者面前。尽管 20 世纪中期的叙事理论强调世界有序性、历史进步性以及主体完善性的永恒信念，但随着时代发展与科技进步以及生产力的提高，人们面临的是更为复杂尖锐的问题，是理性不能解决的信仰问题、情感问题等。理性在上一个时代破除了上帝的神话，将人类从思想禁锢中解脱出来，而理性本身又成为一个新的神话版本，正如 20 世纪弗洛伊德等人推行的非理性主义，对人类本能与无意识进行了更深层的思考。于是，人们开始一种新的尝试。从 20 世纪初现代文学开始，传统的线性时间概念就被空间化文学创作方式所打破，人们试图将时间的线性特性改为由空间的碎片特征所主宰，让读者捕捉不到文学作品内人物的独特性格，也没有连续的故事情节，所有的信息如同符号学特质一样在断裂中被拼贴在一起。直到 20 世纪中期后现代主义文学出现，人们才开始尝试用传统时间艺术理论无法把握的新的叙事理论来概括所见所感，这时伴随着人文社会科学的空间转向，文学研究也出现了空间转向的趋势。

早期文学研究的空间转向更多关注的是文本的形式与空间美学，后逐渐向社会文化空间转移。俄国形式主义对文学日常语言的区分和英美新批评提倡的文本细读，都属于前者，对文学作品的形式与结构本身更为关注，而对于社会文化空间的关注则体现在对后殖民文学等领域的研究，体现了不同社会背景与文化空间的冲突。这种以时间向空间的转变来把握对世界的认知与观念，极为突出地体现在文学叙事中。马塞尔·普鲁斯特[②]的《追忆似水年华》中有关回忆的碎片，以

---

① 罗曼·英伽登，波兰哲学家和文学理论家。他是现象学和美学领域的重要人物，尤其以其对文学作品本质的研究而著名。

② 马塞尔·普鲁斯特，法国小说家。他最著名的作品是庞大的小说系列《追忆似水年华》，该作品是 20 世纪最重要的文学作品之一，对整个现代文学产生了深远的影响。

及弗吉尼亚·伍尔夫与詹姆斯·乔伊斯[①]的意识流小说，都是颠覆传统小说的作品。反观20世纪现代主义与后现代主义文学的发展，当时的混乱无序与荒诞、碎片与拼贴等现象在现在看来都是空间叙事的存在形式。正如弗朗科·莫雷蒂[②]在他的《欧洲小说地图集》中提到的："空间并没有存在于文本之外，而是一种文本内在具有的力量，它从文本内部决定文学叙事的发展趋势。"也就是说，文学的空间叙事，已经打破了传统的线性时间延续来表现作品内容，而是由空间的结构、主体意识以及对空间叙事的认知来决定作品的内容发展，因此空间叙事在文学研究中占有极为重要的地位，而小说的空间叙事研究是文学研究中的重要组成部分。

巴尔扎克式的线性时间观念对19世纪小说创作起到了主导作用，20世纪随着小说创作的发展，时间与小说创作以及人们对时间的观念有了深远的变化。而时间存在的模式在小说创作中的体现也在不断推动读者对世界的认知和对时间的观念变化，以众所周知的意识流小说为例，小说在创作理念上已经产生了根本性的变化，人们称之为"新小说"。"新"体现在作者对时间的把握，将"新"的时间观融入小说创作实践中，为读者带来了崭新的阅读体验，这也充分符合上文提到的"时代需求应根据社会发展而改变"。到此时，巴尔扎克式的"编年时间"叙事的永恒特性被打破重构，新小说逆势而上，展开了对现代文学叙事的崭新追求。"时间"已非单纯唯一的线性表达，抑或拒绝"永恒"的占位方式，取而代之的是服务于作者创作实践的叙

---

① 弗吉尼亚·伍尔夫，英国作家和现代主义文学的重要人物之一。伍尔夫以她对传统叙事技巧的突破和对内心世界深刻描绘而闻名，其作品经常探索人物的心理状态和时间的流逝。

詹姆斯·乔伊斯，爱尔兰作家，是20世纪现代主义文学的主要代表之一，以其复杂的叙事技巧、深邃的心理描写和对语言的革新性使用而闻名。他的作品对后来的文学和艺术产生了深远的影响。

② 弗朗科·莫雷蒂，意大利文学理论家，以其开创性的文学研究方法而闻名，特别是他在"文学地理学"和"远距离阅读"方面的贡献。

事手段。“时间”并未消失，而是更符合多维度存在的时代特性。

小说同时兼具时间与空间结构，阅读过程需要时间去经历和展开，而阅读中需要读者重建文本的组织与结构；人们不可能瞬间完成阅读行为，而需要展开一生的经历。在这个既有时间维度又存在空间维度的叙事中，经典叙事学对时间维度倾注了过多注意力，而忽视了空间维度的存在，其实二者存在并无矛盾之处，叙事研究应该重新审视空间在文学创作中的地位。如果说叙事是对历史与时间的凝练，是用来保存时间的形式，那么相反，“反叙事”则是将时间与历史消磨碎片化，并加以重建，以此来修正曾经在历史中留下的印记而完成重构历史的目的。因此，如果继续对空间问题视而不见，不展开行之有效的学术研究，我们在文学创作理论与实践中将无法达到完整统一，也无法对20世纪“新小说”中出现的诸多问题加以解释。这种由时间维度向空间维度研究的迁移是基于宏大的知识与文化背景下对“空间性”的理性思考，很多具有敏锐“嗅觉”的理论家已经看到了“新小说”的空间问题。

1945年，英国学者约瑟夫·弗兰克在《塞沃尼评论》（*Sewanee Review*）中提出文学的“空间形式”（Spatial Form）一词，并发表了《现代文学中的空间形式》春夏秋三部分季刊文章。他提出用空间的“同时性”取代“时间顺序”，并以并置的形式消解永恒体中的序列。关于莱辛的时间艺术，弗兰克认为，莱辛并不仅仅将美学形式视为一套外部规则的安排，而是将其看作艺术媒介的感知本质与人类感知条件之间的内在联系。在这一视角中，艺术形式不单是呈现感知，而且是在艺术作品的创作过程中自然形成。时间与空间是界定感性认知中文学作品与造型艺术间关系极限的两个端点，并且可以按照莱辛的举例，通过这两极之间的摆动追溯艺术形式的演变。弗兰克明确地提出了现代文学创作中的“空间形式”问题，目的是追踪现代诗歌以及现代小说中文学形式的变革。他的观点集中在对现代主义文学作品形式的考虑上，这种形式并不局限于普鲁斯特等人，也可能包括文学巨匠庞德[①]与艾略特[②]等人的诗歌作品，这些文学创作者在作品中用空间的并置替代了线性时间顺序与秩序。首先，对于现代文学来说，如普鲁斯特、庞德、艾略特及乔伊斯等人的作品都在向空间形式转化，所有人都期盼读者从全新的某一时刻的空间形式解读自己的作品，而非依循时间的连续；而“形式的价值”必须精准地体现文学作品的内在价值，因此形式与内容的双重性存在显得格外重要。普鲁斯特就是把形式和内容完美结合在他作品中的典型代表，但是他仅仅局限于对个人经历的描述，强调个人感知中的“单纯时间”：“在某一个特定时刻，对过往的感知犹如洪水般侵袭现实，犹如某个单纯的时间碎片，当你亲身经历过，‘死亡’一词便不再有任何意义，因为如果我们置身于时间之外，又何必对未来抱有恐惧之心。”相比之下，庞德、艾略特和乔伊斯则更广泛地触及个人经历以外的，“历史观点的冲突是通过鉴定现代人物和事件以及各种历史或神话原型引发的”文学作品，这一点在《诗章》《荒原》和《尤利西斯》中均有体现。

弗兰克认为庞德的作品是对古代、文艺复兴和现代世界的强大并置，并将这三个元素都缩减成为非历史的、永恒的、没有起源的杂记。这是庞德特有的现代品质，但也是我们一直在思考的所有文学作品的独特现代品质。它们对过去和现在都呈现出连续的并置，并相互融合成一个全面视角。提瑞西阿斯和奥康纳博士都是意识的焦点，因为他们始终贯穿并超越了历史界限，而《诗章》中的未知叙事者也是如此。《尤利西斯》中的主人公布鲁姆和其中的另一个主要人物也都以同样的方式投射出并置的含义；但是对于乔伊斯来说，他忠于文学

---

① 即埃兹拉·庞德，一位具有极大影响力的美国诗人和文学批评家。他是 20 世纪现代主义文学运动的关键人物之一，庞德的作品以其密集的象征、精确的语言和丰富的文化引用而闻名。

② 即托马斯·斯特恩斯·艾略特，20 世纪最重要的英语诗人之一，也是杰出的剧作家和文学批评家。他的作品深受现代主义影响，以其深邃的象征主义和复杂的象征体系而闻名。

的自然主义传统，拒绝任何人物成为持续无意识的承载者，更不用说是主人公布鲁姆。这种过去和现在的并置，使历史即成为非历史。时间已不再被视为一种客观的、因果关系的发展进程和各个时期间的简单差异；现在，时间已经成为一个连续体，它抹去了过去和现在之间的区别，在这方面，它与造型艺术有着惊人的相似之处。

弗兰克还指出，过去和现在同时被锁定在一个永恒统一体中，虽然这可能加剧两者的表面差异，但是并置的行为也消解了它们间的序列感。就文学而言，将已经发生的事件描述为一种转化行为，是从历史想象力向不存在历史时间的神话和想象力进行的转化，并且将特定时间中的行为和事件看作是永恒原型的主体部分。“这是一种对历史的反抗，也是对历史时间的抗争，并且试图按照人类经验将它扩展到一个广阔的、周而复始的、无极限的地方。无论如何，最重要的两位时代作家——艾略特和乔伊斯的作品对永恒重复的神话满怀怀旧之情，最终对时间都进行了消解处理。”由此更加证实了弗兰克的观点，即现代文学一直致力于由具有时间维度的历史时代向消解时间概念的神话世界嬗变。而正是这个被消解的时间维度的永恒神话世界，形成了具有如此丰富内容的现代文学，并在空间形式中找到了适当的审美表达方式。由此可见，对时间与空间的界定，是连续的、共存的，并非非此即彼的。

12 年后，针对弗兰克的空间形式理论，沃尔特·萨顿[①]于 1957 年对读者阅读行为中思想的停止状态提出了质疑，弗兰克给予了否定。萨顿在《美学与艺术批评》杂志发表了名为《文学形象与读者》一文，阐释了对弗兰克空间形式理论的理解与质疑。萨顿阐释的第一个观点是针对弗兰克关于现代诗歌“空间逻辑”的评论——弗兰克认为读者在阅读过程中需要暂时停止指称性指涉与内部指涉的过程，直

① 沃尔特·萨顿，美国文学理论家。

到整个作品内部参考模式可以被理解为一个整体为止，他质疑读者在阅读行为中思想的停止状态，弗兰克对此做出回应并否定。弗兰克认为他从未做出此类假设，并且用更精确的语言学术语来说明文本中的共时关系优先于历时的指称性，只有在共时关系的模式被统一为一个整体时，诗的“意义”才是可以被理解的。自然，制定这种共时关系涉及阅读的时间行为，但这种行为的时间性不再与文本的主要结构元素相协调。时间性本身是一种纯粹的概念，它是理解物质世界的一个限制性条件。然而，这种条件并不取决于文学作品，也不会因为文学作品中的空间逻辑而受到阻挠或取代。

萨顿阐释的另一个观点是，在艾略特和庞德的诗歌中，“句法序列被放弃，而依靠不连贯词组之间关系的感知（即并置结构而非序列结构）。在所有情况下，人们很难说，这些诗歌表面分离的意象与时间没有任何关系，它们与时间的关系实际上是诗人关注的。”弗兰克指出，萨顿指涉的是诗歌中时间差异所表达的主题意义，而他则是在谈论语言的时间性。萨顿提到的时间差异，是从句法上彼此不相关的词组并置组合后出现的，这意味着意义不再由语言序列决定。

弗兰克与萨顿争论之后，学术界对空间形式的划分便产生了分歧。西摩·查特曼[①]在1975年出版的《故事与话语》(*Story and Discourse*）一书中首次将空间划分为话语和故事空间。因为“故事事件”是时间维度，“故事存在”是空间维度，而当我们区分故事中的时间和话语中的时间时，必须区分两种空间的存在方式，这种区分在视觉叙事中最为明显。在电影中，明确的“故事空间”是实际显示在屏幕上的世界的一部分，隐含的“故事空间”就是我们在屏幕外的所有东西，但角色可以看到，或者在视听中，或者通过行动暗示。而“话语空间”则是指文学作品的叙述者身处的空间环境，其中也包括

① 西摩·查特曼，美国电影与文学批评家、叙事学家，伯克莱加州大学修辞学教授。

叙述者自身讲述的故事与写作的空间环境。

故事情节包含事件，而事件不是空间的，虽然它们都是发生在宇宙中，但它们是在执行或受实体空间影响的。电影中的故事空间是字面的，也就是说其物体、维度和关系与现实世界中的物体、维度和关系是类似的，至少是二维的；而在口头叙述中它是抽象的，需要读者在头脑中重建。

在此期间，学界开始展开对空间形式的讨论，并对此发表了不同见解，弗兰克梳理、总结并对各种声音做出回应、解答或是阐释，尤其是对弗兰克・克莫德[①]的回复引起学界关注。1977 年，在弗兰克提出空间形式理论 32 年后，他又撰写了名为《空间形式：对评论界的应答》一文，其中回应了近 30 年内学者对他提出的空间形式的误解与反驳，并进一步阐明了自己的观点。其中，他着重回应了克莫德关于空间形式的质疑。弗兰克认为，迄今为止，这些年来所有对空间形态的质疑，克莫德被认为是最微妙和最具力量的。毫无疑问，克莫德是当时用英语语言写作的最佳评论家之一，他的作品表现出对故事情节的敏锐嗅觉，这都源于克莫德的好奇心以及同时代人无法与他相比的直觉。从克莫德首次开始文学批评之时——即从他放弃文艺复兴时期研究奖学金到他成为英国现代主义研究中最有趣和最具挑战的批评家那一刻起，他始终抗拒空间形式的问题。但是，从克莫德的《终结的感觉》一书中可以看出，与其说他否定空间形式理论，不如说他认为“空间形式”这个术语的使用不恰当。克莫德表示“不会消除时间或空间化时间”，好像后一个术语意味着完全废除时间一样，而弗兰克只是用这个词来指代克莫德分析的同一种“时间”中的非时间性构成——指代相同事物，运用不同术语。由此看来，从根本上分析，弗

① 弗兰克・克莫德，英国文学批评家和理论家，对 20 世纪的文学批评产生了深远的影响。他的作品涉及广泛的文学主题，包括叙事结构、文学理论、圣经解释以及文学与历史的关系等。

兰克认为他与克莫德的理论并没存在过多分歧。

对于时间与空间的界定，克莫德并不赞同弗兰克的观点。他认为："人们可以很容易地将其分解为空间数据，即结构、层次、标志组，但这不是空间的本质所在，这种分解不是为了封闭空间，而是为了实现对时间的掌控。正如我所想，这种观念具有进一步探索的价值——弗兰克在他的空间形式中过于笼统——我依然相信，我将文本的概念和生活保持在时间模式中。"克莫德认为，如果将文本再次拉入空间形式理论中会破坏这一点，这不是对弗兰克怀有敌意，而是对克莫德而言，这是他一直避免"空间形式"这一术语的原因，他担心对文学时间模式产生某种程度的破坏。

针对克莫德的反驳，弗兰克在 1978 年《批评性探讨》（*Critical Inquiry*）冬季刊中做了明确回应。他指出："如果文学创作者一定要用空间来讨论文学意义，这就表明要明确地建构空间地图或蓝图，那么它作为批判概念的弱点就非常明显。然而，这不是术语的本身意义，也不是我实际使用它的初衷。如果克莫德所说的文学始终关注'时间模式内的非时间本质'，那么'空间形式'这个术语正是因为它与时间介质的矛盾性，至少还存有一定的冲击价值优势——可以唤起人们对这种现代形势如何给非时间性带来前所未有的压力的关注。"总的来说，克莫德的阐述使弗兰克发现，任何真正激进的变化都会发生——即文学和艺术的变化很少像支持者相信的一样具有扎实牢靠的根基，但这并不意味着在一个或另一个结构要素的支配下不会出现偶尔的急剧变化。

随着学术界对弗兰克"空间形式"概念的进一步激烈争论，不可避免地产生了观点分化。W. J. T. 米歇尔[①]对"空间形式"中的"形

① W. J. T. 米歇尔，一位在视觉文化和图像理论领域具有重要影响力的学者。他的主要贡献在于将视觉艺术、文学和媒介之间的关系进行了深入的探讨和分析，研究涉及对理解图像如何影响我们的感知、认知和行为提供了重要的视角。

式”重新定义，打破了原有的局限性，并区别于前文提到的西摩·查特曼[①]的空间区分，引用立体多维度划分方式，更全面地阐释了“空间形式”的含义。1980 年，米歇尔便向学术界提出如下解决方式：他认为“空间形式是所有时代和文化中，对文学的经验和诠释的关键要素。换句话说，举证责任并不在于弗兰克证明哪些作品具有空间形式，而在于其他学者如何证明哪一部作品不存在空间形式。”米歇尔提出空间不是固化的封闭的，而是运动中的，超越了“形式”，具有复杂的、开放的解构性质。他反对传统的对文学作品层次的“字面”和“象征”意义的划分，提出空间应具有多维度的划分形式。

借用诺思洛普·弗莱[②]《批评的解剖》中对中世纪寓言层次的划分，米歇尔首次将空间形式进行了区分，将空间形式划分为字面、描述、共存及形而上学四个层次。第一个是字面层，是指文本本身的物理存在，是一种非隐喻意义上的空间形式。第二个是描述层，关注的是在一部作品中表达、模仿或表示的世界。这显然是一个空间领域，必须在阅读的时间体验期间或之后在心理上构建。正如感性心理学家所指出的那样，“真实”空间的世界与心理结构是分不开的，也是及时向我们揭示的。但这并不表明文学作品是一个固定的、静态的想象与阐释空间，“文学作品的空间可以用英国浪漫主义诗人华兹华斯‘时间点’所描述风景的方式包含在时间上。它可能包括宇宙的整个图像，如弥尔顿；或仅限于英国乡村的一个小区域，如简奥斯汀。它可以表现为变形、非理性、异质、片段，或稳定、坚实和可靠。它可能是小说的一个重要方面（如英国诗人和小说家哈代的风景描述），

① 西摩·查特曼，美国著名的电影与文学批评家、叙事学家，在叙事学领域做出了重要贡献，尤其是在小说和电影的叙事结构研究方面。他被认为是结构主义叙事学或经典叙事学的杰出代表。

② 诺思洛普·弗莱，加拿大著名的文学理论家和批评家，对 20 世纪的文学批评和理论产生了深远的影响。他的主要贡献在于建立了神话-原型批评理论，这一理论体系在文学批评领域具有重要地位。

也可能是微不足道的，到目前为止它几乎没有引起人们的注意。它不必局限于我们在设定的标准下正常考虑的内容，只要作品描述了与其他任何事物相关的任何事物，它就会呈现‘共存数据的顺序’；无论该数据是由字符、物体、图像、感觉还是情感组成，无论我们的阅读内容是什么，其结果都会使我们不仅仅在视觉上‘看’到，而且在整个感知领域中都能感知到文学体验中描述性空间领域的一部分。”第三个是共存层，它指出所有“形式”或“结构”都具有“空间”的内涵，“时间形式”不是“空间形式”的对立面，而是“空间模式”中的“时间体验”。无论任何时刻，读者都认为他们已经发现了文本中呈现的顺序或顺序的原则，无论它是基于图像、情节和故事的发生，性格或意识的发展，还是历史或主题的关注——任何时候，读者通过文本感知地图或文本的时间运动概要，其实它都是空间的第三层次。这并不是说任何固定的地图或其他空间形式最终都会占据文本的所有细节，而是说在阅读行为中，作品都将在时间流动中寻找空间模式，这才是阅读的核心重点。第四个是作品背后的形而上学式的空间形式，这里的“空间形式”是“隐喻”的，是以某种方式感知而不可言说的。例如康拉德[①]在他的作品中不仅希望读者感受到小说所呈现的世界（即定义的描述性空间形式），而且通过第四种分层，他还希望读者能够捕捉到异国情调和多样的感官描写，以及隐藏在虚构文学世界背后的基本模式。这种模式不仅仅是形成其故事时间展开的形式原则，也是故事背后以形而上学特殊方式讲述的整个世界。康拉德希望我们看到的内容与我们“看到”某人（或某物）时的体验非常相似。

对于“空间形式”概念的再一次探讨，也是对此概念的现代定

---

① 即约瑟夫·康拉德，一位具有波兰血统的英国作家，以其海洋冒险小说闻名，被誉为“海洋小说大师”。

位，也是接下来的持续探索，空间形式从开始的从属关系到受到学界关注，到开始进入文学视野，再到一般的文学文本，这一系列的演变都是追随更为广阔的问题探索语境，从未停歇，从未受到局限。“空间形式”概念具有开放性，且空间理论也具有进化功能。怀利·西弗[①]指出“失去自我”是现代主义和后现代主义的主导倾向之一，当然，这种损失是弗兰克称之为将时间世界的历史嬗变为永恒的神话世界的另一种症状。“自我”不再感觉自己是在现实世界中活跃的个人力量，而是伴随历史和时间的共存，通过它们同化成一个神秘的永恒原型世界。在意识流小说的自我解体的背景下，读者才能更有效地进行讨论。

尽管这种修改是唯一的重大改变，弗兰克希望能在原始文本中提出这一点，但这并不表示他认为自己的论述已经完全涵盖了问题的各个方面。恰恰相反，它只是引发了对一个问题的持续探索，其影响也渐渐开始变得清晰。近年来文学批评的发展创造了一种新的语境，在这种语境中，“空间形式”的概念可以暂时定位，并且其影响已经大大扩展了弗兰克最初提出的概念的范围和适用性。

弗兰克对“空间形式”概念的修改源于背景的融合，是人类学、信息理论、结构语言学和文学批评的融合，这些都是从俄罗斯形式主义者开始的，在布拉格语言圈中进行，后名为法国结构主义。这种批判运动的理论不仅表明空间形式是一种与前卫写作的特定现象相关的概念，而且在整个文学史中也扮演着一个角色，即使只是一个从属角色。文学现代主义实验的激进本质使空间形式受到批判意识的普遍关注，但是当对新概念进行拓展，就有可能将它与更广泛的文学视野联系起来。空间形式当时正在被融入更为一般且普遍的文学文本理论的探讨过程中。

---

① 怀利·西弗，美国文学批评家和文化历史学家，以其对美国文学和文化的研究而闻名。

关于从空间视角对文学文本理论进行的探讨，罗曼·雅各布森与弗兰克在某方面观点是一致的，表现在诗歌语言理论与空间逻辑间的相似上。这种发展主要是由于雅各布森理论的影响越来越大，弗兰克在不了解雅各布森文章的情况下表达了自己的观点。尽管弗兰克无法用雅各布森作为专业语言学家所指出的确切术语来表达它们，但是乍一看，这种观点的相似性似乎很令人惊讶。

雅各布森的观点毕竟是在俄罗斯未来主义的氛围中形成的，关于革命前俄罗斯诗歌流传的思想与影响，和艾略特、庞德和英裔美国人的诗歌有许多相似之处：两者都源于法国象征主义美学。因此，即使弗兰克只对英美批评和20世纪30年代的法国文学批评有所了解，但他与雅各布森应该都属于在同一文化氛围中工作。无论如何，实验性现代主义是一种世界范围的运动，其整体的形式特征在国与国之间仍然非常相似。

雅各布森的观点植根于他自己对现代主义诗歌的体验，但他也从索绪尔①的诗歌语言理论中汲取了系统的观点。索绪尔与他那个时代的前卫（象征主义）文学没有关联，然而，如果有人希望设计一种适应现代主义诗歌合理化的语言理论，他就不可能比语言学的“日内瓦贵族”索绪尔做得更好。因为索绪尔将现代主义诗歌标志定义为不是名称与事物的结合，而是具有概念的声音图像，换句话说，语言现在被视为声音图像和概念的自我封闭系统。“意义”是根据系统内部的差异关系来定义的，而不是根据符号与语言外部现实的关系来定义的。这种语言观与现代诗歌的观点相一致，在这种观念中，指称性被降级为次要地位或完全被忽视，而言语之间的内在关系起着主导作用。雅各布森看到了这种关系，并将其作为他的诗歌语言理论的基

---

① 即弗迪南·德·索绪尔，瑞士语言学家，是现代语言学的重要奠基人，被誉为“现代语言学之父”和结构主义的鼻祖。他的语言学理论和思想对20世纪的语言学研究产生了深远的影响，并且其影响也扩展到了人类学、社会学、文学理论、心理学等多个学科领域。

础，这与弗兰克现代诗歌的空间逻辑是非常相似的。任何一个词组（在一部现代主义诗歌中）的主要参考，都是诗歌本身内部的事物，即构成文本的自我反思符号系统。弗兰克的这种自我反思的空间逻辑要求读者对语言的态度重新定位，实际上，在索绪尔的影响下，语言学已经发生了重新定位。无论是语言学家还是文学评论家，他们都将雅各布森的作品作为现代文学意识的一部分，他的作品已被普遍接受。

雅各布森成功地证明了在现代意义上诗歌中存在的复杂结构，他为诗歌语言的研究做出了重要贡献，并证明了所有诗歌都有或多或少的空间逻辑，这种空间逻辑是具有优势并完全无视语法顺序的，这就是现代主义的开端，也是与弗兰克观点的相似之处。我们回到弗兰克对小说空间形式的研究，他认为与小说相关的并不是对小说中空间形式的概念产生了影响，而是将注意力集中在叙事媒介（语言）的时间本质与乔伊斯、巴恩斯等小说家的实验之间的对立上。实验小说家打破了叙事的连续性、反思意识流中时间的变化，根据记忆或根据符号图像组成的记忆进行时间变化的系统实验。在伟大的现代主义者的作品中，如福克纳、多斯帕索斯以及其他许多人的作品中，叙事序列的空间突破已经成为一种重要的审美现象。

弗兰克同时也认为，“空间形式”理论的发展与法国结构主义之间有着密切的关系。一个新的文学现象的出现不是在试图建立文学批评的新规则，而是一种新模式的建立；“空间形式”并不具有排他性，而且与时间形式也没有冲突。弗兰克在他的文章中反驳了“萨顿的阅读是一种时间行为，是文学空间化永远不可能实现”的观点，他认为萨顿在诗歌中的词干意义之上搭载了时间的含义，词语并置，语意毫无关联，这是个人意识导致的。弗兰克认为，萨顿忽略了词语意义的根源所在，阅读的过程不是头脑空无一物的过程，读者可以将过去与现实并置，将它们锁在时间概念的整体形式中，用并置消除序列感。

尽管如此，弗兰克还是认可文学理论的进化过程的，20 世纪的文学是对语言与叙事结构的实验，使读者不得不以空间认知阅读来接近作品，而非时间发展。作品角色的不连续出现迫使读者在空间上并置不同的角色形象，最终直接与自己的感知相互交流，并不是说角色人物创造了“空间形式”，而是读者对同一角色过去与现在某一时刻的感知。弗兰克对 20 世纪文学理论的最大贡献就是将“空间化”作为语言结构和叙事单元的组织架构，将空间化看作连接实验现代化与过去的统一整体理论，具有不间断的连续性。他认为，空间形式与浪漫讽刺之间的联系是尽力消解所有具有时间线性意义的痕迹。正如弗兰克提到的，这是现代文学创作在努力找寻统一和谐的趋势，从而使文学作品具有固定的、静态的与质量的特性。这种封闭的状态是通过复杂的“反身参照”系统发展起来的，而这些系统在文学文本中相互交错引用，并在空间并置中同时接收它们的含义。典型的例子就是爱尔兰作家詹姆斯·乔伊斯的长篇小说《尤利西斯》，弗兰克曾强调这部作品的反复可读性。弗兰克认为，要深入理解这部作品，需要读者具备丰富的历史、社会和文化知识。他指出，只有熟悉柏林的读者才能够完全领会作品中的细微之处，而其他读者则需要在阅读完整部作品之后，才能逐渐积累并掌握这些必要的背景知识。此外，作品中所有的参考文献都被精心安排在适宜的位置，这有助于读者全面而系统地理解整部作品。

在接受弗兰克“空间形式”概念的基础上，安·达吉斯托尼①与约翰逊共同出版了在空间理论领域的重要论文集《叙事中的空间形式》，书中提出了对空间形式界限的新观点。他们认为，弗兰克的空间形式只是从叙事三个维度——语言、结构与读者视角存在着，并且

① 安·达吉斯托尼，文学和文化批评家。她在文学理论、女性主义批评、后殖民理论和文化研究等领域有所贡献。达吉斯托尼的研究通常关注文学文本如何反映和塑造社会、文化和政治现象，特别是关于性别、种族和身份的问题。

只是存在于单一独立文本内部，是封闭的。而安·达吉斯托尼与约翰逊则在弗兰克的基础上提出了“开放空间”的概念。他们认为：“在开放空间中，关系从一个点向外无限延伸；他们不会向内转向关注核心。在更具体的浪漫讽刺的例子中，无限的关系网络确实延伸到了眼睛所能及的范围，因为它不仅在文本中运作，而且超越了文本，将读者自己和他的世界结合在一起。”这一观点为罗兰·巴特和克里斯蒂娃的文本理论奠定了基础，对后期的文本网络与去中心化具有重要意义。而上文提到的《尤利西斯》中的封闭与开放空间则是相辅相成的共存状态。

在“开放空间”概念提出后，加布里埃尔·佐伦[①]在他的《走向叙事空间理论》一文中提出了功能化的空间模型，并将空间形式提升到了理论高度。他认为：“空间与时间是存在于共同领域，且具有平等地位和相互辅助作用的。按纵向层次分类有三类——地理空间、时空、文本空间，其中文本空间受到语言、线性时间和视角影响。”这里的视角是在弗兰克三元素基础上的概念重构与拓展，是读者视角超越文本中虚拟空间与另一个“自我”世界视角的相互转化，视角聚焦点不同时形成了不同的空间形象。同时，对于水平横轴的层次建构，佐伦引入了空间复合体，它是文本理解中读者将个人阅读经验引入阅读行为与思考活动的综合感受，是当读者虽然处于虚拟小说空间时所感知的世界。当然，这个空间也是开放的阅读空间，是视域中的一部分，而读者随着阅读过程的发展，视域也是随之转变的。这种流动的、多变的视域空间包括地理、时空与文本。这种空间的复合具有不确定性，是文本空间中对读者阅读体验与曾经阅读经历的复制，这也更加接近现代“空间形式”概念，而至今也未有关于“空间形式”概念的新理论提出，均是关于理论应用的论述。

① 加布里埃尔·佐伦，叙事理论家。他在叙事空间理论方面做出了显著的贡献。

以上是自弗兰克“空间形式”概念提出后，各理论家提出的具有代表性的观点，尤其是上文提到的《叙事中的空间形式》论文集，其中包含十几位学者针对空间形式发表的重要言论，弗兰克为此论文集撰写了序言和最后一章中的一节《空间形式：三十年之后》。弗兰克以及其他各位理论家提出的“空间形式”对国内空间叙事研究也产生了重要影响。国内研究时间略晚于西方的空间叙事研究，并且近些年仍然处于上升期，主要可分为三个时期——截至2006年的研究初期、2012年的研究攀升期，以及自2013年至今的研究高峰期，涉及学科不仅限于文学文本，还包括建筑、影视作品等。以中国知网为例，首次在国内提出并发表相关论文的是1999年暨南大学中文系的张世君老师，他的《〈红楼梦〉空间叙事的分节》一文论述了共时性空间描述中的分节是如何对历时性叙事也同样具有分节作用的，主要引用了20世纪60年代视觉艺术和心理学研究中的“分节”一词；广州大学中文系刘介民老师对张世君老师的文章进行了专题论述，其中强调了空间叙事理论的运用填补了对红学中空间叙事艺术的整体研究，还开拓了国内外中西方叙事理论尚未涉及的空间叙事领域。如上文笔者对国外文献综述所述，20世纪中期弗兰克便提出“空间形式”概念，并在20世纪80年代由众多西方学者推向了研讨高峰；自张世君、刘介民两位学者的论文之后，国内研究便出现雨后春笋般的研究攀升趋势。尤其是笔者关注到，从2003年开始到2019年5月，东南大学龙迪勇教授便陆续发表了18篇关于空间叙事的相关论文，对空间叙事学的剖析深入透彻。他的博士论文《空间叙事学》与十二年磨一剑的专著《空间叙事学》，均对笔者有很大启发。纵观国内近二十年的相关文献，除去与文学不相关的其他学科的空间叙事研究，如建筑学、历史、哲学等，相关文学领域的空间叙事均以某一作品为切入点分析其空间叙事特征，或者完全从理论的角度进行论述，鲜有针对某一作家的整体创作进行空间叙事特征研究的。中国知网仅有的14篇关于空间叙事的博士论文中，除去其他学科，只有3篇属于文学领域，且只有1篇是关于作家整体创作的空间叙事特征研究，关于戴维·洛奇文学创作的空间叙事研究的博士论文至今还没有相关记载。

在对戴维·洛奇空间叙事展开研究之前，我们首先要了解洛奇的空间叙事转向过程，这要从洛奇的三部早期小说［即1960年的《电影迷》、1962年的《傻生姜》、1964年的《大英博物馆在倒塌》（*The British Museum Is Falling Down*）］说起。这三部小说的先后创作，预示着洛奇从游移不定的现实主义线性写作向后现代主义空间叙事创作方式的过渡。洛奇25岁时开始写作，在他最初十年的创作中，前两部小说都是沿袭传统的现实主义写作方式，按照时间的线性发展展开小说内容，主题都是以洛奇自身的经历为主：天主教背景、参军经历等，展现了洛奇对现实小说细致的写作手法与善于倾听与叙事的现实主义小说家的创作能力，其中洛奇对复杂情节的处理方式预示着他后期伟大作品的诞生。而在前两部小说中格林对洛奇的影响显而易见，《傻生姜》被认为是洛奇早期效仿格林的《安静的美国人》写作结构的首部作品。1962年，随着前两部作品的发布，洛奇的文学创作进入了瓶颈期，他已经将自己的经历在前两部小说中消耗殆尽。为了突破自己的写作局限，洛奇开始寻求更为创新的文学创作方式。随着1964年《大英博物馆在倒塌》的出版，洛奇正式进入讽刺喜剧小说家的行列。正如洛奇在这部小说中提到的："我发现自己对讽刺、荒诞与滑稽模仿的写作方式得心应手，这让我感到了解脱，从严谨、庄重、结构完整的现实主义小说中彻底解脱。"显然，洛奇开启了现代写作方式，此时正值乔伊斯对洛奇文学创作影响的高峰期。洛奇将《大英博物馆在倒塌》的内容也同样设置为一天之内发生的事件。对于读者来说，这是一部具有鲜活人物个性与语言智慧的作品，有少数人还沉迷于其对天主教故事情节的描述，但更多人更乐于发掘这部作品与《尤利西斯》间千丝万缕的互文关系。这种结构与情节上的戏仿，将整部作品引向对洛奇文学创作中个人意识的空间参照，这种空间叙事特征与文本互文可以总结为洛奇对巴赫金①与克里斯蒂娃②文学理论的实践，也是他写作中空间叙事的开端。正如洛奇在1966年的理论专著《小说的艺术》中提到的："现代小说常用到时间变化，但是，通常以记忆的方式被'自然化'，或是以人物的意识流来呈现（如莫莉的内心独白）……这些发展都是跳出时间先后顺序写出，因此更显得似是而非、更具有戏剧张力。……频繁的时间变化和第三人称著者式叙述交错互衬，这是后现代小说写作的主要策略，是用文本的文学架构吸引读者，不时运用空间跳转与元小说将读者从虚无的故事时间中拉回到现实生活中，或是到主要人物的内心深处去。"这是洛奇对自我写作风格的一次确认，也是他展开具有空间叙事写作特征新时期的开始。

二、戴维·洛奇的空间叙事研究意义

作为享誉世界的英国作家，洛奇的作品中译版于20世纪90年代初期在我国出版后，引起国内学术界的广泛关注。学者们运用多种文学理论和方法对洛奇的文学创作进行分析研究，但是鲜有学者注意到，在小说叙事中，洛奇文学创作的空间叙事特征。在本书写作中，笔者针对洛奇的空间叙事特征进行了深入思考并试图解决以下几个问题：第一，洛奇的空间叙事特征包括什么？第二，洛奇的空间叙事特征是对哪些文学理论的实践与应用？第三，洛奇的空间叙事特征之间具有何种关联与相互影响？第四，洛奇的空间叙事特征是否具有整体体系架构？第五，此体系架构所产生的影响是什

---

① 即米哈伊尔·巴赫金，苏联文艺学家、文艺理论家、批评家、世界知名的符号学家，苏联结构主义符号学的代表人物之一。其理论对文艺学、民俗学、人类学、心理学都有巨大影响。

② 即茱莉亚·克里斯蒂娃，一位具有国际影响力的法国思想家、精神分析学家、哲学家、文学批评家、心理分析学家和女性主义者。

么？根据以上五个关键问题，本论文的研究目的将围绕洛奇文学创作中的空间叙事特征进行阐释与剖析，建构完整的洛奇文学创作中空间叙事特征架构，并运用文本细读以及对比研究等方法，对洛奇的空间叙事特征进行由表及里的深入解析，从客观结构模式到主体意识以及主题叙事认知功能进行阐释与分析，从而印证洛奇的文学创作中具有一套完整的空间叙事体系架构，帮助洛奇在其文学创作中达到更佳的艺术效果。

本书的研究意义在于，第一，梳理了戴维·洛奇文学创作中的空间叙事对三大理论的实践脉络，从巴赫金的对话理论到克里斯蒂娃的互文性理论，再到诺思洛普·弗莱的原型批评；从三者与洛奇创作的关系建构、文本创作以及叙事语境的迁移入手，剖析洛奇在文学创作中的空间叙事对此三种理论由表及里的纵深探究过程，这是学界没有进行过的学术研究空白。第二，对洛奇文学创作中的空间叙事特征由结构模式到主体意识，再到后现代主题阐释的认知功能，构建了具有逻辑层次的递进与扩展研究，这种由结构模式到意识认知的纵深研究与拓展，打造了完整的洛奇文学创作中空间叙事特征结构体系，这是学界对洛奇研究中还没有涉及的内容，也为学界对戴维·洛奇的研究提供了创新而生动形象的多样化思路。

本论文的创新之处：其一，在于建构了完整的戴维·洛奇文学创作空间叙事特征结构体系，细化了洛奇空间叙事特征的结构模式、主体意识以及主题阐释中对读者认知功能的影响。其二，笔者将这一结构体系体现在“戴维·洛奇文学创作的空间叙事研究思维导图”中（图 1）。而导图本身就是笔者结合本论文的结论——戴维·洛奇文学创作中空间叙事特征具有动态演变的纵深进化过程，并对读者具有空间意识上的认知功能影响，从空间叙事认知层面将整部论文进行空间认知功能图像化的实际操作。

本书的研究内容与思路将结合笔者上文提出的五个问题，以及研

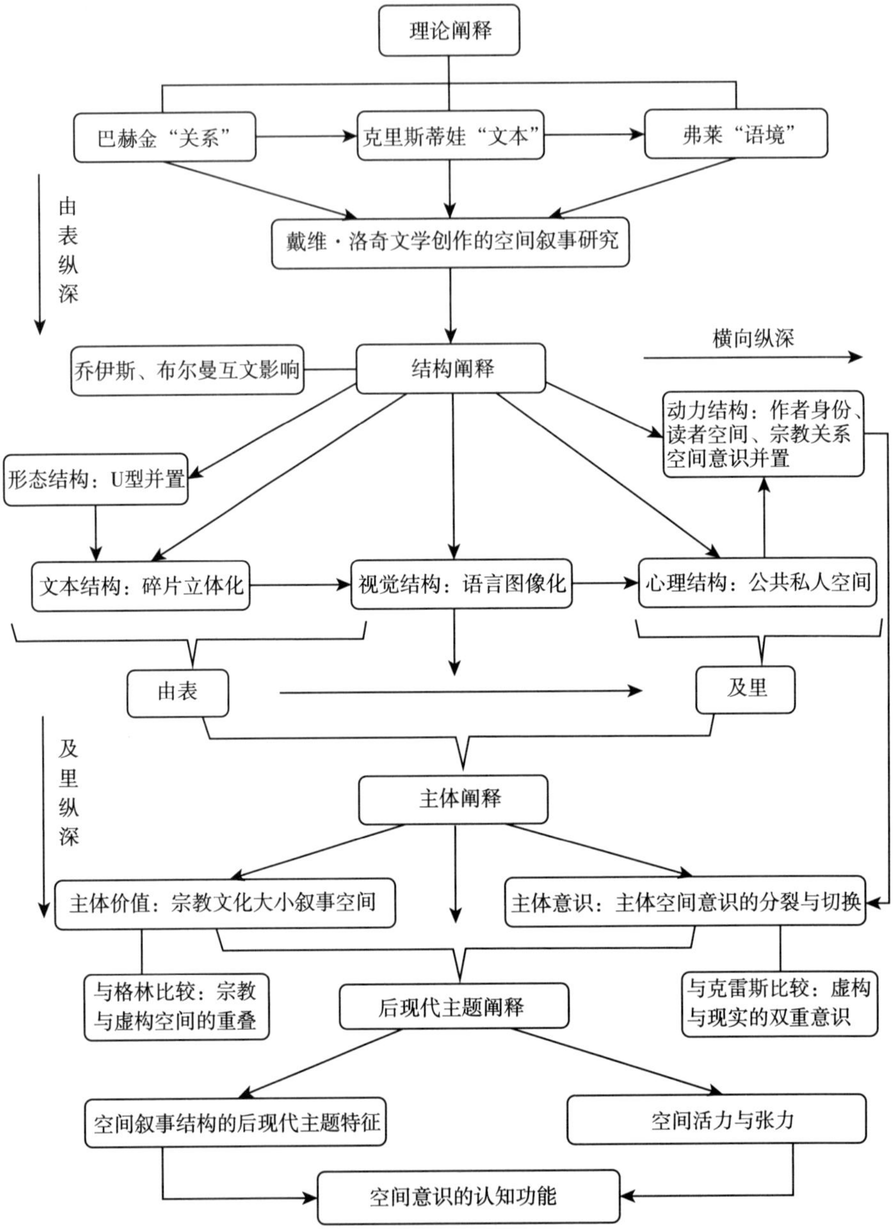

图 1　戴维·洛奇文学创作的空间叙事研究思维导图

究思维导图进行阐释。首先，戴维·洛奇的文学创作具有空间叙事特征，并可以用巴赫金的对话理论、克里斯蒂娃的互文性理论以及诺思洛普·弗莱的原型批评理论进行阐释，分别涉及“关系建构”“文本创作”及“语境迁移”；三个理论对洛奇创作中空间叙事的人物视域与对话、文本创作互文性，以及后现代写作的神话戏拟与借用产生了根本性的影响。其次，洛奇空间叙事特征中具有的结构模式是由 U 型形态并置、文本碎片立体化到视觉语言图像化三部分的表层模式逐步延伸组成，并与心理空间意识、宗教关系意识的里层模式结合形成纵深态势。而叙事特征也从结构模式进入第二等级——洛奇空间叙事的主体阐释，此等级是对洛奇个人主体空间意识的切换与分裂、主体价值中洛奇对宗教文化空间整体性动态切换的特征表述，而第二等级已经进入意识流动进化的深层结构中。意识的动态变化不仅是洛奇空间叙事的主体特征，它也存在于客体中，尤其是针对读者的意识变化。第三层次的空间叙事认知功能以及后现代特征带来的“空间活力与张力”，都是洛奇在其作品创作中给予读者对其空间叙事写作的认知引导。综上所述，本论文写作内容与思路表现的是洛奇文学创作中对于空间叙事由表及里、由结构模式到认知引导的纵深性发展，并在每一阶段都体现出非线性的发展趋势，在空间叙事特征具有纵深性的同时也具有延展性，最终形成了戴维·洛奇文学创作空间叙事特征的完整架构。

第二章　戴维·洛奇空间叙事的理论阐释

戴维·洛奇具有空间叙事特征的文学创作体现了对文学理论的实践，尤其是巴赫金的对话理论、克里斯蒂娃的互文性理论以及弗莱的原型批评理论，其中的关系建构、文本创作以及语境迁移使洛奇与三大理论密切关联，并对洛奇个人的理论与创作产生了重要影响：首先，洛奇空间叙事结构中的作者与读者关系、宗教关系、大小叙事的空间并置以及写作中体现的双重意识等是对巴赫金对话理论在创作中的实践；其次，洛奇在创作中体现的文本网络结构，以及碎片阅读、立体空间阅读模式，是对克里斯蒂娃互文性理论的最好诠释与实践应用；最后，在洛奇的小说创作中出现的神话借用、戏仿与移植，宗教信仰的移位，是受到弗莱原型批评的深刻影响。洛奇的创作中出现过大量对文学理论的实践，也有他自己的创作理念，而在他的空间叙事中，以上三种理论占有重要地位，笔者就此做出以下梳理，来验证洛奇对三大理论的实践应用。

一、戴维·洛奇空间叙事的关系建构：巴赫金的对话理论

后结构主义思想的流行对文学界的影响是不容小觑的，尤其是小

说与文学批评间本就有着相互影响的关系存在，而后结构主义解构了文学作品中的作者，颠覆了虚构与现实间的关系概念。戴维·洛奇对此提出了质疑，他认为任何使小说家自由受限的新创作模式都该慎重思考，避免激进极端的文学作品与批评产生严重的影响以致完全打破了古典结构主义的传统。洛奇在这里强调了“适度”而为，承认新批评理论与传统模式的互动关系，在这种文学批评生产与接纳之间的断裂层，找到了作为作家和文学批评家双重身份的切入点。

针对空间叙事的关系建构，洛奇有自己的独到见解，其中包括小说虚构与现实的关系、作者与文本的关系，主人公与作者、主人公与文本、作者与读者、文学作品总的空间世界与文学作品描绘出的空间世界之间的关系等。对这几种关系的阐释会在后几章中提到，这里不作赘述。巴赫金的对话理论与时空体对洛奇的空间叙事理论具有影响，恰好帮助洛奇在断裂层中找到存在的可能。

按照文学时代的划分，20 世纪 60 年代属于结构主义，70 年代属于解构主义和后结构主义，那么进入 80 年代则可以被称作巴赫金著作被发掘并发扬光大的时代。巴赫金给予文学评论家们以新的希望，他的理论使语言与文学的社会建构功能重新焕发生机，使以语言学为基础的文学研究的合理性成为可能，又为分析和归纳叙事话语开辟了新的途径。在英美文学批评框架中，以美国普林斯顿大学教授卡里尔·爱默生所写的《一个翻译家心目中的英语世界百年巴赫金》为例，其将巴赫金的思想体系分为两个主要部分：第一部分是关于历时性的研究，主要记录巴赫金在俄国本国的学术影响力；第二部分则是共时性研究，以哲学、社会以及文化视角探讨了俄国学界是如何在 20 世纪 90 年代后期思考作为哲学家的巴赫金的思想体系——包括对话理论、复调与狂欢化理论专题。爱默森在最后一个章节抛出了一个有趣的现象：那就是在巴赫金哲学思想还没有得到广泛传播的早期，“对话”与“复调与狂欢”两个概念就已经被学者定义为经典，而其实，当时学者们只是在努力地重现这两个概念，并证实其在巴赫金思想体系发展中的延续性。

“对话理论”作为巴赫金的重要发现，指的是相互独立且又同时共存的几个意识之间可以相互平等的交流模式，在众多共存的声音中，尽管某些声音可能会打断或是压制其他声音，但它们并不能强制性地使对方消失。这种理论可用来阐释个体的表现和言语的行为，从而证实人类现实存在的多样性和复杂性。巴赫金的“对话理论”打通了人文学科不同领域的边界，探讨了不同文化领域间的对话与交流的重要性，同时也改变了固有的传统文学思维定式。从文化领域到文学创作，每一个词、每一段话都会与先前存在的同一主题话语产生联系，这便预示着未来将会产生的对话性。单个声音的辨识必须要在与其他杂声相融合的过程中才能够被识别，这种新的模式是“由集体记忆保存下来的多重话语构成的，这些话语都有各自的主体”，巴赫金称之为“复调”。

（一）独白与复调

无论谈及“对话”还是“复调”，我们都需要从它们的对立面“独白”入手。从巴赫金的角度，如何界定“我与他人”的关系决定了独白的本质特征，同时也决定了反独白的特征。从宗教的意义上来说，“我与他人”之间存在着不可僭越的道德界限，而巴赫金则提出了独白思维和对话思维（或称为反独白思维）。那么何为独白？独白是巴赫金借用了戏剧中的语言，将其中的独白演变为戏剧中仅有的个人意识，然而，这便又提出了一个新的难题或称之为悖论，既然巴赫金提出对话理论才是语言的本质，那么为什么会有独白话语的存在？如果系统地研究巴赫金的哲学思想理论，我们不难看出，他的理论，特别是他的小说理论的提出，多数都是依靠独白话语和对话或者复调话语的区分进行的。区别于传统经典文学体裁，悲剧、史诗、抒情诗等的独白特征，文学中的小说话语都是具有异质性的，“小说是文学艺术的最高形式，”如同多种话语声部的和声交响乐，在不同的位置传递出迥异的思想意识，多种声音同台演出发生，不受任何指挥或诠释。巴赫金的这种区分实际上符合语言与文学思想本质的二元对立关系，这是一种以索绪尔为代表的思维习惯，如索绪尔的语言/言语、雅各布森的隐喻/转喻、巴特的可读文本/可写文本。巴赫金的独白/对话始于对索绪尔语言学中赋予语言高于言语特权的质疑、雅各布森偏爱诗学和文学文体学而忽视现实小说的现实，以及巴特将可读文本转化为可写文本的等级颠覆。“对于索绪尔来说，语言是双面符号，是能指和所指。而对巴赫金而言，语言是双面行动…… 它同等地取决于谁说的话和要说给谁听……语言是由说者和他的对话者、发言人和受者共享的领土。”

如果在阅读巴赫金关于拉伯雷[①]和陀思妥耶夫斯基[②]文本的论述时，能够联系他的二元对立独白/对话间的思维倾向，那么我们不难发现，巴赫金在文本论述中表现出来的正反对立统一视角及其带有的双重性结构。虽然巴赫金将拉伯雷和陀思妥耶夫斯基的文本看作独白论的对立者，但在反独白论中这两位分别来自法国和俄国的作家又是独立存在并且立场对立的：前者是反独白论中的“唯我型”，而后者则是反独白论中的“唯他人型”。正如前文所述，对巴赫金而言，如何看待我与他人的关系决定了独白论的本质特征，同样也决定了反独白论的本质特征。拉伯雷在巴赫金庞大的哲学思想构想中具有与对话相对立的思维倾向，果果梯施维利[③]在《米・米・巴赫金的正体与变体》中提到拉伯雷在巴赫金眼中占有重要地位，其代表了巴赫金用文学创作的方式与独白形成鲜明对比，并吹响反抗的号角，这也是巴赫

① 即弗朗索瓦・拉伯雷，文艺复兴时期法国著名的人文主义作家之一。拉伯雷精通很多学科，因此被称为“人文主义巨人”。

② 即费奥多尔・米哈伊洛维奇・陀思妥耶夫斯基，俄国 19 世纪著名的小说家、哲学家和文学理论家。

③ 果果梯施维利，俄国学者，对巴赫金文学理论有深入研究。

金将自己的情感与文学创作价值共同融合的理想化行为，因此反过来又成了巩固“唯他人型”独白论倾向的最有力支撑。相似的概念也出现在巴赫金其他著作中，并形成复调小说文学创作中具有独特性的逆命题。事实上，巴赫金在对拉伯雷的评价中具有自相矛盾之处，因此它的后期文学理论作品不但有唯我意识色彩，也具有成熟的唯他独白思维倾向。

陀思妥耶夫斯基在对抗独白论倾向的同时，也绘制了一幅独有的动态世界图景，之所以不是静止状态的，是考虑到时间要素，因为他的图景中包括了过去、现在和将来各个切面。如果说拉伯雷加强了欧洲的个人主义观念，那么陀思妥耶夫斯基则试图克服自然、生理与社会对人的捆绑与束缚。巴赫金认为，陀思妥耶夫斯基主要克服的是“作者危机”，即具有独立自我意识的主人公与作者间发生的冲突，进而引起的“主人公起义”与“作者危机”。他采用的解决方式是给予主人公自由且完整的个性特征，让它具有身体（空间的）和灵魂（时间的），同时拥有自己的精神世界（自我的），并且作为一个具有个性价值的独立个体而存在。如此一来，陀思妥耶夫斯基摒弃了传统的作者与主人公结为同盟的可能性，将主人公纳入一个对话场中，在那里他可以与别的人物探讨、对话，形成独立存在的价值空间抑或是与作者、读者同等的共存空间。这就是巴赫金对陀思妥耶夫斯基文学创作的理解。巴赫金认为，应该加以揭示和鉴定的“不是主人公的确定存在，不是他的固定形象，而是最后综合起来的他的意识和自我意识，这归根结底又是主人公关于自己本身、关于自己世界所说出的终极话语”。在陀思妥耶夫斯基的创作中，所有的现实都是主人公自我意识的一部分，作者本人没有任何对主人公特质确定性的把握，因为作者已经将所有一切置于主人公自己的眼界内，而作者只是作为观察者对主人公的整体自我意识进行描写，这并不是主人公的全部。以陀思妥耶夫斯基中篇小说《穷人》的男主人公杰符什金为例，他描述的并不是这个穷困潦倒的男人，而是杰符什金的自我意识，陀思妥耶夫斯基让主人公从镜中自己去观察自己："我是这样慌张，嘴唇也抖，腿也抖。这是为什么呢，亲爱的？首先，我很害臊；我从右边看着镜子，我在里头看到的东西简直要使我发疯……大人立即注意到了我的外表和衣着。我还记得我在镜中看到了什么：我扑过去捉扣子！"杰符什金在镜子中看到的自己，是他人没有看到和意识到的，主人公对自己外貌的关注和苦恼如同一面镜子映射着主人公内心的意识活动。对于陀思妥耶夫斯基在文学中的这种创造力可以用一句话概括，那就是：他把作者与故事叙述者，把他们的观点与他们对主人公所做出的描述、评判和定义等这一切总和都转变成主人公自我意识的材料——陀思妥耶夫斯基以此把作者直接引入了主人公的视域。

（二）叙事中的人物视域切换与对话的形成

在这个全新角度的视域中，文学创作的视觉与结构重心发生了转移，不仅仅是主人公本人的现实意识，连他周围的环境和生活的整个外部世界统统被吸进主人公的自我意识建构过程中，达到从作者视域角度向主人公视域角度转换的效果。这种转换致使作者不再与主人公并行在同一个叙事世界，因而对主人公在作品中的因果发展不再有确定的特权，在整部作品中也就不再有无所不知的阐释功能了。巴赫金认为："与一个主人公在自身中囊括整个对象世界的自我意识相并列的，只能是处于同一平面的另一个意识；与前者的视域相并列的，是另一个视域；与前者对世界的观点相并列的，是另一个对世界的观点。作者用来抗衡一个主人公的全能意识的，只能是一个客体世界——具有与此意识相同价值的各种意识之世界。"如此一来，作为文学创作的重心，自我意识便已经瓦解了作品中的独白一统世界的局面。陀思妥耶夫斯基将"描写人心灵最深处"作为己任，是一位现实主义者而非在自我意识中封闭自己的主观浪漫主义者，他需要超越自我，站在新的角度审视他人灵魂的整个世界，这才是最高意义的现实主义，传统式的独白已经满足不了现实创作的需要，由此陀思妥耶夫斯基式的“复调小说”诞生了。

“复调小说”具有全新的文学创作视野，它具有贯彻到底的对话立场，小说中的主人公具有传统独白小说不具备的独立性、意识自由、未完成性以及不确定性，他是对话态度的主体担当，而“对话”是站在整部小说高度的“宏观对话”，不是过去发生过的动作而是目前的现在进行时，对话动作在动态变化着，是站在作品的肩头放眼整部小说，再加以文学艺术的手法组织起来的一个开放的、无确定性的整体。在陀思妥耶夫斯基的构想中，小说主人公与作者保有距离，作者不会谈论主人公，而是主人公主动谈论，只有这样在二者存在的共同对话情境中才能接受他人话语，并作为一种客观态度对待。巴赫金认为，“我的话语”与“他人话语”相互发生关联，只有可能是在情境对话中，二者虽然相关联但又毫无瓜葛、不相通融，其二者间的重要关联相对独立，并没有对内消解，而是保存了独立自主的特征。这种独立性与产生的距离感存在于作者的整个文学创作构思中，才能确保真正客观地描写主人公。

为了证明以上观点，我们可以借列夫·托尔斯泰的短篇小说从反面加以阐释说明。《三死》是具有托尔斯泰式独白的典型小说，其内容包括三种死亡：贵妇的死、车夫的死以及大树的死。“死亡”对于托尔斯泰来说代表生活的终结，是一切归零的结束，同时也是对生活意义理解的最好总结。小说中描写的三位不同主人公的三种不同生活境遇以及相同的终结方式说明托尔斯泰在构思整部作品时将小说处理成一个封闭的、相互不知晓的整体，内部与外部是绝对隔绝并且统一由作者安排建构的。例如，谢辽佳在护送贵妇途中拿走了濒死车夫的一双鞋子，又在这个车夫死后砍了一棵树作为墓碑，表面上看小说中的生死都是相互联系的，其实都是表面的。三生三死间不存在内在的主人公意识的交流或对话：贵妇对车夫和大树的死毫不知情，因为后者没有进入她的视域和意识；同样，贵妇和大树也没有进入濒死车夫的视域和意识。这三者虽然存在于三个不同的视域和意识中，但却是在同一个客观平面中。正如前文所述，三种视域之间没有任何对话交流来连接彼此，它们三个都存在于作者统一的价值视域中，在作者统一的意识中彼此照应着，它们都是作者的拥护者，从不抵抗，彼此并非独立的个体；三个主人公也不懂得如何对自己的生活进行评价，全部话语均来自作者的统一安排。如此这样一位全知全能的作者统领全局、凌驾于所有人之上的权威，形成了托尔斯泰小说的独白功能。在这里，作者使用了终极话语对主人公进行谈论，所有主人公的视域和意识对作者来说都是外在的客体存在，而作者不允许自己和主人公的观点在同一个水平面相遇，那么他们之间也就不会存在任何视域和意识的交织以及对话冲突了。由此可见，纵然托尔斯泰的小说具有三个层次，但是小说中也只有一个作者主体，其他都是附属于他的客体存在，既然没有主人公与作者的视域和意识交织以及平等对话，那么“大型对话”形势便无法形成，整部小说体现的只有作者这位指挥者视域中的各客体角色的“独角戏”。

在巴赫金看来，如果用陀思妥耶夫斯基的复调方式改写这部小说，将会呈现不同风格。“陀思妥耶夫斯基会使那三个层次彼此反射对方，用对话关系把它们联系起来。他会把车夫和树的生死引入贵妇的视域和意识中，而把贵妇的生活引入车夫的视域和意识中。他会使自己的主人公看到和知道一切本质的东西，看到和知道他本人——作者——看到和知道的东西。他不会给自己任何本质的作者权利。他会使贵妇的真理和车夫的真理面对面相遇，并使它们进行对话接触（当然不是一定要有直接表现在结构上的对话），而自己在与他们的关系上采取平衡的对话与权利立场。整部文学作品犹如一场大型话语对话的狂欢，作者并没有表现出上帝视角，他只是以一个组织者身份参与其中。”换句话说，陀思妥耶夫斯基在作品中反映的是生活与意识的对话，在叙述者的口中能听到作者的声音，而且还能听到其他主人公的声音，它们都是双重话语，“在每句话里都听得见争论（微型对话），听得见大型对话的回声。”毫无疑问，陀思妥耶夫斯基的文学创作是以“对话”为中心展开的，但于他而言，对话不是一种创作手段而是最终目的。文学作品的存在意味着对话的进行，对话的结束代表着一切归零，在小说层面上表现为未完成的对话。

由前文可知，陀思妥耶夫斯基的对话不是情节中的，它是超越情节并且独立于叙述者关系而存在的，尽管从表面看来是由情节造成的，它遵守的准则是“人与人的对立，就是我与别人的对立”。陀思妥耶夫斯基的对话初期以“内在对话（微型对话）”为基础，表现出来的是内在对话和外在对话的相互关系。他总是这样安排两位主人公，其中每一位主人公都与另一位主人公的内在声音相关联，有时这个内在声音也可能是另一位主人公的幽灵。在他们的你来我往的对话中，相互之间产生外在与内在的对话与应答，以《卡拉马佐夫兄弟》中的一段对话为例。这段对话发生在伊万·卡拉马佐夫与阿廖沙之间。

“照您看，谁是凶手？”他问，显得有些冷淡，问的语气甚至有某种傲慢的强调。

“你自己知道是谁。”阿廖沙沉静地、诚恳地说。

“谁？又是关于这个疯疯癫癫的白痴癫痫病患者的废话吧？是说斯麦尔佳科夫吗？”

阿廖沙突然感到浑身在颤抖。

“你知道是谁。”他无力地冲口而出。他急促地喘着气。

“到底是谁？谁？”伊万几乎是狂暴地叫喊着，所有的矜持一下子消失了。

“我只知道一件事，”阿廖沙几乎是耳语似的说，“杀死父亲的不是你。”

“‘不是你’！‘不是你’是什么意思？”伊万怔住了。

“不是你杀死父亲的，不是你！”阿廖沙坚决地重复说。

沉默了半分钟。

“我自己倒是知道不是我，你是在说胡话吧？”伊万说，虚弱地不自然地微笑着。他的眼睛盯着阿廖沙。两人又站到了路灯旁边。

“不，伊万，你自己好几次说过，你是凶手。”

“我什么时候说过？……我在莫斯科……我什么时候说过？”伊万整个人慌张起来，嘟囔说。

“当你在这可怕的两个月里独自待着的时候，你跟自己说过好几次。”阿廖沙依然平静地、断断续续地接着说。然而，这次仿佛不是他本人在说话，仿佛不是出于他自己的意志，而是在听从某个不可抗拒的命令。“你归罪于自己，向自己招供：凶手不是别人，就是你。但不是你杀的，你弄错了，不是你杀的，听我说，不是你！上帝派我来告诉你这一点。”

这是一段感悟式话语，阿廖沙的外在话语与伊万的内在应答交织在一起，而这个内在的声音是幽灵发出的。幽灵代表了伊万在说话，同时也可以将其看作另一个“他者”，带着嘲弄与冷漠无情地在审判伊万。幽灵是伊万人性的另一面，是丑恶与扭曲的，与阿廖沙充满爱与理解的话语形成对抗，产生了对话冲突。对于陀思妥耶夫斯基来说，这种对话方式是他创作中的典型。所谓的对话冲突不是发生在两个完整的外在声音间，而是外在与内在声音间的，而其中有一方一定是支离破碎的存在于情境中，无法从表面识别，是隐藏的应答方式。在陀思妥耶夫斯基的创作中这种“他者”的构思引入了另一个不同的声音，从而形成显性和隐性声音的对抗。在陀思妥耶夫斯基的作品中，还有其他对话方式，例如“自白式对话”，我们来分析下斯塔夫罗金与吉洪的一段对话，就是这类对话中的典范。

“吉洪发表了第一次致辞，但不知为什么双方明显都很尴尬，他说得匆匆忙忙，甚至口齿不清，之后就领着客人进了自己房间，并且好像还是匆匆忙忙的，请客人坐在桌前沙发上，然后自己也坐在旁边的编织圈椅里。令人惊奇的是，尼古拉·弗谢沃洛多维奇当时完全失措了。似乎他用全部力量决定了某个特殊的和无可争议的事，而同时这对于他又几乎是不可能做到的。他有一会儿打量着房间，但显然视而不见；他在踌躇，但可能不自知。寂静唤醒了他，他突然觉得吉洪不好意思地垂了眼睛，浮现出完全不必要的微笑。这在瞬间激起了他的厌恶和反抗；他想站起来就走；他认为吉洪绝对是喝醉了，但那人忽然又抬起眼睛看着他，那眼光是坚定的，充满思想的，同时又带有这样出乎意料的和谜一样的表情，以致他差点颤抖起来。他突然觉得事情完全是另一回事，吉洪已经知道他为什么来，已经得到预先通知（尽管全世界没有一个人能知道原因），并且，如果他不先开口，那也只是因为他怜悯他，担心他感到屈辱。”

在这段自白式对话中，斯塔夫罗金往复在两个声音之间，这两种声音时而间断时而联合起来，使整段自白呈现一种急促且紧凑的对话状态，同时在你来我往的声音切换中，逐步巩固了超出情节的“他者”话语地位，这是话语的巅峰，存在于纯粹的人与人的相互关系中但又高于一切小说情节。在陀思妥耶夫斯基的小说中，各种声音、思想、思维、意识交织穿插在一起，分分合合形成和声，在每一种组成的声音中又以不同的方式报以回应。这种和声不是完全孤立统一的，它是不同声音的交响乐，你中有我，我中有你，既具有和声的美感又没有被剥夺独立声音的个性，它们是“未被剥夺的多声部与异声部”，是陀思妥耶夫斯基对话的本质所在。

而对于《陀思妥耶夫斯基的诗学问题》的作者巴赫金来说，唯有一种文学形式才能够公正地对待人类生活中的复调，那就是小说。陀思妥耶夫斯基实现了巴赫金的复调理想，将小说的人物思想、形象和话语有机地结合起来，这是巴赫金对话理论为小说审美提供的伟大启示。作者不再是坐拥天下的权威，小说的主人公也不再屈于被统治安排的次位，他们充分得到了作为主体的尊重，拥有自己永远不确定的开放的自主意识和视域。小说中再无客体，人人都是平等的主体，在作品中产生对话、共鸣乃至对抗，演奏出一部和谐伟大的复调交响曲，这不能不引起我们对小说研究方法的反思和进一步探究。随着作者话语与他人话语地位在整个文学创作结构中的改变，我们有必要以巴赫金对话理论为基础继续探求作者、主人公、读者以及文本间的相互作用关系，继而将此理论推入更深层且更详细的研究领域。

（三）巴赫金对话理论与时空体

巴赫金对作品中“作者”和“主人公”两词的探讨还同时出现在他的另一篇文章中——《小说的时间形式与时空体形式——历史诗学概述》，这篇文章发表于 1973 年，而原文《小说的时间形式与空间体形式》则发表于距此文 35 年前，也就是 1937—1938 年。那么，是什么原因导致巴赫金迟了整整 35 年才完成此篇的“结束语”呢？原文中的概念在多年后又有哪些变化呢？我们先来关注巴赫金这篇文章的副标题“历史诗学概述”，由此可以看出，历史诗学是巴赫金提出“时空体”理论的重要来源，而俄国比较文学之父、历史诗学的提出者——维谢洛夫斯基及其文艺学思想对巴赫金产生了深远影响。维谢洛夫斯基的诗学体系具有丰富的内涵和多维性，其中他的类型学思想理论是巴赫金时空体理论形成的基石，并由巴赫金继承发展。

类型学是维谢洛夫斯基用来理解文学史发展的重要手段，以此为基础，他对各民族的文学展开比较性研究并同时寻找其中蕴含的文学规律。他认为，即使是表面上毫不相关的时间与空间现象，如果放置在社会发展的相同时期也会产生某种关联。而这样的“同类性或相似性不能用借鉴来解释，而只能用生活习俗以及其中所积淀的心理过程的同类性来说明”。而巴赫金是站在文学视角，试图用时空体理论将文学体裁进行研究归类，“正如他将陀思妥耶夫斯基与歌德并置在同一世界”。在《小说的时间形式与时空体形式——历史诗学概述》中，巴赫金论证了小说中的历史类型与时空体之间的联系，区别于维谢洛夫斯基的科学实证研究，巴赫金以康德的认识论为基础进行归纳，并带有哲学的思辨意味。巴赫金提出：“康德把时间和空间设定为任何认知所必不可少的形式。后人对康德的这些认知采取积极的接纳态度与评价方式；但同康德不同的是，后人拒绝承认这些形式的先行性，而是将它们看作现实的本真面目，并试图明示这些形式在文学创作背景下具体艺术认知过程中所起的重要作用。”康德开辟了对文学时空的新天地，那就是“向内看”——从对美的本质的提问，转变为我们该如何意识到事物的美，究其本身，这便是空间上的转变，更对后续的时空研究产生了巨大影响。这种将时空与人的内在认知“主体”联系在一起的方法——时空研究“向内看”，远至奥古斯丁，再至康德，已经形成了必然趋势并逐步扩展开来。而这样的趋势——将时空纳入人的内在认知范畴，是最为符合巴赫金对它的时空体理论的预先设想的。巴赫金认为：“文学体裁是帮助读者重新认知世界的方式，而其中的时间与空间则是认知的重要领域，那么试着用时间与空间对文学体裁进行区别，具有重要的学理依据。”

巴赫金将自己的理论与社会历史整合并进行建构，这是他时空理论的独特之处。正如他在时空体理论中提到的：“现实的时间与空间是由文学掌握的，掌握对现实时空中历史人物的展现是一个断断续续且复杂的过程。纵观人类历史发展的每一个阶段，通常会将学到的知识运用到其所能认知的时间与空间中：这是为了从艺术加工的角度将现实真实地反映出来。”巴赫金对希腊罗马、文艺复兴、启蒙运动以及上文提到的陀思妥耶夫斯基诗学都进行了深入研究并以此作为时空体的社会历史背景。他认为，文学作品中存在着虚实两个世界，它们相互作用，相互联系，具有生成功能，在广大的历史时空背景中描绘那些被创造出来的文学作品的时空，这是对文学作品从历史社会角度进一步深化阐释的成果。巴赫金的时空体是相辅相成的一对概念，时间与空间不可分割，受到相对论的影响。巴赫金认为时空具有相对意义，虽然他反对将自然科学理论用在人文科学研究中，但是从文学喻义角度，可以做出这样的描述：文学领域的时间与空间存在于一个整体中，时间是凝聚可见地存在于空间中的艺术形式，而空间是需要通过时间来定义与衡量的，但是其中，时间才是最重要的主导因素。巴赫金认为，只有动态的叙述才能全面地描述静态的事物，空间是时间的实体，而空间中所有都存在于时间流中。

除此之外，宗教也对巴赫金的时空体产生了影响。巴赫金是虔诚的东正教徒，从小成长于宗教背景的家庭，同时，得益于他与志同道合的朋友对宗教哲学问题的兴趣研究，巴赫金被称为在东正教教义中成长起来的宗教思想家。那么，从宗教角度，宗教哲学是如何影响了巴赫金的诗学思想呢？目前，国内外学者普遍认同一个观点：在宗教背景的观照下，“上帝与我”的思想理论实质上与巴赫金在陀思妥耶夫斯基诗学理论中提出的“我与他人”的概念相呼应，这一概念也被用来隐喻地探讨作者与主人公之间的关系。巴赫金认为，脱离与他人的关系来理解一个人是不可能的，“在现实生活中，人们一直认为这是自我欣赏，人类试图理解他们在意识转换中的不同阶段，并通过他人加以印证，不断地观察与找寻自身在他人意识中的生活状态。”这种我与他人、作者与主人公的关系暗示了宗教对巴赫金的巨大影响，因此我们要将巴赫金的时空体理论与他的宗教背景一同纳入研究视野。但是，与其他宗教思想家不同的是，巴赫金将自己的宗教哲学与文学、社会、历史以及语言学联系在一起，形成了一个宏大的具有世界意义的问题研究域，正如他提出的“对话理论”和“复调”概念，巴赫金本身就是集传统与创新于一体的具有狂欢精神的哲学思想者。与此同时，巴赫金还敢于将宗教思想纳入文学批评理论中，将对宗教中“上帝与我”关系的思考演绎成文学作品中作者与主人公的角色问题，同时，提出“对话理论”，在复调小说中着重强调对作者归宿问题的探讨，在消解作者权威时，严正提出了他本人对文学作品批评的现代诉求。

如上文所述，巴赫金在初期对时空体与文学体裁关系做了深入研究和归类，并在类型学上有所突破，这种归纳主要是根据西方古典主义文学。他的文章在发表 35 年后，重新做了结语，这期间经历了小说复杂发展阶段，经历过小说几十年演变进化后，巴赫金提出了更多的时空体分类方式，如城堡时空体、沙龙客厅时空体、门槛时空体等，但是他并没有如前期一样将体裁进行具体分类并划分谱系，而是将注意力转向对时空体的描绘和情节刻画。巴赫金在 1973 年发表的《小说的时间形式和时空体形式——历史诗学概述》中提到的时空体的描绘意义指的是在他的时空体理论中，时间具有直观线性性质；文学创作的情节事件在时空中有具体的表现，生动活泼。而文学作品的情节意义指的是：“对文学作品中基本事件重心的描述，其中的故事情节在时间与空间中形成，也在此地消解，也可以说时空体对文学作品的情节具有重要的组织作用。”小说的主人公们彼此在情节中是分开的，只有在特定的范围内他们才会相遇，因此他们的相互关系是在情节中建立起来的。主人公们的个人意识不可能在情节以外有实质的存在，而主人公本身是情节的产物，他们相互依附，彼此助长，这样的依存关系只有在情节中才能够实现。不难看出，1973 年的时空体概念已经偏离原来的轨道，更偏重于文学形象中的时空体探求。由此可见，巴赫金的时空体是对形式主义理论的发展，又是对社会历史在文学作品中的功能的进一步强调。由于巴赫金的哲学与宗教背景导致他的时空体具有社会学特征，因此巴赫金的思想理论核心内容是运用对话方式，将不同时空联系起来，相互依存共生，沟通交流，从而形成文学作品与社会历史现实间的和谐一致。

如上所述，巴赫金认为一部文学作品中存在多种时空体交错的可能性。这其中包括作者时空体、故事情节形成的时空体以及读者时空体，这些时空体“相互渗透，可以共处，可以交错，可以连续，可以相互比照，相互对立，或者处于更为复杂的关系之中……这些相互关系共有的性质是对话性（对话性应作广义的理解）”。具体可见巴赫金如下描述：

“即使在分割现代作品时，我们既要顾及被描绘世界的时空体，又要顾及作者和作品创造者的时空体；换言之，这里发生了被描绘世界和从事描绘的世界两者的相互作用。……我们还可以这么说，我们面前有两个事件：一个是作品中讲述的事件；另一个是讲述事件本身这个事件（讲述这件事，我们自己也作为听众读者而参与其中）。这些事件发生于不同的时间（而且时间长短也不同），在不同的地点，各种事件又发生在一个更为复杂的大事件中。这个事件就是文学作品，其中包括了故事情节，也包括文本外部的物质、文本涉及的篇章，以及文本描绘给读者的虚无世界和这个世界的创造者、听众。”

根据巴赫金的论述，文学作品本身的整体意义来源于不同时空间的相互作用。巴赫金认为，虽然从前文对作者和主人公的论述可以看出，作者应处于描绘世界以外，但是并不是完全置身事外，而是站在两者时空体的边缘。读者可以通过自己阅读作者相关材料建构出不同形象的作者，但这个“形象”并非作品人物形象的含义。结合巴赫金早期时空体理论，这时的读者对作品的建构，要依据作品所处的不同时代背景和社会环境，同样，这两点也影响了读者对作品的解读。因此对于读者时空体的理解，巴赫金解释为：“任何文学作品都面向自身之外的读者听者，并在某种程度上预料到读者听者可能的反应。”由此可见，巴赫金的时空体理论中，作者、读者和文本是并置且相互作用的。

回到前文提到的巴赫金时空体理论的核心词“作者时空体”，它其实与对话理论中的作者与主人公理论不谋而合，并且经过35年的打磨已经继承并发展为巴赫金时空体的核心内容。巴赫金认为，作者是存在于作品之外和时空体之外的拥有个人生活的独立个体，但是同时又会出现在作品中，出现在时空体的横切线上。作者在自己创造的时空中自由走动，如同在观看视频时可以操控快进与倒退，停留在任何一个时刻却又不去破坏故事的发展。因此，作者创造的文本世界可以拥有多种叙事角度，如主人公、叙述者、伪作者，抑或是自己直接叙述，巴赫金称之为“外位性”。任何用“形象”一词来形容作者都是不合适的，因为凡涉及作品中人物形象必将被纳入作品的同一时空中，无法置身在外，无法从客观的角度观察。要想理解巴赫金的这个观点，我们需要回到他的宗教背景，正如他提出的作者与主人公的关系，实际是宗教中上帝和人的隐喻。那么不难理解，巴赫金将文学作品中的作者等同于上帝，洞悉一切，他创造了文学作品中的时空。巴赫金通过对作者主体的强调与维护，对他的作者时空体在诗学问题中的存在起到了重要作用。这种作用不是体现在巴赫金创作后期在思想上对作者主体地位认识的回归，而是体现在主人公对作者意识作用于他本身时的感受与行为。巴赫金的视野不再是世界性的大视野，而是将视觉重心放在了作者身上：主人公冥冥之中仿佛具有作者意识，但又无法独自形成整体的故事描述；作者的作用仿佛主人公外挂的另一个人类自我意识与认知，超出了作为纯粹主人公的认知水平，助他完成文学作品的整体建构。因此可以看出，作者和主人公不再是前期巴赫金表明的上帝权威与服从者，作者时空体给予了“作者—主人公”更为辩证、和谐、统一的时空体模式，在这种模式中，作者与主人公的内在关系被积极正视。我们无法确定巴赫金对作者的定义是否产生了偏差，只能说随着时间流逝、社会历史背景的更迭，作者范畴在不断改变，而巴赫金在对话理论中对作者范畴的提出无疑是对文学作品研究的推进。但是当文学作品走向“作者已死”的结果时，巴赫金是竭力阻止的，因此巴赫金晚年更注重人本的回归，强调作者时空体即是对作者在时空体建构中起到的积极作用的肯定，是对对话理论中“作者”功能的补充。

概括来说，巴赫金对话理论中提及的观点并没有前后矛盾，只是他在晚期对某些层面有所克制和约束，更加凸显主人公的话语。但是在另一层面，关于整部文学作品的时空体打造，又不能过分压制作者的力量，在这一点上，作者和主人公需要找到平衡点进行相互沟通和协作。因此，在谈及巴赫金的时空体时，作者作为主体的人文精神才是核心，即便当对话理论中出现对主人公的重视，最终也不会出现“作者已死”的极端现象，把握这一点对掌握巴赫金整体的思想体系具有重要意义。

二、戴维·洛奇空间叙事的文本创作：克里斯蒂娃的互文性理论

戴维·洛奇的小说创作中文本结构的多样性与互文性特征极为明显，“包含了对一切形式的含混、断裂、位移”。这种与传统小说结构迥然不同的形式为阅读设置了障碍，也通过此形式与读者保留了虚实间的距离。洛奇通过文本形式的多变与文本间的互文性，为读者搭建

了一个无限小说空间，在此空间中读者反复参照与回忆，整合个人阅读经历中的信息，形成了典型的创作空间与阅读空间相结合的立体网络空间，这是洛奇空间叙事中的空间阅读，这里不再展开阐述，详见第三章节。洛奇这种复杂文本搭建形式与阅读空间的不确定性，既受到巴赫金对话理论、时空体的影响，也受到克里斯蒂娃互文性的影响。

对话理论和互文性理论是语言异质性研究的两种重要理论，对话理论是互文性理论的前文本，而互文性理论是对对话理论的吸收与移位。本小节从不同的理论背景和理论意图入手，通过对对话理论和互文性理论在话语与文本、人本主义与文本主义两方面异同的论析，揭示互主体性到互文性是从主体到客体、从主观到客观的转变过程。

（一）从互主体性到互文性的理论再建构

互文性理论由法国文学批评家克里斯蒂娃提出，她在早期的研究中深受俄国文艺理论家、结构主义符号学代表人物之一——巴赫金的影响。正是巴赫金的对话理论启发了克里斯蒂娃对互文性理论的深入思考，帮助她寻找到走出结构主义文论困境的道路。英美学术界第一部综合介绍互文性理论的专著《互文性》的作者艾伦把克里斯蒂娃的研究称为后结构主义的互文性。然而，互文性理论被认为是对话理论的法文版本则稍有偏颇，对话理论对互文性理论的影响不可否认，但同时，我们也应看到巴赫金与克里斯蒂娃的理论背景和理论意图的差异。本文将从话语与文本、人本主义与文本主义两个方面对对话理论与互文性理论的异同加以解析，以揭示对话理论互主体性到互文性理论，互文性从主体到客体、从主观到客观的本质转变过程。克里斯蒂娃的互文性理论是广义的，意味着“文本向所有文本之外的外来因素开放，接纳一切外来因素”。区别于狭义互文性理论，文本之外的因素可能是文本，也可能是历史、政治，亦可以是无形意识，但这些因素都已被文本化，“可以从更大的空间和更广的范围来研究文学文本的特性”。如果说巴赫金的对话理论是克里斯蒂娃互文性理论的范本，那么二者也可以称为典型的互文关系，对话理论是互文性理论的互文本，而克里斯蒂娃便是对巴赫金的理论进行“吸收、借用、置换和移位”。

（二）从“话语空间”到“文本空间”

“话语”和“文本”分别是巴赫金的对话理论和克里斯蒂娃的互文性理论的关键术语，而由“话语”到“文本”的过渡也预示着从对话关系到互文性的衍变，即互主体性概念被互文性概念取代。巴赫金的对话理论超越结构主义，在更广泛的历史背景下研究话语及其对话性，将符号系统的他人话语和杂语的多维度概念引入对话理论。以陀思妥耶夫斯基的多声部小说为例，巴赫金指出，包括托尔斯泰在内的文学作家都从纯语言学角度解释“话语”一词，即“主人公们说着同一种语言，他们作者的语言”。首先，单纯从语言文体角度阐释文学作品，只能借助纯语言学，而对话关系中的话语是个性鲜明、具有艺术意义的言语。其次，从超语言学范畴来看，对话存在于句子、词组甚至词素之间，这是超出语言学的全新概念，也成为巴赫金后期文学理论的关键词。互文性理论注重文本内容的形成过程，以及“无法追溯来源的代码”。克里斯蒂娃探讨对话关系在话语及文本间的作用，并从词语在文本空间中的位置入手，提出互文性。克里斯蒂娃强调文本结构的非限定性，即在作者开始文本写作之前，该文本已经在其他文本的关联下启动自我书写功能，不过只是在现有书写过程中不断使自我“相对”完整而已。克里斯蒂娃在继承巴赫金对话理论的基础上，主张对话原则的双重意义，即破坏与再建构的改造过程。由此，我们将从克里斯蒂娃最原始的“互文性”提要入手，分析互文性理论提出的理论背景和理论意图，以及与对话理论的异同之处。

“互主体性”是互文性理论与对话理论的最大区别。首先，对话理论强调具有对话关系的对话主体，而克里斯蒂娃运用“兼顾”表明与对话理论主体概念的关联，也是强调客体的存在。所有的文学文本都不是原创的，而是由无数相关文本相互关联拼接形成的，其中文本间具有相互借用与转换作用。由此，互文性概念便具有了互主体性。其中互主体性概念位置的兼容意义也表明互文性概念的客观性。其次，“文本”取代必须具有对话主体存在的“话语”，对话关系脱离了个性话语并发展成为强调客体的多维度文本对话关系。“取自其他文本的陈述相互交错”中“文本”在其“任何成分之间，从对它的严格语言学立场来看，都不可能有对话关系”。二者具有本质的区别：后者指代狭义的文学作品中的文字，前者指代具有交流含义但又超越此含义的所有符号系统。克里斯蒂娃的“文本”呈动态并不断变化，是对实体的再建构，是将所有符号系统文本化的过程本身。而巴赫金对于“文本”概念的界定仍旧维持传统结构主义思路，认为是单纯的静态文学文本，与克里斯蒂娃互文性理论中动态的“书写文本”有所区别。克里斯蒂娃的“文本”是自行运转的个体，是不断书写、思考、进化中的动态文本，不受制于作者。受到巴特①“作者的死亡”观点的影响，并对德里达②破除形而上学结构哲学的呼应，克里斯蒂娃眼中的创造者形象已模糊不清，取而代之的是具有平等话语权的客体。克里斯蒂娃对巴赫金对话理论的阐释也是对互文性理论再建构的过程，她指出，“历史和社会也被看作一些文本，作家阅读这些文本，并通过重写这些文本而把自己纳入历史和社会中。作家不再是文本的创造者，而是社会历史文本的参与者，作者组织了历史空间中各个维度的材料，为多声部话语的对话提供文本平台。这种对话关系是“多

---

① 即罗兰·巴特，法国作家、思想家、社会学家、社会评论家和文学评论家。

② 即雅克·德里达，法国哲学家，西方解构主义的代表人物。

种写作之间的对话：作家、接受者（或人物）与当前的或先前的文化语境之间的对话”。

“先前的或同期的陈述被转置到交流言语中”是克里斯蒂娃对巴赫金对话理论中典型的对话关系的深度阐释。将“转置”一词运用于互文性理论当中，是对巴赫金对话理论的借用，二者印证了互文性理论的主要特征。词语作为克里斯蒂娃所指的交流言语的最小单位，“既是把结构模式与文化（历史）环境相联系的中介因素，也是使历时性变成共时性（文学结构）的调节因素”。克里斯蒂娃将巴赫金提出的“水平轴（主体—受话者）”和“垂直轴（文本—其他文本）”重合，并未清楚地区分二者。她认为横纵轴的重合代表着对话关系与词语或者文本的交汇，交汇的每一点都代表着对话主体与社会历史文本的焦点，交汇所处的空间也是对其他对话关系和社会历史文本的辐射。克里斯蒂娃将词语置于三维空间中，将“主体—受话者—其他文本”作为词语灵活运作的大环境，活化词语本身的分子运动功能。

（三）从“人本思想空间”到“文本理论空间”

从巴赫金对话语的定义可以看出，巴赫金对话语的界定范围是具体的生活意义范畴，这是“人本主义”思想的体现，也只有“人”这一主体才可以存在于生活中。巴赫金指出“对话反应把它所反映的任一表述加以人格化”。生活是高于文学话语的诠释，而对话是人存在的基本形式。巴赫金的理论中始终带有“人”“意识”的主体观色彩，这与其深厚的基督教文化教义密不可分。巴赫金长期关注心理学和社会学领域的探索与研究，他的研究介于 20 世纪 20 年代初文体学批评和结构语言学之间，找到“超语言学”这一研究空白并建立意识形态分析理论，诸如“意识形态”“意志”和“思维”等词汇频繁出现于巴赫金的作品中。巴赫金认为，一切事物皆由对话组成，生活中存在的最根本单位是双声对话，而“另外一个人的话语是当前的舆论”，

“我”与“他人”的意识碰撞是具有基督教人格论意义的对话，是同上帝的长久对话。巴赫金在对话中找到了他向往的精神自由，同时，摆脱了神坛的束缚，上帝与“我”平等地对话。对至善至美的和谐境界的不断追求成为巴赫金对话理论的终极目标。由此可见，对话理论存在于生活中的每个角落——人与人，人与自然，人与上帝。尽管如此，受到人本主义思想影响的巴赫金在文学理论道路上还是跨越了形式主义诗学的樊篱，向前迈进了一大步。巴赫金已将“人本主义”文学思想融入其理论体系，并在理论进化过程中逐步靠近纯粹的文本理论。

文本理论作为一种科学的研究方法论已经丧失了最初的文学信息，此条件下的“互文性”也转变为客观抽象的语言学概念，它只是一种跨越和重新排序的手段，是连接相关及其他信息的桥梁和纽带。文本理论研究始于摆脱历史和社会等背景束缚的初衷，便于对文本进行更为直观的审视。克里斯蒂娃将“文本”表述为携带自己语义和用法的词的堆砌，它们组成无限的网络指涉延伸到本身和其他文本，在内涉外延的过程中将这些文本进行重新排列组合、转化、升华或复读，且文本间相互呼应、相互制约，对文本的阅读其实是对已存在的前文本话语模式代码的再转换及生成的过程。克里斯蒂娃虽继承并发展了巴赫金的对话理论，但她的互文性理论展现的却是被文本化的世界，即“文本”存在于没有生命特征、客观的世界中，生活也被无限地文本化。克里斯蒂娃强调文学体裁的任何演变都是不同层面的语言无意识的表露。叙述结构中的主体退化为匿名状态，作者在叙述中不再代表任何人或事件，只为话语间的转换提供一种媒介形式。因此文本的建构不再需要思维意识的存在，它成为一种客体空间的架构过程，文本与其所处的语言环境也只是一种“破坏—建立型的再分配关系”。显然，“文本世界观”受到巴特“作者的死亡”的影响，文学不再是传统的语言形式，而是可以独立“书写”运作的、与实际言语活动不相关的活动过程。话语权的丢失使作者失声，也使作者与文本彻底脱离，形成真空的文本世界。

虽然巴赫金的对话理论与克里斯蒂娃的互文性理论都研究语言的特性，但二者的理论重点、背景与意图具有明显差异。首先，在互主体性向互文性的转变过程中，对话理论注重语言交流中话语主体的话语权与对话特性，而互文性理论则注重语言文字的自我书写功能与文本自行运作的客观事实以及“意义的生产和结构化过程”。其次，巴赫金的对话理论最终归结为哲学和宗教伦理的人本主义问题，对话中存在的主体二重性（主体话语和他人话语）显示他对语言表现形式的深刻思考，即具有平等话语权的各方进行平等对话的理论彰显了巴赫金对自由的向往。克里斯蒂娃的互文性理论是为了迎合作者权威瓦解（即“作者的死亡”这一理论意图）而出现。她夸大了巴赫金对话理论中平等对话的概念，强调文本主义的客体他性，减弱了对对话理论中主体二重性的关注。但在客观事实上，这并没有完全消解文本中主体的存在，只是传统意义上的“作者”这个唯一主体消失了，取而代之的是文本自我运作中产生的“新”主体。

从巴赫金的对话理论到克里斯蒂娃的互文性理论，语言的异质性是二者的研究重点，两种理论的“对话”从未间断。我们应看到从巴赫金对形式主义诗学的超越到克里斯蒂娃对结构主义文论的改写都具有重要的历史意义和实践价值，两种理论在不同的历史背景与理论意图下，均已成为打破传统理论格局的重要文学理论。

由于受到巴赫金和索绪尔的启发，克里斯蒂娃对描述过程中的文本用到了“空间化”一词，这是对过程中的文本的一种既直观又形象的描述方式。因为克里斯蒂娃认为文本其实是动态发展的，是一种过程，这个过程在根本上是对话性和互文性的。她认为：“将文本空间中对话的三维或三个坐标确定为写作主体、受话人和外部文本。其中写作主体和受话人（或是接受话语的人物，或在更多的情况下，是读者）所在的直线称之为水平轴，而文本外部（或其语境）所在的直线称之为垂直轴。”作者与读者之间具有相互交流的空间，而文本自身因为具有开放性，所以与其他文本同时具有对话性，这种对话性是动态的、开放的、变化的，区别于传统结构主义的封闭文本概念，而且，社会与历史因素也参与到文本中，同时还有作者的写作经历与阅读经历。这些纵横交错的对话空间交织在一起形成克里斯蒂娃的互文性理论以及空间意识。

韦斯特·巴甫洛夫[①]揭示了战后法国哲学从“空间是什么”问题转变为“空间的表现形式”问题，这种转变呈现出一种新的空间分析模式。他认为，空间不再是时间或物体本身的容器，而是社会心理结构，因为它创造了意义并传递了社会知识。作为后结构主义者，克里斯蒂娃强调了这是一种空间过程——是人类生活所需的配置以及重新配置的动态方式，个人存在的空间以他们的生存方式经历着一系列事件。克里斯蒂娃对人类主体性的性别化产生的兴趣帮助她形成了与人类生活联系起来的空间理念，她将注意力集中于空间符号学及如何在文化中转变和影响语言生活上，同时她还在个人作品中探索了更多社会心理学空间概念的观点。

三、戴维·洛奇空间叙事的语境迁移：弗莱的叙事理论

戴维·洛奇空间叙事的语境迁移源于对诺思洛普·弗莱的叙事理论，是借用音乐术语的意象旋律以及和声语境表达叙事和意义。同时，洛奇也认为空间叙事具有规律性与宗教仪式感，如现代文学具有

① 韦斯特·巴甫洛夫，澳大利亚学者，目前是德国图宾根大学的英语文学与文化系教授。他的研究领域包括空间与时间诗学问题。

的两种趋势：内聚与外延——读者尽力对阅读的文字进行重新构建，使其具有可读意义；读者的思考与真实意义相结合的阅读产生了向外延展的离心力。洛奇在写作中对宗教中心意义空间的探讨，突出了他在创作中由虚幻的彼世空间到现世空间的追寻，这是洛奇对现代宗教的思考，是宗教与神话时空下的理想创作模式。尤其是创作中对神话传奇的移用，以及文本中自上而下的空间俯视视角，用现代罗曼史满足了读者的阅读心理，这符合弗莱空间叙事中对神话传奇文本的移置，是将源文本与仿文本结合的异质文本空间的轮回方式。

如上文提到，无论是巴赫金的时空体，还是克里斯蒂娃的空间化理论，都是对空间异质性的阐述。随着学术界对弗兰克空间形式理论的激烈争论，W. J. T. 米歇尔于 1980 年向学术界提出如下解决方式：他认为“空间形式是所有时代和文化中，对文学的经验和诠释的关键要素。换句话说，举证责任并不在于弗兰克证明哪些作品具有空间形式，而在于其他学者如何证明哪一部作品不存在空间形式”。米歇尔提出空间不是固化的封闭的，而是运动中的，超越了“形式”，具有复杂的、开放的解构性质。他反对传统的对文学作品层次“字面”和“象征”意义的划分，提出空间应具有多维度的划分形式。

（一）弗莱叙事理论提出的四层空间

米歇尔借用诺思洛普·弗莱《批评的解剖》中对中世纪寓言层次的划分，首次将空间形式进行了区分，将空间形式划分为字面、描述、共存以及形而上学四个层次。第一个是字面层，是指文本本身的物理存在，是一种非隐喻意义上的空间形式。第二个是描述层，关注的是在一部作品中表达、模仿或表示的世界。这显然是一个空间领域，必须在阅读体验期间或之后在心理上进行构建。正如心理学家所指出的那样，“真实”空间的世界与心理结构是分不开的，也是及时向我们揭示的。但这并不表明文学作品是一个固定的、静态的想象与阐释空间，“文学作品的空间可以通过华兹华斯在其‘时间点’概念中所描绘的风景那样，在时间的维度上得以展现。它可能包括宇宙的整个图像，如弥尔顿；或仅限于英国乡村的一个小区域，如简奥斯汀。它可以表现为变形、非理性、异质、片段或稳定、坚实和可靠。它可能是小说的一个重要方面（如哈代的风景描述），也可能是微不足道的，到目前为止它几乎没有引起人们的注意。它不必局限于我们在设定的标准下正常考虑的内容，只要作品描述了与其他任何事物相关的任何东西，它就会呈现‘共存数据的顺序’；无论该数据是由字符、物体、图像、感觉还是情感组成，无论我们的阅读是什么导致我们不仅仅在视觉上‘看’，而且在整个感知领域中去“看”，它都是文学体验中描述性空间领域的一部分。”第三个是共存层，它指出所有“形式”或“结构”都具有“空间”的内涵，“时间形式”不是“空间形式”的对立面，而是“空间模式”中的“时间体验”。无论任何时刻，读者都认为他们已经发现了管理文本中呈现的顺序或顺序的原则，无论它是基于图像、情节和故事的发生，性格或意识的发展，还是历史或主题的关注——任何时候，读者都可以通过文本感知地图或文本的时间运动概要，其实，这都是空间的第三层次。这并不是说任何固定的地图或其他空间形式最终都会占据文本的所有细节，在阅读行为中，从作品的时间流动中识别并建构空间模式是阅读的核心重点。第四个是作品背后的形而上学式的空间形式，这里的“空间形式”是隐喻的，是以某种方式感知而不可言说的。例如康拉德在他的作品中期望读者能够领略到其所描绘的世界，这种世界是通过小说中定义的描述性空间形式来呈现的。由第四种分层推论，米歇尔希望我们能够看到异国风情、各种各样的感官描写，以及虚构的文学作品世界背后的基本模式。这种模式不仅仅是形成其故事时间展开的形式原则，也是故事背后以形而上学特殊方式讲述的整个世界。康拉德希望我们看到的内容与我们“看到”某人（或某物）时的体验非常相似。

米歇尔的空间形式理论来源于诺思洛普·弗莱的论文《伦理批评：象征理论》，是从意义和叙事相互联系中对文学作品进行的层次分析。弗莱将视野放在多角度、多方向、多关系、多层面地分析文学现象上，他将文学作品划分为不同层次，同时也认为相应的文学批评也该有层次划分，如此便会从多维度观察文学作品，将宏观与微观结合，对作品进行整体把握和细节分析。他认为："任何文学作品都既有程式化的方面，又有独创性的方面，只是程度各有不同；有明显程式化的作品，也有隐匿其程式化的继承性以至于看起来似乎全然变异的另一极端，而在两者之间则有无数过渡类型。"这种对文学作品多维度的观察方式，由表及里，层层分化，细致推敲，在时间形式中找寻空间存在模式，同时也在空间中感受时间的流淌，使文学作品中的空间形式恰到好处地展现在读者面前，或者说是让读者感知到文学作品中异域空间的存在，从而提升作品的可读性。

（二）弗莱原型批评中空间叙事的移位

笔者认为，弗莱的神话原型批评理论同样具有探讨文学作品空间叙事的指导作用——尤其需要指出的是，原型意义理论中类比形象的"移位"与原型叙事结构中的"相位"理论。以下会对两个术语及相关理论做详细探讨。

西方文学20世纪被誉为文学批评的世纪，诺思洛普·弗莱当数这个时期最具有影响力的文学批评学者，他的文学批评专著《批评的解剖》被称为第二次世界大战以后最有影响力的批评和文学理论著作之一。此书一经问世，就以开阔的文学视野总结了当时西方各个流派的是非得失，打破了传统的思想僵化的文学批评界格局，结束了某一流派垄断的局面，同时迎来了各国多种文学流派百花齐放的峥嵘态势。这部巨作的诞生标志着"原型批评"时代的到来和崛起，并结合人类学、心理学和精神分析等理论系统论述了原型批评的观点和方法。这里提到的“原型批评”也可称为“神话批评”，是从宏观整体把握文学类型的共性及演变规律。“所谓的原型，就是经常并反复出现，具有代表性的意象，其中最基本的文学创作中的原型就是神话。神话是一种具有代表性的文学形式与结构模板，所有的文学形式都源于神话的各类演变与延伸。弗莱认为所有的文学体裁与作品都是相互关联的，其中体现了全人类对文学的集体想象，但又表现为具有局限性的往复重复与复制模式。”因此，一部文学作品不是单一独立的个体，要将其纳入整个文本网络中去看，从宏观的角度，站在远处把握文学作品的整体轮廓——弗莱称之为“向后站”。

弗莱的叙事理论分为两个主要部分。第一部分为原型分类及意义。弗莱将原型及意义分为三类：第一类为神谕意象，展现天堂和人类理想；第二类为魔怪意象，顾名思义，与天堂相对应，展现了地狱与人类理想相反的景象；第三类为类比意象，介于第一类和第二类之间，即天堂与地狱之间的各种景象。神谕意象和魔怪意象属于“非挪用”的神话，虽然它们在文学作品中存在某种变形，但是仍然属于原始模式，而类比意象则是介于浪漫主义和现实主义之间的文学模式。第二部分为原型的叙事结构，是将文学叙事结构看作自然界一天或一年的循环往复的模式，仿佛早、午、晚、夜，再或者是春、夏、秋、冬，由此相对应的文学叙事结构也被划分为四个层次，即春天叙事结构——喜剧、夏天叙事结构——浪漫传奇、秋天叙事结构——悲剧和冬天叙事结构——反讽和讽刺。弗莱认为，文学的发展由神话开始，继而转化为四种模式，到了最后阶段又会出现重返神话的大趋势，例如乔伊斯的《尤利西斯》中有古希腊罗马的神话情节。这里需要强调的是，弗莱四种叙事模式人事动态变化的过程，非传统一成不变的固定模式。例如，他认为喜剧是一种叙事模式，位于第四类反讽和讽刺以及浪漫传奇之间，就像春天作为冬季与夏季之间的过渡。在喜剧的分类中，较早的部分倾向于展现反讽和讽刺，而较晚的部分则更接近浪漫传奇。这种从宏观角度审视文学的模式，就像四季的循环一样周而复始，对西方文学批评界具有极大的参考价值。

如果要深入探求原型研究，就需要从神话入手。神话是一种带有主体并且虚构的纯粹文学世界，不曾受到任何相关经验或规范的影响。从叙事的角度看，神话是对人类行为的模仿，是一系列的行为模式，这种模式以接近人类欲望的极限而存在。神话的存在是高于人类欲望的，是世人无法达到的境地，但在诗歌中我们依然将神话置于与人间同等地位，仅仅是供开展各种活动行为的场所。所谓神话世界，则是充满神话形象并通过宗教中提到的天堂体现出来的隐喻，与之相对应的是人类的现实主义世界，是文学作品所唤起的与读者预想相近的明喻艺术。在神话中体现的文学结构是总结分析而得的整体架构，而现实主义则是将相似的结构框架放置在真实的文学语境中。因此，我们在现实主义作品中会看到与神话结构颇为相似的整体结构，这就使读者产生了某种质疑，如何从虚构的神话结构中解读现实可信的文学作品，而解决这一疑惑的方式被弗莱称之为“移位”。由此可见，文学中的构思存在两个极端，一端是虚构的神话，另一端是人类的现实主义，而中间的区域则被称为“传奇”。这里的“传奇”一词，已经不再是前人提到的关于历史模式的内容，而是运动于神话和人类现实主义区间的动态模式，这种模式具有神话一般理想化的固定模式，却是驶向人类现实主义彼岸的移动神话。弗莱将这种“移位”原理总结如下：“传奇是用明喻的方式将类比、联想与形象联系起来的，这种形式在神话中用隐喻加以认同。在神话中可以有神圣威武的太阳神、森林之神，而在传奇中只能有具联想意义的意象意味深长地存在，如将人与太阳、火和森林相关联。这是向现实主义靠拢的文学模式，其将联想的含义消解淡薄，并营造机缘巧合或意外的形象。”

为了进一步解释这种“移位”，弗莱列举了霍桑[1]的小说《玉石雕像》。任何读者都会将书中提到的雕像与人物多纳特罗联系起来，因为他们都具有雕像的特点。另一名女主人公是希尔达，书中描述她“纯洁无邪，温柔善良，居住的小阁楼四周鸽子成群。鸽子十分亲近她，另有一个男人还叫她‘我的鸽子’”。倘若将女孩形象和鸽子紧密联系起来，读者便会将她视为鸽子女神般的圣洁形象，这本身便已未按照预先设定的故事路线发展，而是开启了神话模式。只是《玉石雕像》是一部典型的低模仿虚构小说，正如弗莱运用的“移位”技巧，如此部作品向后移位，那便是人类世界中具有神话虚构框架的传奇，向前移位便是一部具有讽刺喻义的文学作品，也正如卡夫卡[2]和科克托[3]。这种神话与文学小说间的紧密相连对小说的构思具有巨大的推进作用，一方面具有人类世界的现实主义，另一方面又具有经典神话的完美框架结构。

弗莱除了将文学作品区分为不同的意义结构之外，还同时强调叙事中结构的转换。如上文所述，弗莱认为，某些文学叙事的范畴比传统的文学叙事范畴更为广泛，并且出现在以下题材之前，此范畴包括喜剧和悲剧、传奇和反讽。此处指的悲喜剧绝非舞台上的狭义悲喜剧，它不是一种体裁，而是更为宏观视角的结构，传奇和反讽亦是如此。而后者更大意义上是指经验文学的结构，可以用来代替前文所提到的人类现实主义世界；同时，前者可以说是理想的代名词，而后者则是现实的代名词。最需要强调的是弗莱的宏观大局视野，他指出，

① 即纳撒尼尔·霍桑，美国心理分析小说的开创者，被称为美国 19 世纪最伟大的浪漫主义小说家。

② 即弗朗茨·卡夫卡，20 世纪初最重要的德语作家之一，也是现代主义文学的先驱。他的作品以深刻的寓言性、复杂的心理描写以及对现代社会和人性的独到见解而闻名。

③ 即让·科克托，20 世纪法国一位多才多艺的艺术家，在诗歌、小说、戏剧、电影以及视觉艺术等多个领域都有所建树。科克托以其独特的创作风格和对艺术的深刻理解而闻名，他的作品常常带有强烈的个人色彩和象征意义。

喜剧可以与反讽相融合，而同样传奇也可以是悲剧或喜剧，悲剧也可以变为对现实的讽刺。由此看来，弗莱的叙事结构——喜剧、传奇、悲剧、反讽——已经超越体裁的划分，而变为对叙事结构不同层次的划分。

弗莱按照四季划分四层叙事结构：春季的喜剧、夏季的传奇、秋季的悲剧和冬季的反讽。喜剧一直以来的趋势都是将作品中刁蛮且令人厌恶的角色最终归结为弃恶从善的结局，不仅是对恶人进行指责和鄙视，还在情节中除掉恶人，但在这个过程中会导致读者对他产生怜悯，甚至最终演变成悲剧。弗莱列举的最典型的作品便是莎士比亚的《维斯尼斯商人》。此部作品不能称为单纯的喜剧，因为对恶人最终的怜悯，破坏了喜剧情节的平衡。夏洛克这个角色带给人喜剧中的悲哀，虽然最后以喜剧形式收尾，但其实这是一部关于威尼斯犹太人的悲剧。当“弃恶扬善”成为作品的主要目的，尤其是当作者想要取悦读者的时候，喜剧就已经开始倾向于最终接受某些人而不是排斥他们，致使他们即便没有参加最终的大结局，也拥有出场的权利甚至享有一席之地，例如基督教中仁慈的上帝。弗莱将喜剧分为两种形式：“第一种形式是突出对他人的坑害，第二种形式是客观描述并和好的和谐场面。前一种是运用现实主义文学创作手法将喜剧的讽刺与嘲弄以及现实中的人情世故集中描写出来，后一种是莎士比亚式的浪漫喜剧模式。”对于喜剧来说，读者对其皆大欢喜的结局都抱有理应如此的态度，因为这符合人们当时的社会道德评判标准，但是对于相反的结局，弗莱认为并不是邪恶压制了正义，而是荒诞的。这种人们眼中正义的道德喜剧是存在的，但是这种并没有冲突出现而是一直义正词严的故事情节，缺少故事发展的跌宕起伏。那么，一部文学作品如果不包括故事情节的冲突，没有正反两派的争执，便没有任何剧情高潮，这里讲的反面并不一定是反目成仇，而是怀有敌意。在这种怀有敌意的荒唐可耻行为中，社会还能给予正确的判断才能称得上喜剧的情节模式，比起用正义对邪恶的终极裁决来得更为大快人心，也达到了喜剧上情节设置的规范要求。

谈到喜剧的情节，将剧情安排成出人预料的大转折，好似有神灵庇护的天降运气，都是喜剧作品创作必须有的特点。除了喜剧的情节，喜剧结构是至关重要的。

弗莱认为："喜剧的组织结构具有两个端点，一端为文学讽刺，另一端为传奇。正因为如此，两端的形式不同，如果喜剧结构也存在不同阶段或类型的话，那么其中有一些就会与某些讽刺和传奇极其相似。"弗莱认为，喜剧的结构存在对称现象，每一个叙事结构都有六个相位，其中三个与另一个临近的行为成对应关系，前三个与反讽的前三个相位对应，而后三个相位则是与传奇的后三个对应，这就形成了具有讽刺和反讽意义的喜剧，或是具有浪漫主义和传奇性质的喜剧。相位的交错，正是符合了不同社会环境背景的喜剧发展趋势，同时也展现了人类的纯粹理想与现实世界的转换。这样一个动态过程犹如人类一生的成长，从弱小无助、天真无邪的纯粹，到长大成人后的坚强而现实，再到年老衰弱、最终死亡，这最终的归宿恰恰又回到了最纯粹的理想世界，因此读者心中已经接受了从神话到现实，继而又再次回归神话理想的整个过程。

在所有的文学形式中，弗莱认为传奇是最接近现实虚幻世界的。无论是中世纪的骑士传奇文学还是文艺复兴时期的传奇，无论是 18 世纪资产阶级的传奇还是俄国革命传奇文学，都具有共同的特点，那就是：当时的社会统治阶级或是权威阶层都会用传奇来包装自己的远大理想，道德高尚的男主人公和纯洁的女主人公代表着阶级的至高理想，而与之相反的歹徒恶人则是挑战他们理想与权威地位的最大威胁，二者形成了鲜明的对抗冲突和情节矛盾。

众所周知，传奇情节主要以冒险为主，只有冒险才能保证整个作品的连续性和运动状态，弗莱做了最确切的总结："如果谈到质朴的状态，传奇便是最重要的变换多样的一种形式。传奇中的人物容颜不变，经历无数次冒险，直到创作者毫无精力为止。传奇成为一种文学形式后，经常进入描写系列冒险事件的模式，最终会体验最重大的一次险境。这种终极冒险往往在开始时便对读者加以暗示，直到圆满完成冒险为止。这种冒险是传奇文学的主要形式，我们称之为‘历险探求’。”弗莱的这种探求可以隐喻为对自我欲望的寻求之旅，而最终的圆满收场则是从现实忧虑中解脱出来，进行自我解救，这是现实的。这类传奇中的反面人物通常是一些巨人怪兽、巫师法师，这是从严厉父亲原型中演变而来的。传奇如喜剧一样，具有六个相位，它们的排列逐步向悲剧端移动，前三个相位与悲剧对应，后三个相位与喜剧对应，上文已经探讨过了。传奇的这六个相位组成了英雄人物一生的循环序列，具体如下：第一相位是关于英雄出身的神话；第二相位是主人公天真无邪的青春阶段；第三相位是关于英雄探求主题；第四相位是维护天真无邪世界的完整，排除经验干扰；第五相位是自上而下的反思，对经验的观照，准备回归；第六相位称之为“沉思”，标志着冒险到此终止，并转向对冒险的沉思行为。

传奇中的人物设置基本都是梦幻的，讽刺作品中是超出现实的漫画式人物，而在前文所述的戏剧中，所有人物都以圆满结局，不符合现实，但是悲剧不同于上述所有特征。在最纯粹的悲剧中，人物都是从虚幻的不现实的虚构中被解救出来的，因为悲剧从开始便是因为真实可信才被纳入文学领域，虽然悲剧也要遵循自然规律的限制，不会从天而降拥有神力，也不会依靠法术帮助自己摆脱困境。正如亚里士多德指出，如果想找寻悲剧效果的源头，就要从悲剧的叙事结构和情节结构入手。

悲剧主人公的独特之处在于他们高踞自认为的精神境界的顶端，存在于天堂与人类现实世界的中间，无论是基督耶稣，还是普罗米修斯，都要因处于天地之间而做出牺牲，虽然它们是那么和蔼可亲，带着神的意志为人类做出了牺牲，但他们背后终究有一种局限性存在。

这种局限性使悲剧人物拥有超乎常人的信念，但同时也是导致他们厄运的缘由，只有通过悲剧人物才能使读者感受到这种信念的存在，而非他人。悲剧的情节是不容置疑的，批评界将这一点归结为莎士比亚式的个人特性。这种情节形式关乎自然法则，如《哈姆雷特》是通过复仇来表现的，因为主人公在复仇的同时也造成了个人的人生灾难。

弗莱认为："在这种结构中，最初激起仇恨的行为，构成一种彼此对立或抗衡的运动，而这一运动的完成，便解决了悲剧的冲突。这类情况已属司空见惯，因此我们几乎可以概括地说，悲剧的整个叙事结构是双向的，这与喜剧由三个部分构成的纵情狂欢式运动形成鲜明对照。"当习惯运用原型角度思考文学的时候，我们会发现悲剧其实是对牺牲的模仿，并且它具有矛盾的两面性：一方面是主人公即将堕落，这是对正义的恐惧；而另一方面则是对主人公的堕落表示的惋惜、对他的失误产生的怜悯。而牺牲也具有相似的两个构成因素：一方面是圣餐式的分享英雄肉体，让人感知与躯体的合二为一；另一方面则是深深愧疚与负罪感，担心自己吸收了可能充满愤怒的力量。这种仪式比心理上更加存在明显的悲剧因素，悲剧主人公对祭祀礼仪的模仿并非真正被杀死，而是在艺术中的反复出现，使读者产生某种理想——死亡终究会使幸存者结合为一个新的整体。悲剧人物在关键时刻面对死亡的慷慨激昂、视死如归，使读者与之产生巨大的心理共鸣，随着英雄行为的星光逝去，就会出现犹如英雄再世般的精神气节凝结一体，预示着在遥远的地方有一个英雄永世的神秘世界激励着现实中的人们（现代影视作品中也会用到）。这种英雄式的悲剧向讽刺过渡同样需要经历六个相位，与上文相似，前三个相位同传奇中的前三位，后三位同讽刺的后三位。第一相位是拥有至高无上威严与地位的人物，与传奇中出身不明的主人公相似；第二相位是天真无邪的悲剧，相当于传奇中的青少年时期的主人公；第三相位是功成名遂的主人公，相当于传奇中历险探求的中心主题；第四相位预示着主人公没落的方向；第五相位趋向讽刺，英雄传奇成分减少，远大前程即将毁于一旦；第六相位是俄狄浦斯王式的震惊与恐惧，不加限制的绝望造成无法挽回的败局。

悲剧之后，我们再来关注最后一个叙事结构——嘲弄和讽刺，这一结构被弗莱称为关于现实经历的神话范式——即如何使非理想化经验的那些变化多端的含糊性和复杂性获得表现形式的问题。在这部分，嘲弄和讽刺性神话作为一种结构，被看作对传奇戏谑的模仿，是将传奇的神话般的形式纳入现实世界，并符合以上形式。用堂吉诃德的一句话来概括就是：在传奇小说中，没有人会问，主人公住旅馆的钱由谁来付，也以此来说明，传奇的神话特性是脱离现实世界的。我们首先需要对二者进行区别，弗莱认为：嘲弄与讽刺二者具有明显区别，并且具有明显的界限。嘲弄具有一定程度的嬉笑怒骂中的古怪与荒诞，而讽刺则是在语气中带有明显的逼迫意义。讽刺具有标准化的评判标准，对貌似荒唐可笑的事情具有界限感的描述，并且不带有任何感情色彩。对于现实生活单纯的不满与怒骂只是属于讽刺范围；反之当在文学作品阅读过程中，读者在揣摩作者的腔调与态度，搞不清楚作者的立场与原则划分，同时也感应不到作者对读者的情绪时，便是作者对嘲弄的文学实践，其中感受不到明显的敌意与不满，也没有显而易见对现实生活的愤愤不平，这时出现的便是嘲弄。二者在文学创作中起到不同的文学作用：讽刺是根据作者为读者建立的某种幻象而产生的对现实主义的批判，内容表现为荒诞不经，在这种荒诞中读者感受到作者的提示性标准，并且掌握了作者鲜明的态度与感受；嘲弄则不然，它更适用于现实生活中作者委婉而不失优雅地调侃生活，这种含蓄的态度使读者感受不到尖刻的挑剔与失落恍惚。对于作者来说，选择哪种方式产生的效果截然不同，也可以说这是一种道德标准的选择。

内容尖刻的讽刺具有异想天开或是假定的口吻，但是当内容真的令人无法忍受时，作者便终止了这种讽刺。由此可见，从结构上看，讽刺接近于喜剧，因为同样存在两个社会群体间的争斗、正常与荒唐，在作品中既有道德观念又有梦幻离奇。具体分析后则可以看出，机智和幽默是讽刺的基本要素，同时还要有被攻击的对象。机智幽默的攻击对文学作品更具有可塑性，而单纯运用道德标准进行的斥责和攻击是缺乏想象力和离奇意味的，同时也减少了文学作品的可读性和趣味性。

鉴于此部分拥有的两个术语，为避免逻辑混乱，弗莱仍然从相位入手，前三个相位属于讽刺的相位，相当于喜剧的前三个也是嘲讽的对应相位——此时具有嘲讽性的喜剧、荒诞至极的情节，以及还未移位的社会群体。这一相位具有的讽刺不妨称之为低准则讽刺，是一个极端。讽刺文学的第二个相位也可以称作相位的中心主题，是对生活提出的各种观念、概括理论和教条——这里提到的是理性的讽刺。上文提到的传奇是统治阶级用来表达自己理想的形式，那么这部分可以理解为处于上升期的中产阶级所运用的嘲讽式的模拟传奇。第三相位被称为高准则相位，它是对低准则相位的视角转换，这种转换可以产生“一种低等级的崇高现象，但实际上，这种变换会给我们带来一种艺术上极为重要的东西，一种高等级的荒唐可笑现象。……这是符合‘讽刺的共同基础是戏谑地模仿传奇’这个原理的，例如写成小人的仙境、巨人之乡、着魔的动物，以及卢奇安在《真实的历史》中戏谑地模仿的奇境。”第四相位由讽刺转移到悲剧的嘲弄，这一相位抱着对经验现实主义的道德从下而上仰视悲剧，强调主人公的人性，尽力减少读者对悲剧情节的感同身受程度，为悲剧进行合理解释，并将人间苦难描述得可以避免，——这是最真诚准确的现实主义相位。弗莱认为，讽刺的第五相位相当于悲剧中的宿命论，强调自然法则，如勃朗宁[①]所说，天堂也许有，地狱必定存在，这一相位作品中的人物属于听天由命类别。最后一个相位堪称集苦难、残酷、罪恶于一体，用无

① 即罗伯特·勃朗宁，一位英国诗人，剧作家。

法超越的束缚描述人生中最悲惨的状况。综上可见，喜剧、传奇、悲剧和讽刺都是一个关于历险探求的神话的不同插曲，这就是为什么弗莱认为喜剧中也会包含潜伏的悲剧的原因。

四、本章小结

在西方文学界，戴维·洛奇的文学理论研究、文学批评和创作有着不可忽略的重要性，从新批评、结构主义到巴赫金、克里斯蒂娃和弗莱，洛奇的文学批评理论都表现出他独到的见解，以及在文学创作中的探索精神。在洛奇的小说中，他注重整体的结构和形式，同时也注重对话理论在创作中的应用，例如作者与读者的对话、文本间的对话、文本与社会历史背景的对话等，他也关注宗教阐释在作品中的作用，因此单一的文学批评方法已经无法解析他的文学创作。本书将借助理论间的对话，完成对戴维·洛奇文学创作的空间叙事研究。

本书将从四个层次进行探讨：第一，戴维·洛奇空间叙事的结构阐释，涉及形态结构、文本结构、视觉结构、心理结构以及动力结构；第二，戴维·洛奇空间叙事的主体阐释，涉及主体意识和主体价值；第三，戴维·洛奇空间叙事中的后现代主题阐释，涉及叙事性联系与空间叙事的认知功能，以及主题并置与后现代特征陌生化特征。通过以上由表及里三个层面的纵深研究，可以形成戴维·洛奇文学创作空间叙事研究的多维度图景。

第三章　戴维·洛奇空间叙事的结构阐释

戴维·洛奇空间叙事的结构可分为形态结构、文本结构、视觉结构、心理结构及动力结构，这种结构的排布是由表及里横向纵深发展的。其中外部形态结构以非线性并置与U型空间结构为主要空间叙事特征，洛奇提出了“相似模式”“平行结构”等空间形式，以及借用弗莱原型批评实践于文学创作中形成的U型叙事结构来表现作品中的神话原型的移置与戏仿；文本结构是对克里斯蒂娃空间多维度动态文本碎片阅读模式的实践，是利用文本的多样性营造丰富的小说意义空间的阅读层次，使读者在阅读过程中享受多文本营造的空间阅读快感，同时结合读者的个人阅读经历，使作品的阅读呈现立体交错的多层次多维度空间阅读模式；视觉结构是洛奇利用时间媒介表现他创作中的空间叙事特征，洛奇认为视觉空间是依靠读者经由大脑思考、想象以及回忆才能构建的，而读者产生的空间意象是自处多样的，这种多样的视觉空间结构是依靠感知与想象才能完成的，体现为文本的空间视觉化阅读；洛奇在处理更为深层次空间叙事的心理结构时主要关注的是人物心理的公共空间与私人空间，这是洛奇空间叙事特征逐步由表及里的动态演化过程，将这两种空间的矛盾性与动态特质表现为空间二元对立，以及人物对平衡点的把握，由此证明空间的界限是变化的，意义也是可以重置的；洛奇空间叙事结构特征的最深层次来源于动力结构，体现为洛奇宗教关系的空间并置，是精神空间与世俗空间冲突中形成的空间形式。

以上五种空间叙事的结构特征形成了洛奇创作中的空间结构由表及里的横向纵深发展态势。与此同时，笔者引入乔伊斯与布尔曼对洛奇创作中空间结构的影响进行横向分析，明确洛奇空间叙事结构特征形成的根源所在。

一、形态结构

（一）洛奇空间叙事的平行结构分析：非线性与并置

戴维·洛奇的文学理论著作《小说的语言》第一版于 1966 年出版，第二版于 1984 年出版，2002 年又进行了再版，并且加入了作者的编后记。在 2002 年的再版图书中，洛奇对二十多年前第二部分哈代和《简·爱》作品的评论及其表达的观点进行了相应修改，但保留了其他部分的评论和观点，他认为这部分都是关于独立文本的评论。洛奇提出了“相似模式”“平行结构”“重复”和“对称性对立”等“空间形式”，对小说宏观含义进行了分析探讨，并借此表明“空间形式”的批评范式适用于所有文学作品，无论是后结构主义还是传统意义的现实主义小说。洛奇修改了自己对抒情诗的妄下论断，不再坚持第一版中所说的关于抒情诗的所有论断都适用于小说体裁，并且也否定了小说批评的全部问题终将归结为语言问题的说法，同时，关于文本的表层结构与小说中主人公和故事情节发展变化不可分割的观点也得到了重新修订。再版中，洛奇提到叙事的文学作品和抒情诗之间有着很大差别，诗学特性不可能全部转移至叙事文学作品中，这包括主人公、故事情节和文学主题。叙事产生的某些关键性内容与表层语言的表达相关，但是叙事可以在比文本表层更加深入的层面起到更加重要的作用。同时，作者还会同时使用几种不同的代码，这些代码相互依存并交织在一起，形成代码编制而成的网络，其中只有修辞代码与表层意义有关，与语言相关，修辞是表层含义的基础。对一部文学作品的研究不再局限于表层修辞，而是将修辞代码与其他代码间的相互关系和作用纳入研究范畴。

首先从洛奇2002版的《小说的语言》一书深入探讨洛奇观点修正的原因。洛奇认为，虽然小说批评理论已有二十多年的变迁，但是如果固守己见，那将是乏味无趣的并且会剥夺批评理论的连续性。他的新观点的修正正是为同领域的学者提供了一个梳理文学理论发展的好机会，从前的批评理论和观点虽然过时，但是仍然经得住时间的考验，只是需要加入新时期的批评观点。以《简·爱》为例，洛奇重新阅读了此部小说，他仍然坚持重点内容的评论是正确的。这是一部描写个人寻求自我实现的浪漫主义小说，虽然故事情节是传统的爱情故事，但是随着情节的展开，一个隐藏了家庭关系秘密的故事，本质上是作者为女主人公巧思设计的一系列精神和情感危机与斗争的托词，具有很强的隐喻特征，用此手法向读者展现了隐喻的描述、对话的危机和矛盾冲突，尤其是关于天气对人物影响的描述是该部小说的创新之处。洛奇通过现代批评理论的视角审视这部经典作品，并从叙事的核心要素着手。所谓叙事核心，是指现代叙事学中用于描述情节发展中关键故事线的专有术语，它围绕主人公的命运主线展开。随着情节的推进，这个核心故事线将逐步得到解答。缺少了叙事核心，作品就会失去对主要问题的深入探讨，最终沦为一个平淡无奇、缺乏悬念的空壳。更为关键的是，没有叙事核心，就无法通过情节展现主人公的心理活动，以及这些心理活动与天气描写之间的复杂关系。

洛奇列举了小说中的两个重要场景，第一个是简对男主人公罗切斯特的请求难以抉择的心理斗争。罗切斯特隐瞒了已婚事实，当一切被揭穿时，他竟然提出让简以情妇的身份去法国南部生活；第二个场景是简面对里维尔斯需要做出的选择，里维尔斯提出建议，让简以自己妻子的身份跟随他去传教地。很明显，简在面对第二次选择时，想到并开始参照第一次的事件，“现在我被他所困扰，几乎就像当初我受到另一个人的不同方式的困扰一样。”第一个重要场景可以称为有爱情无婚姻，而后者则恰好相反，有婚姻无爱情。表面看起来两个场景并无相似之处，但是，洛奇认为这是彼此对立相关的两个场景，而将二者对立或者说相关联的则是同样的自然力的意象。这种类型的场景被洛奇称为“平行结构和倒装”，这种对应和倒装具有结构性，而非修辞性。第一场景中，简反对男主人公说道：“要是按你的希望同你一起生活，我岂不成了你的情妇？别的说法都是诡辩——是欺骗。”第二场景与此正好形成平行结构，当里维尔斯说：“除非你跟我结婚，要不我这样一个不到 30 岁的男人怎么能带一个 19 岁的姑娘去印度呢?”——简却坚持她的想法，和他一起去，但不做他的妻子。类似以上两个场景，在整部小说中经常出现，洛奇认为传统小说中社会行为层面的现实主义已经居于次要位置，而且很有可能已经不存在了，反而是象征意义和结构意义上的平行对应处于首位。

（二）弗兰克对洛奇空间叙事的影响：文本意义的“空间”结构

显然，洛奇受到空间形式的影响。洛奇本人承认，约瑟夫·弗兰克于 1945 年发表在《塞沃尼评论》（*Sewannee Review*）的《现代小说中的空间形式》一文，使他确定了对《简·爱》文本中空间形式的研究。他认为相似性模式、平行结构、重复和对称性对立都具有空间形式的特征，并且，根据叙事文本的时间体验（也就是文本连续性），可提炼出文本的空间形式，但是，重要的是如何对文本进行整体把握。洛奇的《小说的语言》一书的写作目的——文学创作中，文本的意义“空间”组织包括小说在内的现代派文学的本质特征——与弗兰克的观点不谋而合，这同时也验证了除现代派小说之外，传统的现实主义小说中也具有此特征。因此，可以肯定的是，在读者阅读传统现实主义小说时也可以加入对空间形式同样的观照。随后，洛奇又从罗曼·雅各布森的文学性定义中再次找到了理论上的合理性，他认为“对等原则从选择轴投射到组合轴”，同时，在区分隐喻和转喻时，也可以提供分析文本不同层面的技术上的支持。

1945年，弗兰克于《塞沃尼评论》秋季刊发表了《现代文学中的空间形式》一文的第三部分“与造型艺术的平行”，文中提出“所有作品在空间形式上的结构都是相似的”这一观点。为了解释这一观点，弗兰克将分析范围扩大到艺术形式，并建议考虑艺术形式与所处的文化背景间的关系，这是从赫尔德和温克尔曼时代就开始的。赫尔德和温克尔曼都是18世纪的德国学者，他们活跃在启蒙时代，一个强调理性、科学和个人自由的文化运动时期。同时，黑格尔在其《超死亡美学》一书中，对各种艺术风格都进行了精准地分析，并认为它们是作为多元化世界观的感性客体而存在的。在19世纪积累的大量历史知识遗产的刺激下，一些奥地利和德国的艺术学者和批评家开始集中研究造型艺术的形式问题。在20世纪上半叶出版的一系列作品中，他们对造型艺术的各种形式进行了界定，并详细追溯了从一种形式到另一种形式的转变过程，试图通过文化氛围的改变解释这些形式的变化，休谟[①]便是极少数认真研究文学形式问题的英语作家之一。一位德国作家对休谟产生了深远影响，再通过休谟和艾略特，对整个现代英语批评都产生了深远影响，他就是威廉·沃林格[②]——《抽象与移情》的作者。弗兰克通过沃林格找到了空间形式问题的关键。沃林格想要解决的问题是，为什么在整个造型艺术的历史中，自然主义

① 大卫·休谟，18世纪的苏格兰哲学家、经济学家、历史学家，被认为是英国经验主义哲学的代表人物之一，同时也是启蒙运动的重要成员。休谟的哲学思想深刻影响了后来的西方哲学，特别是在认识论、道德哲学和宗教哲学方面。

② 威廉·沃林格，德国艺术史家、艺术评论家。

和非自然主义的风格不断交替。这里的自然主义包括希腊艺术的古典时期、意大利文艺复兴时期，以及直到 19 世纪末的西欧艺术时期。这些年代中，艺术家们努力表现客观的、三维的自然视觉世界，并想准确地再现有机自然的过程和形式。而非自然主义时期包括大部分的原始艺术，如埃及的纪念性雕塑、拜占庭艺术、罗马式雕塑，以及 20 世纪以超现实主义、抽象表现主义等为主题的艺术风格。沃林格认为，在这个时代，艺术家完全放弃了空间的投射，回归平面，将有机的自然还原为线性几何形式，经常用纯粹的线条、形式和色彩来消除一切有机主义的痕迹。可以肯定的是，在这些粗略的分类中，不同时期的风格有着巨大差异，但是，一类作品与另一类作品的相似之处，以及它们作为一个整体与另一类作品的所有风格的对立之处，同样引人注目，同样具有教育意义。弗兰克总结沃林格在造型艺术中的感悟后得出结论："在造型艺术中，两种截然不同的创作类型之间存在着根本的两极性，最重要的是，二者都不能成为对方必须遵守的准则。"

沃林格的观点与造型艺术的现代发展的相关性几乎不需要任何详细的评论，艺术家总是文化变化最敏感的晴雨表。从整体来看，现代艺术的风格演变揭示了这种精神危机的影响也是不足为奇的，同样，这种文化的变化对文学也产生了巨大影响。弗兰克引用了沃林格的一句话："空气将稀薄的物质联系在一起，摧毁了它们的个体紧密性，赋予了稀薄物质短暂的价值，并将它们吸引到宇宙现象的相互作用中。"此时，弗兰克从非自然主义中的"深度"入手，认为"深度"即二维空间的投影，赋予物体一个时间值，因为它将物体置于事件发生的真实世界中。时间是流动和变化的，非自然主义是对深层维度的逃避，更趋于平面，而文学绝对是空间的。同时，弗兰克提出，空间形式在现代文学中的意义日益明晰，在美学形式层面上，文学正是对造型艺术发展的有效补充，从艺术媒介来看，一种是自然的空间媒介，另一种是自然的时间媒介。由此看来，20 世纪的审美形式演变完全趋同。

如前文所述，原型批评同样在文学作品中具有空间意义，而弗兰克认为现代主人公与他们早已死去的原型之间具有深刻的人类连续性，文本被重写，而作者在他的史前记忆中提取图像和隐喻，将过去与现在交织在一起，而这些人物形象也被看作永恒的历史体现。这种连续性是持续的并置，试图将不同元素融合在一个全面的观点中，可以超越历史限制，涵盖所有的时代，通过将过去和现在的并列，历史变成了非历史的，时间不再被认为是一种客观的、因果的进程，这种连续体消除了过去与现在间的差别，与造型艺术有着惊人的相似之处。正如深度维度从视觉创作领域消失一样，历史深层维度也从现代文学作品的内容中消失。过去和现在在空间上被理解，被锁定在一个永恒的统一中，虽然它有表面的差异，但通过并置消除了序列感。自从文艺复兴以来，现代人既培养了客观的视觉想象力（描绘空间的能力），也培养了客观的历史想象力（按时间顺序定位事件的能力），这两种能力目前都被放弃了。至少就文学而言，这些可以被描述为历史的想象力正在向神话转变——这是一种历史时间不存在的想象，是只把一个特定时间的行为和事件看作永恒原型。研究宗教的历史学家米尔恰·埃里亚德在《现代思想》（*Modern Thought*）一书中指出："对历史的抵抗，对历史时间的反抗，试图将这个由人类经验赋予的历史时间还原为宇宙的、循环的、无限的时间与空间。无论如何，艾略特和乔伊斯这两位作家的作品是无价的，他们对那些永恒重复的神话充满了怀旧之情，归根结底，这种怀旧是对时间流逝的感慨。现代文学一直致力于将历史时间的世界转化为一个永恒的神话世界，而这个永恒的神话世界，不仅构成了现代文学的许多内容，而且也在空间形式中找到了适宜的审美表达方式。"

除了以上弗兰克空间形式对洛奇的影响，我们再来看看雅各布森文学中的空间形式——他的对等原则以及对隐喻、转喻的区分。在英美当时的文学环境中，诗学并不成系统，形式主义对文学作品的解读还只限于字面意义的细读，是对文学文本表层结构的一种直觉反应或称之为经验体验，这源于当时的评价体系和评价目标。这就是洛奇初期坚持的原则："我希望我已经说明，如果我们可以将诗歌艺术视为语言艺术，那么小说艺术亦是语言艺术……同样，我们很自然地认为诗歌批评就是精细的、细腻的语言分析，那么，小说批评也别无他法。"但是洛奇在后期承认，将小说批评的所有问题都归结为语言问题是不妥的，叙事文学与抒情诗之间是有差别的，不可以将建立在抒情诗基础上的诗学体系完全转接到叙事文学上。他提出，叙事本身就是一种语言，是代码——独立于文本中的具体文字表达而起作用的意义代码，当将叙事从一种语言翻译成另一种语言时，再或者从一种媒介转化为另一种媒介时，叙事中的部分意义不会改变。因此，叙事在这些意义中所做出的关键性决定和选择是先于文本表层结构的表达的，它们的作用可以预先在文本深层面发挥，同时，并不需要对文本表层结构有所观照，以及做出任何选择和分析。根据以上论点，洛奇重新以《简・爱》为例，这部作品中将简追求个人完美的浪漫主义主题空间化，并置植入一连串的事件中，即使变为另一种语言，这一主题也不会改变。这一切源于作者的决定：用女主人公简的视角叙事。她作为故事的叙述者，向读者讲述自己的故事并隐藏结局；如果换作罗切斯特的叙事视角，这部作品将完全不同，结局一目了然。他人视角决定了罗切斯特与简处于不同的空间叙事维度，前者是统领全局的叙事权威，他的空间叙事是高于叙事文本的；后者则是将个人的空间叙事与文本空间叙事交织在一起，带给读者阅读的愉悦与亲密感，这种交织便是罗兰・巴特所谓的用代码编制小说。

在巴特的《S/Z》中，他选择了巴尔扎克的《萨拉辛》一文，巴特列举了五种符码，包括阐释符码、象征符码、情节符码、行为符码和文化符码。这五种符码相互关联，构成网络贯穿于文学文本中，并且次文本表现为复合性与可逆性。结构的建设不是至关重要的，重要的是怎样可以成功演示构成符码动作的模式。在文本分析中的符码构成看似毫无头绪，实则形成了标识踪迹，有章可循。虽然文本受到某种模式的操控，其形式也不是完整统一的或是建构完成的成品，有可能是符码碎片、符码块，这是无序符码相互叠加画面形成的，这种叠加方式可以确保文本信息不再丢失。洛奇也认为，《萨拉辛》的独特艺术成就主要是由独特的词语和句子决定的。作为读者，可以从词句中体验到作品的艺术成就，他本人也反对《小说的语言》中“由糟糕写作得来的论据”，认为小说作家是依赖如巴特所指出的符码或代码的相互作用和编织来完成小说文本的，其中可能涉及更多种类的代码，如顺序代码、因果代码、心理代码、体裁代码、历史代码、道德代码、智慧代码和修辞代码。在这里只有修辞代码与具体的词语形式有关系。在洛奇看来，当今小说批评家的主要任务已经不是关于文体或修辞了，而是要阐明小说中修辞代码与其他代码间的相互作用。正如巴特的观点，符码永远都是一堆被读过或用过、看过、经历过的事物碎片，每一种符码都具有一种力量，可以操控牵制文本网络，同时也是一种声音，被编织进文本之内。读者是可以听到画外音的，这就是各种符码编织在一起形成的已写过的“透视”远景，没有起源，犹如和声般汇聚成写作文本，形成一个立体的空间，相互交织。在这个过程中，任何一个可能的变化都会对整个叙事产生不同的影响，而这些影响又在相互呼应。因此可以看出，小说就是编造和引导虚构的人物命运，主人公们乘坐着不同的命运号列车在时间的轨道上平行前进，又时而进入轨道立交桥，在空间上相互交错。而小说家的角色就是调度员，如何有效管理这些列车的行进，以使它们可以在行驶发展中还能保持持续不断的符号意义、逻辑等写作标准——而这种标准是需要小说作者通过调度指挥不同代码才能实现的。

正如上文雅各布森提出的理论，我们对其进行深入探讨，除了代码或符码的编制功能，文学作品尤其是小说，还应该更加关注批评性评判和语言事实的实证主义描绘间的因果关系，这样才能牢固文学批评的评价和阐释功能。由于话语中决定“意义”的因素有很多，而不是所有的因素都可以被精确描述和列举，因此，洛奇认为“小说文体与时间、视角等更大的叙事结构范畴不可分割，与实证主义文体学范围之外的认识论文体（例如文本是根据历史和意识形态构建的世界模型，文本有不确定性等）也不可割裂”。洛奇改变了第一版《小说的语言》中的一元论调，将其纳入多元论范畴。他认为多元主义观点包括文学话语在内的所有话语，语言都有不止一种功能，其中某些功能所带来的意义和形式具有不可割裂性，但不是所有功能均是如此。这样我们就可以理解，为什么洛奇将关注点转向叙事，因为他看到了对文学文本中特定的叙事元素进行形式主义批评的可行性——如何通过次序和视角等组织安排对文学文本进行剖析，如何从语言形式的表层结构自由穿梭到深层结构，这也是对文本的立体空间化批评的可行性实施。

正是因为洛奇对文学批评形式的关注，他的文学创作中也具有明显的空间形式建构痕迹，正如梅里特·莫斯利在他的《戴维·洛奇：你能走多远?》中提到的：“洛奇小说中的结构、形式与构造设计是最为突出的。从最开始的文学创作，洛奇就有意地对情节进行设计，尤其是多线并行的情节结构。他善于处理多个人物，或者是多个情节的平行结构，用戏仿对比、空间并置或是其他结构模式。”在洛奇的小说创作中两条或多条线索并行的情况体现在他的结构、主体意识、主题等方面，其中这种双重线索较为突出的小说主要体现在他的校园小说中，如《换位》。正如题目所示，洛奇不轻易地展现了小说的内在意义，而且受到乔伊斯的影响，用独树一帜的方式引导读者积极参与阅读，在阅读中挖掘小说的深层结构意义，这正是洛奇文学创作所追求的。从空间叙事的角度来看，这部作品在人物设计中引入时空平行与并置，利用双重叙事线索建构小说内部结构，同时注重对主人公的刻画、二元结构的建立以及空间叙事视角的搭建，使读者在阅读中体会到他的文学以及美学内涵。在文学创作中，洛奇对空间结构的设计来自他的批评理论意识。他将小说《换位》设计为六个章节，分别是飞行、安顿、通信、读报、交换和结局，从对小说的整体“向后站”的掌握中可以看出身份互换后的人物设计、故事情节的编排以及各种偶然经历都具有“平衡特征”：两位分别来自美国尤福利亚州州立大学和英国卢密奇大学的教授莫里斯·扎普和菲利普·斯沃洛加入了“互换访问学者”项目，交换了身份和工作。扎普是界内小有名气的学者，为了挽救婚姻躲避到卢密奇，而工作中毫无大志的斯沃洛则因受到同行排挤意外参加了这个互换项目，于是双方带着不同的背景进入到一场意想不到的“战争”中。

一位是身处英国的美国教授，一位是身处美国的英国教授，他们的故事情节按照章节是这样平行发展的，第一章“飞行”的第一段：

“一九六九年的第一天，在北极的高空，两位英国文学教授以两机相加一千二百英里[①]的时速向彼此飞近。两架波音 707 飞机的密封舱保护他们免受稀薄又冷冽的空气侵袭，国际航空走廊万无一失的安排，也排除了他们发生碰撞的危险。尽管他们素未谋面，两人大名却彼此知晓。事实上，接下来的六个月他俩要交换教职，此刻正前往就任。换了在交通较为悠闲的年代，他们或许可以用上人类某种有意思的姿态，为他俩路线的交叉做个标记：比如说，如果他俩分别在两艘远洋客轮的甲板上，两艘轮船的航线又正相交于大西洋的中部，他们就可以向对方挥手致意，另外腾出一只

---

① 英里为非法定计量单位，1 英里≈1.6 千米。——编者注

手来拿着望远镜恰好聚焦到对方；或者更有可能的是，当两列火车肩并肩停靠在（英国）汉普郡或（美国）中西部某处的同一车站时，两人可从车厢包房窗户上演一出相互打量的小段子。比较含羞的一方以为自己的车厢终于移动的时候，感到如释重负，却发现原来是对方的火车先动了起来……不过，情况并非如此。由于两位是在飞机上，一个百无聊赖，另一个惶恐不安，都不愿向窗外眺望，——由于飞机彼此相距太远，用肉眼根本难以看到另一架，所以他们的轨迹在转动的地球上那一个静点相交时，任何人都不曾留意，除了这部双重纪事的叙述者。”

洛奇在开篇便强调了“双重”的含义——即广义的双重之意，也有来自《牛津英语词典》的定义，可以同时双向发送信息的系统。在此处，洛奇将两人置于相同的境地，貌似有所交叉，但实际是两个空间并行发展。作者试图使二者有所重合，但是未能如愿，因为这是再现同一时刻同时发生的事情，这里展现的是被打断的文本线性叙事，被打断的原因则是需要对两条并行的故事线索有所交代。从传统的首先、接着、然后的叙事模式转变为“与此同时发生了”，这是由历时关系向共时关系的转变，这是《换位》中的叙事特色。洛奇在第一段强调的“双重记事的叙述者”，仿佛是面对两台摄像和放映屏幕的导演，控制整部小说以均衡、平稳的速度向前推进，他是全知的导演，目睹两条故事主线同时发展，尽管人物、环境有所差别，但是这种特征的相似性具有对称性和平行、并置的特点。在第一章中，每当空间转换时，洛奇便用到“同时”“此刻”表示同一时间不同地点的事件，而在第一章的结尾洛奇也写道：“嘭！嘭！不早不晚在同一时刻，但在相距六千英里的两地，两架飞机着陆了。”第一章的结尾，两人又归于同一时刻的同样结局。

第二章“安顿”仍然使用了第三人称的全知视角，但是第二章在空间结构布局方面更具有趣味性和可读性。本章以租住的房屋开始：

“每天早晨当他拉开客厅的窗帘时，大型落地窗外的景色就像全景立体声宽银幕电影开头的视觉（tour de force，法文，特技），扑面而来。画面的前景，在他的左右两侧，尤州州大比较富有的教员的房子和花园错落有致地依傍在柏罗丁群山的山腰；在他下方，山麓小丘平展着与海湾相接，那儿就是校园。那些白色的建筑和林中小径、学校的钟楼和广场，那些教室、运动场和实验室，与柏罗丁市中心笔直的街道毗邻。中景被海湾占满，从两边延绵伸展到视野之外，观者的眼睛很自然地在一个美妙的观景弧内扫视：沿着忙碌的‘海岸线高速公路’浏览，突然一转，穿过海湾，顺着长长的厄瑟普桥落到城市壮丽的天空轮廓线，灰暗的市中心的摩天大楼与白色的山区住宅区对比鲜明；视线又从那儿越过斜拉‘银桥’——通往太平洋的门户——优雅的曲线，最后停落在米兰达县绿色的斜坡上，此处以红杉树森林和壮观的海滨著称。……”

此处是对斯沃洛租房周围空间的生动描绘，洛奇接下来则中断了线性叙事的线索，镜头转向同一时刻的扎普，同样他也在租房中观看周边环境，这是空间的转换。

“莫里斯·扎普对他所目睹的风景可不那么痴迷——一眼望去，视野逼仄。全是阴湿的后花园、朽败的棚屋、滴水的衣物、高大但病恹恹的树木、污秽的屋顶、工厂的烟囱和教堂的尖塔——但从他在卢密奇寻找配备了家具的住处伊始，曾把这一标准抛诸脑后。”

第二章节，洛奇在这种空间转换中，以第三视角将两个身处不同空间的人物联系起来，通过地点、时间、情节的转折，使两条叙事线索在并行发展中有所交叉，继而又分开并行，在这里做一总结概述：斯沃洛租房周围环境——对比扎普租房周边环境，并进入斯沃洛工作环境——斯沃洛进入扎普工作环境——扎普进入菲利普办公室，并读到斯沃洛留给他的一封信——斯沃洛进入扎普的办公室，拿到教学计划，阅读“课程公告”关于扎普的课程评价——扎普拿到教学计划，回到租房安装电视——斯沃洛与查尔斯·布恩的节目，认识扎普妻子德丝蕾——扎普结识斯沃洛妻子布鲁姆——斯沃洛同伯纳德发生关系——扎普拒绝布鲁姆的性暗示——斯沃洛观看脱衣舞表演——扎普观看脱衣舞表演。在本章中，身处不同空间的两个人做着相似的事情，两条线索并置而行，对称均衡地发展，与此同时，两个并行的空间在某处还存在连接处，如扎普读到斯沃洛留给他的信件。

“亲爱的扎普教授：

我想你在这里时会使用我的房间。不过我把文件柜的钥匙丢了，所以如果你真有什么机密东西，换了我，就会把它放在地毯下面，至少我一直是这么做的。请随意使用我的书籍，当然，如果你不把它们借给学生，我将感激之至，因为学生们会在书上随意涂写。……

这封信沿着这一脉络洋洋洒洒写了好几页，用亲密的细节描述了学生们的情感、心理和生理特点。扎普大惑不解地读完全信。这是一个什么样的男人，看上去比这些学生自己的母亲还要了解他们？而且从信的笔调看，也更关心他们。

他打开办公桌的其他抽屉，希望找到关于这一古怪人物的更多线索，但是抽屉都空着……”

当扎普打开信件的那一刻，他与斯沃洛的并行空间便有了连接点，两个空间开始交错出现，信中描述的“我的房间”“我的文件柜”“地毯下面”“我的书籍”“办公桌的抽屉”都是斯沃洛嵌入扎普空间的，正如前文提到的巴赫金时空体所说：当我们谈到文学范畴的艺术时空体时，时间与空间共同存在于一个整体系统中，在这里时间可以被压缩、凝结而用艺术手法表现出来，是形象的；而空间在这个整体中被带入所有与时间相关的历史活动中，是动态的。在文学中的艺术时空体里，空间和时间标志融合在一个被认识了的具体的整体中。二者同时存在并相互依存又相对独立，时间可以在空间中展现，而后者也必须通过时间才能实现，这是一种二元统一与融合体现出来的平衡。这是全然不同的两种概念的相互融合与交叉，它们相互关联又相对独立，这才是艺术时空体的独特魅力。同时，洛奇通过这种二元理论构建了新的文学创作架构，《换位》中的频繁空间转换正是被隐喻的英、美两国文化的代表，这种转换是文化的互动，也是两种文化空间的交错与对话。英、美两国教授带着各自的价值体系进入到异国空间，试图用旧体系适应新生活，进而发生的冲突矛盾暗示了两种价值体系的相互渗透和相互作用。当两个人由于对方妻子而产生意识上的变化时，这也就预示着两种文化的最终和解，两个本不融合的空间相互交织、依存。法国文学评论家热奈特曾提出，叙事本就具有两个时间线索，一条是被讲述的故事时间，另一条是叙事的时间，这就是“故事时间”和“叙事时间”。前者是故事发生时所处的自然时间序列，后者是叙述此事件过程中文本体现出来的时间，可以看出，故事时间是历史线性发展的，而叙事时间是多维度推进的。二者不可能同时推进发展，顾此失彼的时候就是故事时间中断进入叙事时间的时刻，这是共时的，具有空间叙事特征的。

（三）弗莱对洛奇空间叙事的影响：U 型空间叙事结构

有些艺术是随时间而动的，比如音乐；还有一些是在空间中呈现的，比如绘画。在这两种情况下，组织原则都是“当它是时间的时候叫作节奏，当它是空间的时候叫作模式”，因此我们谈到的是音乐节奏和绘画模式。换句话说，所有的艺术都可以构想出来，无论是从时间上还是空间上，音乐作品的总谱可以一次全部研究通透，一幅画也可以看作一幅画的绘画轨迹。而文学似乎介于两者之间：它的文字构成接近音乐的节奏，是在边界上的声音序列，并形成它的模式，从另一个角度接近形象或图像。而作家大胆的尝试要尽可能接近这些边界，形成主体，就叫作实验写作。我们可以把文学的节奏叫作叙述和模式，同时把握语言的深层结构、意义，当读者阅读一个故事，便试图掌握一个作家的整体模式。这个模式存在于文学作品中，文学批评更容易受到具有代表性的谬误的阻碍，甚至比评价绘画还要多，这就是为什么我们倾向于把叙事看作事件在外部的连续“生命”意义的表现，这是某种外在“观念”的反映。作为批评术语，作者的叙事是否线性运动，在于其完整的文本意义的形式。与之相类似的，图像也不仅仅是外部物体的语言复制品，而是整体语言结构和节奏的单位组成的，于是，叙事和意义就分别借来了音乐术语、意象旋律以及和声语境。与此同时，叙事也具有了规律性和宗教仪式感，就如一年四季的更迭，人类从出生到死亡的生存危机。

弗莱认为：意象的模式，或者说是意义的片段都是神谕的起源，源自主显节的瞬间而与时间没有直接关系。当我们运用箴言、谜语、诫命以及民间故事的形式时，其中已经具有叙事因素了。它们建立了一个意义或称之为教义的总体架构，这个架构是由随机的经验碎片组成，就像是纯粹的叙事是无意识行为一样，纯粹的意义是意识的一种不可言传的状态，因为所有的试图沟通都从建构叙事开始。正如前文米歇尔的空间形式理论所述，弗莱是从意义和叙事相互联系中对文学作品进行层次分析。弗莱将视野放在了多角度、多方向、多关系、多层面地分析文学现象上，他将文学作品划分为不同层次，同时也认为相应的文学批评也该有层次划分，如此便会从多维度观察文学作品，将宏观与微观结合，从整体把握到细节分析。他认为：“任何文学作品都是既有程式化的方面，又有独创性的方面，只是程度各有不同；有明显程式化的作品，也有隐匿其程式化的继承性以至于看起来似乎全然变异的另一极端，而在两者之间则有无数过渡类型。”这种对文学作品多维度的观察方式，由表及里，层层分化，细致推敲，在时间形式中找寻空间存在模式，同时也在空间中感受时间的流淌，使文学作品中的空间形式恰到好处地展现在读者面前，或者说是让读者感知到文学作品中的异域空间的存在，从而提升作品的可读性。

弗莱认为：“语言是从空间神话开始，继而投射到外部世界，而外部世界的意象来自人类的身体。这些隐喻用来组织我们的写作和思维，即便是在使用介词的时候也会用到空间神话或者是无意识的图表。”洛奇的“作品不仅充满对文学的热爱，而且一直对人类发展怀有极大兴趣”。他通过弗莱的原型叙事结构，在空间叙事层面再建构人物与情节发展，以建立连接现世与彼岸的桥梁。洛奇的作品充满宗教布道者“解构”上帝的可能性、对神话和传奇的空间移置与戏仿以及神圣喜剧 U 型空间叙事模式的建构。这恰恰符合同是宗教背景家庭成长的原型批评家诺思洛普·弗莱的《圣经》叙事理论。

1. 宗教中心论

弗莱反对德国神学家布尔特曼的“解神话化”如同他反对“偶像崇拜”一样，“上帝”不再是客观存在的外在力量，而是内在的精神准则，更加符合当代人类文明的可信性，对“上帝”的信仰是对人生的内化过程。洛奇《你能走多远?》(*How Far Can You Go?*) 质疑后梵二时代的宗教体制，审视整个改革过程中的革新极限，思考如何在改革和墨守成规间寻求合理平衡点。他着眼于如何制定符合当代人类文明与精神准则的人性化教义。作品中的年轻教徒经历半生挣扎、反抗与抉择，对教规、教义的质疑绝不是轻率鲁莽之举，而是长久生存于牢笼中却一心期盼自由的呐喊，是顺应时代要求对上帝产生的不信任感。而信仰无根可寻，它是人类对思想观念的一次次确认。此时，上帝不再有清晰的轮廓或建构在神本假体上的盲目崇拜，如尼采说的“上帝死了”：“自然界没有法则，只有必然。但是随着自然法则这一隐喻而来的是一种残余的意识：存在一个统治者，其余的人只有选择服从或者不服从；对尼采来说，这种残余的隐喻从人为地留存下来的传统这个最准确的意义上来说是一种迷信。”

布道的完美在场是弗莱关注的《圣经》语言模式。《圣经》是众多古老神话的合集，阐释者摒弃不合时宜的迷信，将现代思维模式引入文本来探寻其中的神话原型、话语范式或行文中的空间结构，保证以《圣经》为力量基点的布道在场，由此便诞生了跨越时空的信仰。当德里达的解构时代来临，文本中的符号游戏难免放松自身的责任意识而处于文本无“中心”状态，这恰恰是解构主义犯下的最大错误：宣扬“无神论”，解构上帝的中心地位是幻象且不切实际，如此矫枉过正所付出的代价便是解构主义者对文学文本内部过度阉割所形成的语言符号迷宫和对文本外“真空”世界的过度关注而造成的文本内外的无序与失衡。即便如此，弗莱仍认为所有作家应自始至终追寻“中心”写作，有意识或无意识地呈现作品的思想完整性和达到精神的完满境界，这也是创作的乌托邦。此种圆满乌托邦的创作处于不断循环中：地狱、人间与天堂的空间轮回预示起点、堕落、救赎与重生。《圣经》新旧约的整合便是完满创作乌托邦的中心点，而《圣经》的语言模式并不是存在于任何文本中的特定语言符号，它是一种对创作者和阅读者思想的控制模式，是在封闭的文本空间中预设无限语言符号的游戏空间。

弗莱承认文本语言的狂欢，但认为无序的符号能指最终都将指向一个中心——这是一个具有意义的空间，没有“中心”空间，意义何处依存？而“宗教与上帝”便是洛奇小说的“中心”，这催化了洛奇在宗教小说创作中对宗教进行文化认知。“现代文学中存在外延与内聚两种趋势，弗莱基本认可阅读中存在这两种趋势的可能。随着读者思考文字本身的含义，印象记忆与真实意义结合为阅读中的离心力向外延展；而向心力则是读者尽力将阅读文字组成具有可读意义的庞大语义群"，包括宗教意识。在《大英博物馆在倒塌》中，洛奇质疑天主教教规、教义，带着对世俗社会的不满与控诉，描述了在"安全避孕法"强压下的已婚男女生活的讽刺与荒诞：宗教为他们消除生活中的忧虑与罪恶感，但同时也被制约在宗教的道德规范中。生育危机与宗教信仰至今仍受大众评判，而小说的现实性不言而喻，洛奇围绕"宗教和上帝"这一中心，在天主教教规、教义的生存背景中逐渐从感性发觉过渡到理性认知。

十五年后的《你能走多远?》将洛奇对整个神学体系的质疑与思考付于文本，"此部作品在世界历史背景下探讨严肃的天主教话题"。区别于前一作品以"性道德和生育问题"为中心，此部作品关注制度合理性的中心问题，由此引发系列思考。洛奇在以宗教布道为主的空间"中心"逐渐迁移的过程中历经质疑、批判与思考的漫长过程，其创作逐步呈现出和谐状态，在《天堂消息》中体现出的理解与宽容则是最好的例证。没有了前几部小说的嘲讽抨击，洛奇的创作犹如从执拗狂躁的青春期少年成长为稳重的成年人，除去浮躁与尖刻，处处表现出长者般的谦逊与温和——一种新的现代宗教思考模式正悄然出现。作品中伯纳德·沃尔什的信念危机随着和缓的创作基调逐步显现出来，洛奇对于宗教布道的中心问题探讨得更为深入和透彻，从主人公放弃信仰到信仰回归全过程都在讨论"宗教中心"的意义空间，问题是如何找到恰当的存在形式——天国已经到来，即此生此世。可见，洛奇的创作"中心"由充满幻象的彼世空间来到现世空间的美好愿景与追寻，同时也是建立新宗教信仰、重建信心、重拾希望的最佳时机。

洛奇对于现代宗教的思考，作为一种新思想形式，诱发了神话时空下的理想创作模式，使布道获得新生，同时占据了语言符号狂欢的中心点。如果《天堂消息》并未否认世人期盼通过宗教布道获得精神世界的慰藉，那么五年后的《治疗》便是更为深入且彻底地探讨信仰危机的又一文本。洛奇以自传体小说的叙事方式，通过深入剖析主人公的自我意识，展现世人在新旧宗教思维模式交替时期表现出的彷徨、焦虑与无助，进而通过“治疗”探寻新宗教背景下的人类自我救赎及超越的可能性。洛奇认为自己是一个“具有冲动试验性和怀疑精神的作家，这也是为什么他的作品对宗教生活不具有强硬态度和可信性”。这是洛奇宗教主题创作的重大转折，也是创作空间迁移后的新“中心”，文中浓厚的人文主义关怀充分体现了作者本人对现世教徒生活的期盼。当劳伦斯被腿疾折磨时，妻子提出离婚最终使他陷入心理危机，如何解决危机便成为劳伦斯必须面对的棘手问题。当他意识到那个非克尔凯郭尔的故事即是原因所在时，便似乎找到了腿疾的根源——他曾经无情伤害过莫琳。当劳伦斯不顾现实困难的羁绊，在朝圣路上找到自己的初恋情人并求得原谅时，他的腿疾也不治而愈。劳伦斯的自我救赎建立在新宗教思想的空间中，现实被嵌入神话式的理想空间模式中，当主人公实现自我精神拯救时，宗教的布道便获得新生权利，附和现世人类的欲求与对理想彼岸的憧憬。洛奇将新天主教人文主义价值观和过滤阐释后的新宗教信仰寄于《治疗》中，为语言符号的狂欢找寻新的“中心”。可见，洛奇的创作“中心”不是客观存在的，而是他从人类精神意识中寻找并发现的。不同于解构主义者放弃了对“中心”的探寻，洛奇的写作文本具有空间的既定方向，已经到达了预设的中心点。

2. 神话原型的移置与戏仿

对于探究人类精神意识，弗莱借鉴弗洛伊德精神分析理论中的梦境空间“移置”来阐释文本对神话框架的剥离。披着顺应时代的外衣，使其合理化的一系列文学创作，更是作者利用合乎情理的时机，加以现代意识约束，最终达到旧物新衣的创作过程。可见，弗莱的移置理论是向崇高精神意识的致敬，也是对神话虚构部分的消解与稀释，是对文学创作者无限想象力的制约。“神话以快乐原则为主，而文学作品必须向现实做一定的转换，以显示原则为主”，但同时洛奇在创作中也打造了盛放现实意义的神话容器。至此，神话从奇幻无比的虚构空间模式逐渐移置到对现实空间的模仿，由此产生了对神话的滑稽模仿——戏仿。“虚幻最终表现为以戏仿为核心，直接从对讽刺的还原质变为对美学结构的追求。”《尤利西斯》一书或可被誉为现代文学作品中使用戏仿等互文性技巧的范例。艾略特曾公开褒赞乔伊斯利用史诗作为结构框架的创作技巧，称赞他“在当代性和古典之间制造出一系列连续的平行回音”，在艾略特随后出版的《荒原》中也是用典纷繁，不乏对“圣杯”传奇戏仿的互文结构。

乔伊斯和艾略特对洛奇文学创作的影响不容忽视，“《尤利西斯》对我有很大影响……我认为一部小说应具有不同阐述方式和不同风格。”《大英博物馆在倒塌》便是受《尤利西斯》灵感启发而创作的，它依据亚瑟王和他的圆桌骑士的传奇故事，以找寻圣杯为主题。洛奇还创作了讽刺的学界小说《小世界》：空中学者们周游列国，参与学术研讨，进行学术和感情较量。洛奇曾在《继续写》一书中强调“互文性（包含戏仿）不是——或不一定是——文本的额外装饰品；往往，它是构思以及创作过程里一个至关重要的因素。”可见，戏仿是对源文本观念和意识空间的转置或解构，以形成文本空间强烈的对峙，从而达到滑稽的喜剧效果。

洛奇的戏仿主要体现了元小说的叙事功能，并非仅是作者脱离传统写实的托词，更是创作的主要关注点，是洛奇主要的灵感来源。洛奇对戏仿具有自省意识，其作品从简单到日趋成熟，在情节、人物、写作模式和叙事技巧上严肃思考，创造出了中世纪骑士与现代大学教授同时出现的平行叙事结构，达成了洛奇虚幻与现实并行的写作意图。这种意图在空间叙事范畴中是“传统文化与现代叙事的结合，使现代文学摆脱了娱乐大众、缺乏内涵的角色扮演”。与《换位》不同，《小世界》描述了现代学者在广阔学术视野中追求形形色色人生的经历。洛奇引用霍桑的作品解释小说与传奇的不同：“当一个作家说他的作品是骑士传奇的时候，几乎不用说，不管是在作品的样式还是素材方面，他肯定是渴望某种写作的自由；而如果他说他在写一部小说，那他就不会觉得自己能得到这种自由。”《小世界》并没有任何中世纪的神秘色彩，“人物性格与动机均已在叙事中加以揭露”，而戏仿则主要体现在具体情节和各种巧合中。洛奇将个人经历融入创作，形成具有喜剧效果的文本戏仿，与“校园三部曲”中的《换位》相比，《小世界》情节更为复杂，节奏明快且场景空间置换迅速。

洛奇利用复杂的人物不断给读者创造悬念，学者奔赴各种国际研讨会如同虔诚的骑士找寻圣杯一样形成两条平行线索，继而形成两个叙事空间，犹如朝圣之旅，每个人都在追寻自我价值的实现。洛奇对骑士的戏仿不再拘泥于严肃神圣的追求圣杯，而是运用讽刺手法嘲笑那些虚伪狡诈的现代学者，他们对个人欲望的追求与骑士对圣洁精神的推崇形成鲜明对比。对于现代学者来说，圣杯意味着权利与欲望、荣耀与享乐，而学术本身神圣纯洁的意义已经不复存在。而在《小世界》中唯一的例外是一位具有现代版堂吉诃德象征意义的青年学者柏斯，最终他也只不过是一心追寻神秘莫测的安吉里卡的痴心学者而已，神圣的微弱之光在无穷的欲望驱使下已然消失殆尽。

结合弗莱的《圣经》叙事理论，可以将《小世界》中洛奇对中世纪骑士追寻圣杯的传奇归结为“世俗圣经”部分，其本质充满了与现实空间形成对比的冒险，是真实的人类世界空间，而世界的核心被定义为“人类欲望”。洛奇曾指出：“我有一种直觉，一种关于传统宗教与人类思想结合的小说形式，表现两种文化与价值体系冲突的故事。”洛奇对圣杯传奇的文本戏仿形象地展现出现世人类的欲望。文本中采用自上而下的空间俯视视角，用现代罗曼史满足读者的阅读欲望，反映出他们的阅读心理。对弗莱而言，这是空间叙事中对神话与传奇的文本移置，是源文本与仿文本的结合，是两个极端空间的轮回，而洛奇小说中的人物即是“人类欲望”最好的附属体。弗莱认为：“《圣经》传递神谕，而传奇罗曼史则关乎人类自身。”因此，神话只不过是人类集体意识所创造的，是各种神学与意识形态的综合体，随着时代的发展其地位岌岌可危，而传奇罗曼史中则存在一种稳固的辩证对立关系——神性与人性、创造与再创造。

洛奇在创作中强调这种传奇罗曼史的对立关系，但是进而又明确人性与再创造的现世意义，仅从《小世界》人物名称对传奇罗曼史的戏仿就可窥见一斑。金·菲舍尔源自《从仪式到骑士传奇》中的菲舍尔国王，代表至高无上的学术地位，然而当他能力尽丧，学术创造力枯竭殆尽，王者之风也随之消失；而冯特·皮茨手上的恐怖黑手套似乎也寓意着他在掩盖传奇中的黑手事件。洛奇在此文本中制造的种种戏仿无时无刻不在提醒读者文本创作的真实意图，并同时展现一个真实的学术空间——“小世界”。结合日常经验，洛奇也对神话虚幻部分进行加工改造。他手握消解天马行空想象力的缰绳，使作品在移置过程中保留了神话叙事的框架，并加入对人类现世空间罗曼史的戏仿，为他深入开展文本的二次加工做好铺垫。洛奇在《小说的艺术》中提及“戏仿”一词：文本“随心所欲地‘循环使用’古老的神话以及既有的文学作品，为的是让自己能创新地刻画当代生活，焕古喻今”。在对神话移置与戏仿中，洛奇既没有纯粹追随虚构神话框架，也没有完全呈现现实空间的客观事实，而是将两者结合，穿梭于虚幻与现实空间之中。

3. 神圣喜剧 U 型空间叙事模式的建构

弗莱的《圣经》叙事理论将神话空间和魔怪空间归结为同类的空间平行结构，上文有所涉及，其中的永恒不变折射到人类集体意识中的天堂与地狱，过程是动态的，预示着万物兴衰、生命与死亡的往复交替。文学文本是人类语言的载体，它将文学叙事模式与人类相关联，“弗莱借用类型说，在圣经文学文本中淡化理论”，赋予叙事模式以人类视角，而人类在传奇空间中占有重要地位，在悲剧空间中力量减弱，最终在喜剧空间中重获新生。由此看来，文本的叙事模式具有U型空间叙事特性，即喜剧是动态的上升过程而悲剧则是下降过程：喜剧上升趋势是回归现世，包含拯救主题，或者是邪恶力量向启示精神运动的过程，在此意义上，人物实现自我救赎、认同和升华；悲剧下降趋势是堕落的过程，包含死亡、恐惧和宿命论。两者相互依存，死而复生或新生就是神话喜剧从堕落、救赎到启迪、重生的原型框架，“弗莱将神话、比喻和圣经加以投射，文学被认为是神话与比喻的生命，它超越意识形态成为人现世生活的批判。”因此，将文本中的主人公引入现代社会空间体现了对神圣喜剧叙事结构的认可。

洛奇的作品《失聪宣判》中，德斯蒙德·贝茨教授退休后心理状态的改变便可视之为U型空间叙事结构的典型代表：退休初期的心理活动是U型空间结构的悲剧开端，德斯蒙德度假归来后一系列的不幸遭遇使叙事达到U型空间结构最低点，这也预示着喜剧上扬的开始；经过波兰一行，德斯蒙德的心理发生巨大变化，心理创伤逐步痊愈。作为丈夫、父亲和儿子，洛奇给予主人公消除不快与忧郁的能力：修复了处于危机边缘的夫妻关系，接受了父亲去世的事实，消除了与儿子之间的芥蒂与隔阂。最终，德斯蒙德的心态逐步趋于平和并欣然接受命运的安排。

首先，在U型空间叙事结构下降趋势的初始端，也是德斯蒙德退休前，他对自己的生活状态十分满意，除了当时困扰他的耳聋问题。他学术研究日程安排紧凑，而学生对他学术造诣的崇拜使他十分受用，尽管耳聋影响了课堂和学术会议上与学生和学者的沟通与交流，但他对生活还是颇为满意的。如此充满平静与祥和的退休前心态其实是走向低谷的前兆。其次，德斯蒙德面临为人夫、为人父、为人子的多重困扰：他的婚姻岌岌可危，妻子事业如日中天和他退休的事实形成鲜明对比，导致心态失衡，同时，耳聋也影响他与妻子的日常交流，妻子也逐渐对他失去往日的耐心，夫妻间的误解逐日加深，他们的伴侣关系面临一触即发的土崩瓦解；作为父亲，由于全力投身于事业而忽视了与儿子的相处，导致他与孩子间的隔阂越来越明显，而当德斯蒙德退休时，他试图修复父子关系却又无所适从，收效不大；作为儿子，由于受到耳聋之苦，德斯蒙德无法照顾已患重病的父亲，良心受到谴责。至此，弗莱 U 型空间叙事结构的悲剧下降到最低点，退休犹如《圣经》中背叛的开始，德斯蒙德的心态逐渐失衡，尤其是听力减弱加快了他堕入绝望谷底的速度。

弗莱的 U 型空间叙事结构存在趋势上扬的转折点，在《失聪宣判》中是以波兰讲学为转折，此行使德斯蒙德摆脱了最糟糕的心理状态，助他重建信心。德斯蒙德历经磨难后领悟到耳聋也不失为一件益事，昔日之雄心壮志又回归本身，而奥斯威辛集中营之行的经历更加鼓舞了德斯蒙德重拾生活信心，敬重生命，善待生命："也许你所能做的就是面对这里发生的一切表示谦卑，并且永远庆幸自己没有被卷入这罪恶的漩涡，不管是承受苦难还是参与犯罪。出于偶然——由于自己的无能为力——我就这样感受着这个荒凉的地方，我知道对此我将永生难忘。"退休后的压力与阴郁终于得以释放，德斯蒙德迫不及待地修复与妻子的关系，体谅、理解妻子的言行；对待子女，他坚信血浓于水的亲情不会将他们父子分割开；作为人子，德斯蒙德对于父亲的生活方式给予宽容与理解，这对他心态的改变影响最大，后来父亲的离世也使他重新审视生命的价值。如此的心路历程使德斯蒙德的心态逐步趋于平和、安详与满足，这也是 U 型空间叙事结构趋势上扬的过程，是最终神圣喜剧必经的过程。

洛奇认为，人从出生开始便是对死亡的倒计时，这是一种消极的想法，但是他也认为应该珍惜人生，珍惜易于消逝的时光。德斯蒙德的内心空间历经堕落、救赎、启迪与重生，他能够“正视自身存在的人性的弱点……使心灵得到净化和提升”。其中既有悲剧下降趋势中的宿命论，也有喜剧上扬趋势的净化心智，最终是以死亡后获得新生的神圣喜剧模式实现了洛奇文本的 U 型空间叙事架构。

宗教中心论、神话原型框架的移置与戏仿、神圣喜剧 U 型空间叙事结构三者形成弗莱叙事理论的论述重点：首先，文本“中心”是虚设的空间，虽然弗莱解构了“中心”的固定含义，但他又通过语言符号重塑具有文本创作倾向性的“隐性中心”。他将宗教与文学结合，并没有强调二者力量的对等与否或主次之分，而是着眼于如何从宗教意识中汲取精神支撑，打造封闭文本中的创作“中心”空间。其次，弗莱的叙事理论中宗教与文学在“布道”含义上相互关联，而将这两者连接的便是神话模式中的原型理论，即宗教——文学、神话——原型，弗莱只是将彼岸之虚无空间移置现实空间，从对信仰的忠诚到对文学教育的关切，文学语言即是布道的实践工具。最后，神圣喜剧的 U 型空间叙事结构启动了文学文本的动态模式，越来越多的人被拉进现实社会的文本空间中，是对喜剧叙事的重新认知，也是主人公自我审视、认知与拯救的过程，而“人类的力量在传奇中最大，在悲剧中开始缩减，在反讽中消失，而在喜剧中获得再生”。

洛奇的作品均符合以上三种空间叙事特点：首先是对“宗教中心”意义空间的探讨，他逐步将创作重点放在对现实社会美好生活的期盼与追寻中，历经放弃信仰到信仰回归，进而明确文本“中心”空间再创造的现世意义。其次，洛奇作品中结合宗教与文学，对神话虚构部分进行二次加工，最终消解了天马行空的想象力，在其作品中保留了神话叙事框架，增添了更多的现世空间“人类欲望”。最后从动态的空间叙事结构中可以看出，洛奇作品中将地狱与天堂喻为死亡与生命主题的象征，其中折射出现实社会人类的集体意识以及包含起点、堕落、救赎与重生的U型人类精神意识空间活动模式，实现了对神圣喜剧叙事结构的现代解读与重新进行的空间建构。作为成长于天主教家庭的文学创作者，洛奇始终坚信宗教信仰对人类的精神慰藉作用，而洛奇对弗莱叙事理论的运用更是现实社会中宗教对人类精神关怀的体现，是洛奇对人生意义的探讨以及他内心世界的自我审视与自省。

二、文本结构

（一）克里斯蒂娃的空间多维度动态文本碎片阅读模式

正如上文对互文性理论的阐释，克里斯蒂娃认为，应该把重点放在特定的意义过程和特定情况下的语言实践上，寻找新的、多样的空间，这些空间可以在主题复杂和批判性的意义体验的背景下加以解释。克里斯蒂娃解释了互文性的意义，并将它与上节提到的私人心理空间因素结合加以阐释，同时对她个人的互文性理论与巴赫金的对话理论进行了区分与关联。

克里斯蒂娃认可巴赫金对拉伯雷与陀思妥耶夫斯基的研究，认为他走向了一种动态的对文学文本的理解，他的每句话都是无数声音相互作用的结果。在与巴特就巴赫金对话理论的讨论中，克里斯蒂娃的解释一方面仍然忠实于他的想法，另一方面则表明她本人试图详细阐述和扩大这些想法的可能。在巴赫金的作品中，互文性的概念不是这样的，但在克里斯蒂娃看来，互文性概念似乎可以从他的作品中推断出来。

一个语篇片段、句子、话语或段落不仅仅是直接或间接语篇中两个声音的交集，而且是多个声音交集的结果，这是在语义领域的结合，也是在句法和语音领域的显式话语。因此，才有了这种多元化的语音、句法和语义参与的理念。对于巴赫金理论，克里斯蒂娃着重提出的是外部多元化在文本不同空间层面的介入——不仅在语义层面，而且在语法和语音层面也是如此。这里涉及的不同空间层面的文本揭示了不同空间层面的精神活动，而文本分析本身也不再仅仅局限于识别参与的文本及其来源，而是需要意识到这是一个动态发展的主题话语，话语因互文性而存在。这种互文性不是这个词的语源学意义上的一个个体，也不是一个身份。

换句话说，一个人通过将自己放置在不同层次多种文本的交叉点上而成为“创建者”，这个创建者的主观性就犹如万花筒，巴赫金称之为复调。在这个过程中，两者之间尽可能精确地表达出一种逻辑同一性或统一性，表现的形式有可能是空无一物的危机，但此后便是重建新的多元身份的过程。这种多元身份尽可能准确地阐明身份或统一之间的逻辑，并对该身份的挑战进行了详细探讨，甚至将其挑战降至最低。在危急时刻，当身份陷入空虚时，再重新构建一个新的、多重的身份。这个新的多重身份可以具有多元能力，表现为作者所使用文字形式的多元性，在 20 世纪小说中，它会以文本碎片、人格碎片、意识形态碎片等形式呈现出来，这便构成了多文本多维度碎片式的空间阅读形式。

此外，这种对互文性的理解是动态的，这种动态包括对创造性身份的破坏和对新的多元化的重建——同时假定，阅读的人（即读者）也参与了这种动态。克里斯蒂娃指出，作为互文本的读者，“我们必须有能力将我们的身份融入相同的过程中，有能力识别在给定文本中起作用的不同类型的文本、声音、语义、句法和语音系统。我们还必须能够将危机状态降低为零，这是审美享受的必要前提。用弗洛伊德的话来说，就是消解含义，达到哑口无言的地步，才能进入一个自由联想的过程。这个过程是调整不同的含义或重建几乎无法定义的言外之意种类的过程，是一个创造的诗性文本的过程。”在这种文本写作中，克里斯蒂娃强调了读者阅读心理的变化过程，她认为在阅读中不可能脱离其他文本而存在，这只能由一位具有复杂文本阅读喜好的读者，将自己置于不同层面时才能实现。

这种逻辑和动态可能也适用于古典文本，但在克里斯蒂娃看来，对现代文本的阅读是绝对必要的。诗歌文本以高度凝练和高度多义为特征，现代小说也是如此。乔伊斯的文本是这种类型的一个非常特殊的例子。要读懂芬尼根的作品，就必须进入互文性的内在心理逻辑和动态。然而，这对于后现代主义来说也是如此，小说中充斥着各种调和的叙事、内容的异位和形式的游戏——这是一种心理空间逻辑多元化的游戏。在后现代主义中，文本多样性与互文性的问题可能在某些方面更加重要，因为它假设了内容的相互作用，而不仅仅是形式。如果一个人读福克纳时，不去查阅圣经、旧约、福音书、那个时代的美国社会和他自己的幻觉体验，那么他就无法重建文本本身的复杂性与多样性。文本内容的问题不能被理解为一个单一的内容——“这句话是什么意思?”——应被作为可以分散的内容，可以追溯到不同的起源点；某一内容的最终意义既不是原文的来源，也不是文本中任何一种可能的意义，而是在原文和所有可能的隐含意义之间的空间中不断地来回移动。

（二）克里斯蒂娃对洛奇立体空间阅读模式的影响

在戴维·洛奇的小说中，文本结构的多样性与互文性尤其明显，读者在一部作品中可以找到包括学术论文、注解、日记以及戏剧剧本等形式，这与传统小说的结构迥然不同，为读者增添了阅读的乐趣，但也设置了阅读的障碍。通过这样的不同形式，小说刻意与读者保留了现实与虚构间的距离，时刻提醒读者他们正在进行的是虚构文学作品的阅读，而并非真实存在的，同时，也强调了要关注阅读本身。这种多文本结构与互文的书写方式，是洛奇通过精心的情节安排与构建，通过文本形式的多变与文本间的互文性，在读者阅读中建造了一个宏大的小说空间。如果读者想要进一步参与作者的创作，理解他的创作意图，就要努力反复参照小说情节以及前后文阅读与回忆，进一步整合头脑中的图像，如此，便形成了典型的作者空间创作和读者在此空间的阅读。

洛奇是一位具有独特创作视角与自觉引发读者阅读意识的作家。在他的小说中，他可以与读者面对面畅所欲言，引领读者进入他的创作空间，转而，又通过不同文本的加入，提醒读者他们正在进行虚构文学作品的阅读，或许与洛奇个人的生活相关联，但不要与实际混淆。这种若即若离的距离感，正是洛奇独特的创作特色，也是他可以突破创作领域、适应不同公众群体阅读需求的原因。在他的作品中，随处可见作者与读者间的互动沟通，或是显而易见的对话，或是较为隐秘的对话，并且在作品中随处可见洛奇提供给读者的阅读线索与暗示。这种作者的主动性，更加提升了读者阅读中获取线索后的满足感与参与感。在参与过程中，读者通过复杂的文本结构，对照上下文，阅读多文本形式内容，理解文本间的互文关系，将杂乱无序的复杂细节以及蛛丝马迹通过他们的阅读、个人经历、以往阅读经验整合在一起，编织出一张具有读者个人属性的立体网络。毋庸置疑，这种形式是空间叙事理论中提及的空间阅读。

在洛奇的小说中，虚构的人物与发生的具体情节是借用不同文本表现出来的，这些文本如不同磁极一般，有的相互支撑，有的相互排斥与消解，可以将这些故事情节理解为一个一个充满未知的盒子，如俄罗斯套娃般充满神秘，镶嵌在一个整体的文本中，形成“文本套盒”。这种套盒形式使读者无法一次性得到情节发展的线索，而是通过打开不同盒子，将线索的片段相互关联，以解密洛奇设下的各种暗示，才能填补在阅读过程中留下的斑斑点点的空白，解除疑惑。空间叙事提出的这种空间阅读形式对读者是巨大的挑战，需要读者有缜密的思考能力与深厚的生活经验基础，才可能在层层线索与暗示中拨开迷雾，成功解锁。这种全新的空间阅读体验，可以帮助读者在充满异质性的意义海洋中畅游，也是读者可以从洛奇小说中不断得到新奇体验的意义所在，因为他们可以得到全新的文学阅读审美感悟，这种不确定性也为读者提供了充分的阅读乐趣。

洛奇小说《换位》第二章“安顿”中提及韦利·史密斯炮制的课程报告：

“英文 213。书籍之死？当代文化的沟通和危机。助理教授卡尔·科鲁普。有限选修。

选修日早早起床，以便选到这一名不虚传的跨学科多媒体大脑游。‘它使麦克·卢汉相形见绌’是其中的一条评论；另一条则胆大妄为地说：‘这是我所上过的最有劲的课。’阅读任务繁重，但是评估方法灵活。科鲁普关心学生，而且总能找到他。”

“英文 350。简·奥斯丁和小说理论。莫里斯·耶·扎普教授。研究生讨论班。有限选修。

关于这门课多数是好评。扎普被形容为自负、喜欢挖苦和打分吝啬，但是有才气，能激发神思。‘他把奥斯丁说神了’是其中一条评论。只有 A 等生需申请选修。”

第三章“通信”中斯沃洛致布鲁姆的信件内容：

“亲爱的：……扎普夫妇家的房子很豪华，位于一座陡峭得难以想象的小山上。我去的时候里面乱七八糟。有两个小扎普，是对双胞胎，名叫伊丽莎白和达西，相当荒谬（当然扎普是简·奥斯丁专家——事实上在许多人眼里，他是唯一的简·奥斯丁专家）。……”

在洛奇的这部作品中可以看到“书籍之死”，意欲影射罗兰·巴特的“作者之死”理论，他将文学理论引入作品，使读者在阅读的同时进入另一思考空间，与巴特的理论形成文本互文。同时，在第二章与第三章中都提到了简·奥斯丁及主角的名字，这是洛奇将读者引向简·奥斯丁记忆层面的阅读。

这部作品是洛奇于 1975 年发表的，当时的创作年代正处于现代主义后期，抑或称之为后现代主义文学思潮与现实主义之间较量的年代。一方面，法国的小说和美国后现代黑色幽默小说革新浪潮推动了整个英国小说发展并创新；另一方面，由于当时大众传媒技术的技术革命也强烈冲击了传统现实主义小说的创作形式、技巧与结构。就像小说第二章提到了麦克卢汉，他是加拿大传播理论学家，而小说中的麦克卢汉也是尤福利的代言人，同时与“书籍之死”结论结合，呼应了罗兰·巴特的“作者之死”，反映了当时英国文学界“小说之死”的思潮，并在创作中凸显出浓郁的实验主义色彩和多文本形式结合的创作新风格。洛奇的这种实验主义文学创作手法，巧妙地将现实主义精髓与后现代主义相结合。首先，单从小说的文本形式来看，两条交叉缠绕、相互影响攀升的脐带式线索始终贯穿全文，在保持文本内在稳定张力与活力的同时，取得了文本多层次的完美平衡。其次，从小说整体来看，每个章节都是文本结构的创新，第一、二章节从较高的叙事层次介入，运用现在时营造了阅读过程中身临其境的体验感，然而后一章节忽而转入过去时叙事，又营造了另一个阅读空间的距离感。第三章的书信形式与第四章的后现代风格拼贴，将多文本形式发挥到极致，其中的小广告、新闻内容、报刊摘要、传单以及读者来信等形式都是后现代小说文本碎片的存在形式，拼贴出一幅完整的多文本形式拼贴画。第五章节在多文本形式基础上具有多样的叙事顺序，而最后一章则是剧本的文本形式。从整体看来，这种文本多样性营造了丰富的小说意义空间阅读层次，使读者在迂回的阅读过程中享受着多文本营造的空间阅读快感，同时结合读者的个人阅读经历，使这部作品的阅读呈现立体交错的多层次多维度空间阅读模式。

洛奇的作品与其他后现代实验主义小说具有很大不同之处，原因在于处于表面的多文本形式虽如万花筒般丰富多彩，但其实内部并未脱离现实主义小说的统一叙事原则，是小说异质性的表现形式，却始终以两个相互交错的故事情节相映成趣、结构相互依托，形成完美的叙事整体。除了完整的叙事结构，洛奇在小说中的互文性也充分体现出来了。小说的名称与狄更斯小说《双城记》类似——副标题为《双校记》，而洛奇的现实主义写作手法也是对狄更斯传统小说写作的继承。洛奇以人物的私生活作为前景空间，以历史背景作为后台空间，在前景与后台空间的交错中，使读者仿佛可以听到战争的隆隆炮声以及妇女解放的声声口号，这种层次丰富的空间阅读体验正是洛奇想要呈献给读者的珍贵记忆。

三、视觉结构

（一）图像与话语：用时间媒介表现的空间叙事特征

“图像”已经引领社会进入全新时期，除了人们的饮食起居日常生活，还涉及专业科研与学术研究、产品研发等，“图像”这个词已经逐步成为后现代社会的标志词，以至于学界提出了当今社会最新趋势，那就是由文字向图像过度转向的新时代。关于这种转向新趋势，美国学者安东尼提出：针对当今新时期与新社会环境的改变，学界对后现代主义的转向已经不再好奇，也很常见，但是谈及图像，它不仅是艺术领域的主角，也是现实生活中客观普遍存在的现象，存在于任何媒介中，体现了事物本质，具有重要意义；当今时代科技发达，甚至可以用图像作为时代标志进行深入研究，图像已经取代文字，它不仅在线性时间上存在，也实实在在存在于现实生活空间中。拉什[①]在他的《后现代主义社会学》中也提到：当今社会的感知首先是针对话语的感受，这是高于图像的词语特权，是理性的代名词也是高于一切意义的意义，是高于理智的理性之选，也是高于人类自身本能的无上自我。与话语相对应的，是后现代时期人们对于感受的具体形态化特征，是具有视觉冲击和感受并高于话语抽象字面意义的崇高意义，以及具有直接冲击性的更大更广泛的智力模式。利奥塔[②]在他的《话语，图像》中提出，图形与话语并存，试图将图像从长期的压抑中解脱出来，并提示读者对图像更重视。正如马丁杰伊对利奥塔的评论，他认为话语是文本性对感知的掌控，常被用来传递含义，是无形的，而有形的实质性已经被淡忘。因此，对于话语抑或称为文本与图像，如果能共存并相互借鉴，应是利奥塔心中理想的状态。

正如本论文开篇叙述的那样，图像与文本间关系的讨论始终存在，从亚里士多德对绘画与诗歌平行关系的提出，到“诗如画”中建立的绘画与诗歌的纽带关系，可见图像与话语组成的文本间具有复杂的联系，前者具有空间性，后者却是时间性的。这种空间性与时间性并不相互矛盾。16 世纪初期，由意大利画家拉斐尔创作的一幅壁画就是兼顾了空间与时间两者，打破了时空界限，这幅壁画名为《雅典学院》，现收藏于梵蒂冈博物馆中。该画作以古希腊哲学家柏拉图举办的雅典学院为主题，发挥了自由开放的想象力，将代表历史上黄金时代的不同领域的文化名人置于同一画作中，涉及哲学、数学、天文以及音乐，用集中的艺术手法展现了人类文明与智慧的典范。在现代作品中，具有时间性的文本总试图突破并达到空间化，而图像却总想

---

① 即斯科特·拉什，英国社会学家。他的研究领域包括社会学、现代哲学、文化研究、身份认同、现代化等。

② 即让·弗朗索瓦·利奥塔，法国著名的后现代主义哲学家和理论家。他在重新审视西方传统的逻各斯中心主义方面有所贡献。

在空间中表现它的时间化特征与动态变化，从而达到用图像叙事的目的。其实，从某种意义上来说，二者并不矛盾，且具有互文性的相互关联，这种关联性表现在图像与话语间的相互模仿上。

图像与话语分别具有各自的叙事特征，前者具有形象特征，后者具有抽象特征。形象可以被认作对现实做出的印象反映，可能成为具有抽象特征的话语的部分替代，但却比话语更具体，是具有感知、动态而捉摸不定的，是可以在读者获取知识与意义前而存在的。相比之下，话语虽为抽象概念，显得晦涩枯燥而难以理解，但却可以较为准确地表达与区分话语间的微小差别。正如德国艺术评论家瓦尔特·舒里安所评说的："图画就是一种编了码的现实，犹如基因中包含有人的编码生物类别一样。所以图画总是比话语或想法更概括、更复杂。图画以一种在时间和空间上都浓缩了的方式传输现实状况。因而，图画当然也让人感到某种程度的迷糊不清，然而，图画在内容上比话语更为丰富——话语'容易安排'，但也容易出偏差。大自然的多样化是更容易被安置在图画里而不是在话语里的。当然，话语在信息传输时表达得更清晰、更有目的指向；然而多样性在话语里更容易失去。……话语有可能比图画真实或更真实，但是，同被现实性大大净化了的话语比较起来，图画中包含的观点具有更丰富的色彩、更丰富的内容，也更鲜艳夺目。人能够经话语而超越自己独特的本性并成长，能够借助图画获得广博、深远的学识。"单从历史的角度来看，文字出现之前，都是以图像作为替代品记录事件，随着文字符号的出现，象形类文字也可以称作变形的图像，直到文字被简化，这种变形图像意义才逐渐消失。正如罗宁根大学（Groningen University）历史学教授赫伊津哈提出的历史思想中的美学要素，他将历史称作一种"视觉图像"，以强调与过往历史直接接触的感知，他还借助语言的视觉图像说，将历史文化研究改称为"镶嵌艺术"——在充满话语符号的著作中加入鲜活灵动的图像既视感。

正如上文所述，象形文字中简化字体的出现，是文字与图像分离的开始，无论是埃及的通俗体还是中国的象形文字，图形特征逐渐褪去，最终从图像发展为独立的线性书写特征。因此，当我们回溯话语、文字的发展历史不难发现，图像特性一直如影随形伴随着话语同时存在，只是在叙事中，图像从事件流中断裂开来，冲破了语境限制，独立地存在于时间链条中，没有上下文语境使图像意义含糊不清，解决的办法就是加入文字说明，将图像重新相互连接起来。从传统意义上来说，话语的叙事功能强于图像也是十分明显了，图像在空间维度存在，而话语是一种时间维度的存在，只有将形象具体的空间图像转化为抽象概念的代码集合后，读者才能植入语境，理解文本的上下文关系，从而使逻辑上更顺畅。传统文本中，对叙事的理解是一种线性的时间概念，虽然话语与图像间从未有过清晰的界限，但总的来说，传统文学创作中，图像是被话语取代的。而图像却是以空间形式存在的时间片段，只有将片段碎片逐一拼接在一起，才能合成具有具体形象的具体事件或情节，这是某种程度上的隐身技艺，只有将其整合后才会逐渐显现，被淡化地位的图像才会逐步走向舞台中央。例如现在的自媒体视频等，都是图像在叙事作品中发挥了积极的重要作用，至此，图像才最终开始承担起新时期新媒介的叙事重任。

然而，这种改变是双向的，现代作品中的话语也出现了模仿图像的现象。叙事文本具有新时期的创造性，区别于传统小说，这种叙事文本遵循线性的时间性的话语对图像的共时性进行模仿，使其文本叙事结构具有某种空间特征，这种写作特点在现代和后现代文学创作中的作用尤为突出。在同一时间内，人类意识中出现许多事件，而这些事件在意识来不及排序之前是共存并置的状态，但当人的意识进入到回忆、推理的过程中，这些事件便需要被安排出场次序，并且事件记录下来的数量是有限的。心理学家巴斯认为：“我们意识内容的容量是非常有限的，在某一瞬间只能注意到一串密集的意识内容。幸运的是，我们可以将大量信息包装成单一的意识流……我们可以在不同的意识流之间来回转换。”这种状态也更像是夜晚的星空，意识如繁星般忽明忽暗地闪耀，这是不同时间点意识的汇集之地。如博尔赫斯[①]在《阿莱夫》中对这种状态进行描述时提到：阿莱夫是一个神奇且难以理解的宇宙，是一个包罗万象的空间的点。如果将文本叙事定义为时间的，那么阿莱夫——意识则是空间的，是在永恒宇宙中失去时间性而共识存在的。但是，这种共存性在真正的叙事活动中是矛盾的，面对“阿莱夫”这样的意识空间，作者提到：

“现在我来到故事的难以用语言表达的中心，我作为作家的绝望心情从这时开始。任何语言都是符号的字母表，运用语言时要以交谈者共有的过去经历为前提；我羞愧的记忆力简直无法包括那个无限的阿莱夫，我又如何向别人传达呢？……此外，中心问题是无法解决的：综述一个无限的总体，即使综述其中一部分，也是办不到的。在那了不起的时刻，我看到几百万一个愉快的或者骇人的场面；最使我吃惊的是，所有场面在同一个地点，没有重叠，也不透明。我眼睛看到的是同时发生的：我记叙下来的却有先后顺序。总之，我记住了一部分。”

由此可见，人类的意识不仅仅是无法记忆全部，哪怕是其中的一小部分也无法有序地加以叙述，这可能是自叙事开始便有的最大的难题。于是便以遵循逻辑关系或线性时间方向来组织整个事件，显然，这是从人类单方面意愿出发不得已而为之的叙事方式，与事件的客观事实和经验并不相符。为了解决这个难题，在许多现代小说中逐渐开始出现对叙事空间性的重视，这是对线性叙事的重大

---

① 即豪尔赫·路易斯·博尔赫斯，阿根廷诗人、小说家、翻译家，1923 年出版第一部诗集，1935 年出版第一部短篇小说集，奠定在阿根廷文坛的地位。

突破。

这种突破可以归结为对线性时间叙事因果相继关系的继续发展与创新，是文学创作者们集体智慧的体现。正如本书“导论”中提到的莱辛的《拉奥孔》。莱辛早期认为文字话语是时间艺术，而图像是对某一时刻的捕捉，是空间艺术；而当直面空间特征与视觉性，面对包罗万象的意识状态时，单单是线性叙事已经无法满足媒介的功能，它具有局限性，于是便有了现代主义的突破之举——利用时间性媒介表现空间特征。

无论是话语还是图像都是叙事媒介，而这两种媒介都试图跳出本位，用图像写意，用话语画图。这两种媒介相互独立但又相互渗透，从旁注入新活力，并不是对自身特性的背叛，而是转化过程，也可以说是跳出文字本我表现图像空间的过程。真正懂得如何表现空间的小说家会将空间描写置于叙事中，用以表现时间、安排小说架构，甚至推动叙事；如果遇到复杂的空间场景，作者干脆附图说明，意大利作家翁贝托·埃科的《波多里诺》、美国作家库尔特·冯古内特的《冠军早餐》都采用了此种方式。这种方式通过话语叙事对心中想象的景象进行勾勒，作者所进入的“诗为画”的视觉空间与读者在阅读文本后形成的意象中的图像有所区别，正如上文讨论的，空间叙事中的互文性意味着读者产生的空间意象是多样的，并且与他们自己的阅读经历紧密相关。现代叙事作品通过文字构成的线性结构来塑造作品的空间，而这个所谓的“空间”需要读者通过思考、想象和回忆在大脑中构建完成。正如互文性的网络“编织”功能，空间形式的编织注重整体，也就是对整部文本的空间建构与把握。可以肯定，时间向空间转化是必然结果，也可以将其看成是由文学作品的被动输入变成需要苦思冥想才可以完成阅读，并带有阅读乐趣的崭新观点。这种依靠感知与想象、意识流与建构才可以完成的阅读充分体现为文本的空间视觉化阅读。

（二）洛奇叙事中的语言图像化空间形态

作为结合现实主义与后现代主义的小说家与理论家，戴维·洛奇的作品与理论中也同样体现了这种写作特征与趋势。在《现代模式写作》一书中，洛奇提到：

“现代主义小说就是在形式上的实验或创新，表现出与既存的文学和非文学话语模式的明显偏离。现代主义小说关注的是人类大脑意识，还有潜意识和无意识的活动。因此为了给内省、分析、沉思和幻想留出空间，对于传统叙述艺术来说至关重要的外部客观事件在范围和规模上有所减少，或者是有选择地或拐弯抹角地展现，或者几乎完全消失。现代小说没有真正的‘开始’，因为我们被突然拉进了意识之流中，只有通过推理和联想的过程才能慢慢熟悉小说内容；而且小说的结尾往往是‘开放式’的或者模糊不清的，使读者对人物的最终命运充满疑惑。为了弥补叙事结构和整体性的缺失，其他的美学调度变得更加突出，比如对文学模式或神话原型的引述或模仿，对主题、形象、象征稍作改变的重复——这一技巧有不同的描述，如‘节奏’‘主旋律’和‘空间形态’。现代主义小说避免以时间先后次序安排情节，避免使用一位可靠的、无所不知和闯入式的叙述者。相反，它要么使用单一、有限的视角，要么使用多重视角，这些视角都或多或少地受限或不可靠：它倾向于流动的或复杂的时间处理，包括很多跨越行为正常时序跨度的前后相互参照。”

洛奇认为，现代主义与非现代主义的最大区别在于它直觉地接受或预见到了话语符号与现实间的关系。现代主义放弃了艺术即模仿的观点，取而代之的是一种自知自觉自处的动态活动形式。最典型的当数沃尔特·佩特主张的“诸艺造妙皆向往于音乐之空灵澹荡”，即音乐室所有艺术形式中最为纯粹的、毫无指向的艺术系统，在现代美学之前，艺术模仿生活，是对生活的回应；直到 18、19 世纪走向衰微，正如奥斯卡·王尔德所说“生活模仿艺术”，“如果不是从印象派那里，那么我们又是从哪儿得到那些美好的褐色浓雾呢？这些浓雾弥漫街头，模糊了汽灯，把房子变成了鬼魅般的阴影”。这就是用话语来表示空间性的意象。在艾略特、叶芝、马拉美、庞德的文章中都可以找到类似的理论指向，这便形成了象征主义文学文本，这些作品毫无章法可循，文本内涵高于外延，且没有普通叙事性和逻辑性，实际上是以动态的、跳跃的、模糊的意象和象征存在着。洛奇的作品中具有现代主义特征，抛弃了传统上的线性时间和因果逻辑的叙事结构，重复引用了文学模型、神话原型，以及象征和意象等其他图像概念。

后现代主义延续了现代主义对传统现实的批判，但是超出了或者说僭越了现代主义，因为无论现代主义的实验何等复杂，它还是向读者提供了作品的文本意义，哪怕是多重意义。洛奇曾提出，唐纳德·巴塞尔姆的后现代作品《白雪公主》中有一个具有指向性的问题：地毯中的图案在哪里？这是如何解读文本的形象化说法，也就是话语的图像化。对于读者来说，后现代作品的阅读困难并不在于意义上的晦涩难懂（晦涩迟早会搞清楚），而在于意义的不确定性，这是后现代作品的特性。从洛奇的文学理论中可以看出，他对现实主义小说与现代、后现代小说的观点并不是非此即彼，而是兼容并重的态度。现实主义小说正是源于空间和时间上的连续性，才使得小说虚构的世界能够在被阅读的过程中取代现实世界；而后现代主义则站在怀疑一切的立场，质疑这种连续性，采用随意中断的方式，用不同文本形式对阅读过程进行无规则切分、粉碎并且鼓励读者随意拼接，威廉·巴勒斯和 B. S. 约翰逊就是此类作家。然而，过度使用隐喻和转喻可能起到适得其反的效果，甚至接近荒谬，尤其是对细节的极度详解和碎片化，会在阅读中影响读者将文本视觉化，将读者引向无法整体理解和认知整部作品的地步。

四、心理结构

公共空间与私人空间

在这里，文学作品中的心理空间指的是人物生存空间以及产生的个体体验投射在人物内心所产生的对某一事件或者某一角色的有感而发以及不同认知。这是在文学作品中隐藏的一个概念，是读者不会轻易看到的部分，且心理空间没有任何具体的实质变现。这在文学作品中体现为大量集中的人物心理描述，尤其是在诸如弗吉尼亚·伍尔夫[①]等作家的意识流小说中，可以找到鲜明的例证。由此，我们可以看到，心理空间与人物对社会的经验与认知是息息相关的，同时，也与社会阶层中不同权力、角色、性别分工关系以及当时的社会思想意识形态紧紧相连，且具有值得推敲的广泛的社会人文特性。客观来说，文学创作中的人物与现实中的人们都是生活在界定的社会空间中，同样会在所处的社会思想意识形态下做出不同的心理上的反射式行为动作，从而形成此类人物特定的心理空间。反之亦然，在某部文学作品中，我们同样可以通过人物的心理空间表现，分析出他所在社会环境和当时权力分配的关系以及相对应的某一阶段的社会思想意识形态。

洛奇的小说《换位》因为语言的诙谐幽默与后现代叙事技巧而受到广泛好评，我们从其社会权力分配与社会空间辩证关系切入，直观论证作品中人物角色在社会公共空间中所隐藏的反抗意识和寻求自我的多方面诉求，而这种反抗意识与寻求自我的过程是通过空间的形式

---

① 即艾德琳·弗吉尼亚·伍尔夫，英国女作家、文学批评家和文学理论家，意识流文学代表人物，被誉为20世纪现代主义与女性主义的先锋。

体现出来的。这部作品中，空间不仅仅是男权社会对当时女性的种种刁难与压制的操作空间，同时也是读者通过空间了解当时女性是如何反抗、如何渴望性别平等与性别自由的中间媒介。这种空间具有文学作品的虚构特性，但同时也揭示了在社会空间中即将产生一种崭新的权力分配关系。

《换位》的叙事视角是从两位在校任教的男士展开的，来自不同国度的英美两位学者，向读者展现了当时社会的生动图景：学术圈学者间的钩心斗角、丰富的文学文化活动以及少数女学者倡议的维权运动等一系列事件。正如小说名字《换位》所暗示的那样，这部文学作品讲述了因空间位移而引发的一系列荒诞而滑稽的经历。从社会空间的角度深入探讨这部小说的互文本，我们可以分析不同人物、性别与社会空间之间的相互作用。这样的分析有助于揭示女性角色是如何通过个人反抗，在社会空间中争取到平等地位的。如果读过洛奇的小说就可以看出，其中的女性经常是被类型化的，一种是对家庭全身心付出的全职主妇，另一种就是被同性视为妖孽勾引男性的情欲对象。这两种分类恰恰暴露出男性对女性的物化极端态度，也是男权社会专权专治的象征。这也是明显区别于男性观点而存在的，如此看来，评价洛奇的作品为“男性世界”并无偏颇。但从《换位》中，读者可以明显体会到其对传统社会角色的颠覆，这种翻天覆地的变化是通过空间表现出来的。

关于社会空间，洛奇的作品中首先考虑的是人物的社会性别空间，行为与空间已经不再是人类社会的载体和媒介，而是渗透到了实际生活的各个角落。我们可以用马克思主义阐释空间的意义，将社会空间中纳入社会关系以及某一时期的思想意识形态，并且逐渐将人的生活社会空间化。列斐伏尔提出：空间的作用，不仅是生产手段，也是对他人的操控、支配的权利模式。也可以说，空间可以脱离操控者的绑缚。这一观点让学者们更加关注文学空间的人文社会属性而不是第一属性。空间已经走上文学舞台，并且相对于时间更具有实际意义，通过人物的一举一动、一言一行、文本结构的不同构成显示它的存在意义。当然，这种存在意义需要社会中的人物激发演绎，才会形成社会空间，同时也会相互制约，这也是马克思主义思想提出的一种辩证关系。

这里指出的社会性别空间并不是男女性别关系，而是通过社会公共环境这个大背景建立的具有两性特点的不同观念与思想意识存在的社会空间，既可以是公共的空间结构又可以是私人的空间结构，其中的轻重与否是与当时具有话语权的一方支配的，是双方思想斗争的产物，在父系社会中，它是用来支配女性、巩固统治、维护男性权力的重要工具。正如多琳·马西[①]在她的《空间、地方与性别》一书中提出的："空间既反映也影响着我们社会中性别构建与理解的方式。"当然，女性有能力打破这种男权支配的社会活动，通过女性意识在空间中的作用打破原有的空间秩序，并且赋予崭新的女性含义，这是新时期女性意识的觉醒，也是对父权统治的抗争。这种崭新意义的空间建构，重新赋予了社会空间新的运行机制，同时也在动态变化中逐渐找到平衡点。

回到洛奇的《换位》，这部小说中很明显是具有两个不同空间的，一个是作为公共空间的校园，另一个是作为私人空间的家庭。如此一来，读者面前展开的便是两个截然不同的空间叙事。这部小说成功地描绘了鲜活的人物个性，并反映出洛奇对英国小说传统中现实主义精华的传承，连他本人也承认自己的作品吸取了现代主义和后现代主义的成分，但也留有传统现实主义的特点。在《换位》中，小说背景以具有时代特征的20世纪60年代末期为主，而菲利普·斯沃洛和莫里

① 多琳·马西，英国地理学家，以其在空间、地理和文化身份方面的开创性工作而闻名。她的研究对理解全球化、地方性和性别差异如何塑造社会空间提供了重要视角。

斯·扎普两个个体的学术和家庭生活空间构成了小说的发展环境，正如菲利普·斯沃洛在故事结尾的自指性告白：“我们这一代——我们信奉自我不可侵犯这一古老的自由主义法则。这是现实主义小说的伟大传统，也是小说的实质。作品的前景是私人生活，历史则远在后台，只是依稀听到的炮声隆隆。”小说中的两个主人公有着鲜明的个性对比，一个是墨守成规的古板之人，缺乏自信心，愿意取悦他人并受到他人的心理暗示，有些虚伪和小心机；另一个自诩聪明，读研究生期间就在《美国现代语言学协会会刊》发表文章，学术水平高于其他人，并总是用一种咄咄逼人的态度为人处世，但偶尔也会表现出善良柔软的一面。以上的人物性格特征充分显示出在不同的社会空间、相似的学术空间，人物间的特性差异与意识形态的不同。这种对人物的塑造已经让读者获得了超越文本空间意义上的利益，愿意在人物身上找寻与自己相似的性格特征，并愿意进入文本营造的空间进行深入探究，仿佛置身于文本空间中的沉浸式游戏，扮演着虚拟空间中的不同角色，与主人公共同体验文本空间的不停转移。这种典型环境空间的刻画，使人物也具有了典型的性格特征。

而当我们关注小说中的性别空间时不难发现，男性一直占有社会公共空间或是事业学术空间，而女性则多在私人空间中出现，这是洛奇小说中性别关系在空间上最直接的反映。正如任兵在他的论文中引用的弗拉德尔[①]的话：“随着资本主义的来临和阶级社会的形成，女性被排除到公共空间之外的现象，同时也加剧了女性的边缘化……随着家庭空间和工作空间的区分日益明显，家庭被认为是私人、家用的以及女性化的，而工作空间与政治空间被认为是公共的、男性化的。这种不断强化的空间和社会的划分产生了等级森严的父权制社会。”

① 弗拉德尔，历史学家，专注于早期现代英格兰的社会和文化历史研究。她的研究主要集中在性别关系、社会空间的组织以及这些空间在 16 世纪中期至 18 世纪英格兰的使用上，尤其是在非精英阶层的男性和女性中。

例如《换位》中提到的伯纳德和斯雷德，在婚后需要顾及家庭而成为全职主妇，其他屈指可数的女性学者也都是匆匆出现在读者视野又悄然消失的角色；再就是女性出现的场合与身份，不是居家生活中的主妇，就是学院办公室的秘书，或者是想要高分而向导师献媚的女学生。这些女性形象具有强烈的性别差异与偏见，而大多是出现在私人空间中的，是被限制自由活动、限制自由言论的空间。

相比之下，男权空间是没有边界的，是动态流动的，是弹性的。《换位》中的主人公利用男性的身份身处学术圈，并借国际学术会议之际周游世界，这是洛奇校园小说的典型特点；而作品中的女性们不是放弃了梦想，就是在家照顾孩子。这种对女性空间压缩的直接原因是她们的丈夫在家庭私人空间中的不作为导致的："女性即使在自己家里也无法找到归属感：家庭不过是服务他人的场所，尽是毫无价值也不受认可的琐事，被奴役的女性自我在其中消磨殆尽，家庭成为暴力和虐待的空间，是女性受迫害、被隔离的空间。"小说中斯沃洛曾描述对妻子布鲁姆的看法："他觉得从本质上已很难把她和孩子们区分开来，她只不过是作为一个与阿曼达、罗伯特和马修有关的信息、警告、要求和义务的传递者而存在……如果没有孩子，他还真想不出确切的理由，为什么自己需要一个妻子。"布鲁姆在斯沃洛眼中显然只有"母亲"的身份，而不是作为"女人"，而"母亲"是要与孩子、家庭捆绑在一起才现实存在的。"迄今在绝大部分社会里，女性花费一生中大量的时间来生育和抚养孩子，她们的生活被束缚在'家庭空间'。相反，男人则有时间和自由进行家庭以外可以产生政治格局的活动。"而社会公共空间和私人空间正是帮助男性实现此过程的有力工具。这样的空间划分恰恰使男性有合理的理由将女性桎梏于逐渐萎缩的私人空间而使她们远离社会空间，同时利用社会空间中其他男性或是社会舆论的压力，迫使女性认同男性的观点，从而使男性从思想意识上控制女性为其服务，为家庭奉献。这种对自我角色的认同，是空间对人进行的隐蔽式驯化，也是促成权力分配关系中不平等性别空间占有率的原因，是福柯所说的“驯服的身体”。

另外一个有趣的情节也充分说明了公共空间与私人空间的矛盾。《换位》中各色身份的人集会抗议非法占用校园绿地，其中不乏女性的身影，或是家庭主妇，或是学生，或是教师，这是关于实际空间也是潜意识空间的抗争。这种抗争是针对实际的校园用地，也是女性敢于走出私人空间的勇敢行为，是发生在公共空间的行为。但关于女性被强奸案件“任何一个到那里支援花园的姑娘都会陷入一个性圈套。如果她不服从，男人会指控她是布尔乔亚，思想保守；而如果她们报警，警察会告诉她活该，是谁让她去那里的，而斯沃洛认为核心就是公共和私人问题。”显然，斯沃洛已经用男性意识将此事件定性为僭越，是女性对男性公共空间的僭越，是女性跨出封闭私人空间造成的。进入公共空间意味着女性的思想前卫且具有反叛精神；但如果还是“思想保守”停止不前，就应该老老实实居家过日子。如此意义的“空间僭越”充分显示了空间的性别符号，并深深烙在男性的深层意识中，进而形成无意识地压迫女性空间、阻止女性思想意识觉醒之行为。

当然，《换位》中体现的性别空间也是动态变化且可以重置的。随着两位主人公交换学术环境、生活环境、文化环境，这种性别空间也开始具有反噬作用。斯沃洛从英国人典型的自律、冷漠变得追求享乐、主动且开朗；而扎普从原来的放浪形骸有所收敛，到了英国后开始乐善好施，对待女性友人的态度也明显改善。这些改变足以证明地理空间的变换可以改变人物对于公共空间与私人空间的界定，进而改变思想意识中对性别关系的定义。这种意识的改变在女性角色中也有所体现，她们开始重新审视自己的社会身份，以及在公共空间与私人空间中的定位，同时，意识到不应再是男性或是家庭的附属品，而应该拓展私人空间，大胆地走进男性的公共空间，按照自己的意愿生活。“反观斯沃洛和扎普，则从公共空间转向了私人空间。斯沃洛在学术交换即将到期时搬进了德丝蕾的家，并担任了管家的角色，照顾孩子和德丝蕾的饮食起居，甚至考虑以此为工作拿到绿卡而长居美国。扎普也在所租公寓维修期间留宿在布鲁姆家里，并且很留恋房子的舒适和惬意。”显然，男性的公共空间也开始萎缩，在女性人物意识觉醒的同时，女性私人空间也在逐步扩大，其间的空间二元对立促使小说中的男女主人公努力找寻自己的平衡点，至此，公共空间与私人空间的界限开始变化，意义将被重置。

五、动力结构

（一）作者身份

除了传统的人文主义关怀模式之外，小说与文学批评之间也存在着相互作用和影响关系。但是由于后结构主义思想的流行，致使小说的文学创作与批评理论脱节，因为后结构主义解构了文学作品中的作者存在，并且颠覆了小说的虚构与现实之间的关系概念，对此，洛奇提出了质疑。而巴赫金则是超越了人文主义和后结构主义间的矛盾，他提出的小说理论为小说的虚构与现实间的关系提供了共存的依据。巴赫金认为，如果有一种文学形式可以公平对待生活中存在的复调，那么这种文学形式就是小说。洛奇的文学作品中也能找到巴赫金提到的狂欢与杂语等一系列特征。

洛奇认为，每种文学批评理论都可以用来最大限度地综合和凝练对文学作品的批评，其中具有专业性的学术批评家对大众意识形态具有重要的导向作用。批评家的学术性研究决定了如何筛选经典之作，而这些经典之作最终将作为人文头脑中的理论文本，对后代作家的阅读产生不可估量的影响。由此看来，小说写作与文学批评间的天平从来就不是平衡的，可以说没有小说作家就没有文本的创作之源，没有文本，批评家就没有可以评论的对象，从这个趋势来说，作家是具有绝对特权的群体。但是，在以作者为中心的时期，这种特权模式却成为压制其他作家形成影响的缺陷，因为其他同时期具有文学创作天赋的作家经过层层被筛选、被评估，并没有得到应有的尊重。这种传统的筛选和评估的标准模式被学术评论家凯瑟琳·巴尔塞称为表现现实主义——即文学作品是否表现了作者独特而有力的世界观以及所表现的现实是否属实。

虽然这种模式受到人们追捧，但当后结构主义理论接管了批评界后，整个文学界的学术批评和研究都进入到一种令人兴奋且癫狂的狂欢状况，仿佛发现了文学批评的新大陆。但是这种变化在洛奇看来，是值得质疑的。他认为："对接纳新的创作影响甚微，至少在英国和美国是这样的。它对小说家们自己是否有影响，这种影响使小说家获得自由还是受到限制，都是值得考虑的问题。"这种冲击破坏了传统经典结构主义对文学的批评模式，而将这种模式用于文学批评时，则开始将重点从发掘文本的独特性转移到发掘文本的共同特征上——代码、惯例、规则，因而大大降低了作者在文学创作中对意义生产的特权，却提高了读者在阅读中起到的作用；同时，还将各种文学体裁引入文本创作形成大杂烩，形成一种崭新的美学艺术，或称为符号系统的美学审美。这种改变是激进分子对文学作品批评的极端阐释，完全打破了古典结构主义的传统。当然在这种新的批评理论与传统模式的互动中，不乏一些创新之举。在这些文学批评的生产与接纳之间的断裂缝隙间，洛奇找到了适合自己的——作家兼批评家双重身份的理论支撑。

关于作者的观点，洛奇引用了罗兰·巴特的一段话，其在《作者之死》中提出用"书写者"替代"作者"的概念：

"作者，在人们相信其存在的时候，总被认为是其书籍的过去：书籍与作者自动站在同一条线上，这条线分成之前与之后两部分。作者被认为培育了书籍，也就是说他在书籍之前存在，他为书籍而思考而受苦而活着；他与其他作品存在着父与子一样的先后关系。与此完全相反的是，现代书写者（the modern scripter）与其文本同时诞生，他不是先于或超出其写作的存在，他不是以其书籍作谓语的主语。除了表述过程的时态，没有其他时态，每个文本永远写于此地和此时……现在我们知道，一个文本不是一行发布一个单一神学含义的文字，而是一个多维空间，在这个空间中，多种写作彼此混合、相互冲突，没有一种是原创的。”

对于巴特的这段话，洛奇指出：“作者作为一种独特构成的个体化主体，作为作品创作者以及某种意义上的所有者的观念，深植于作为文学形式的小说中，在历史与小说的兴起中相伴而生；对语言艺术模仿功能、真实细致地反映或者表现世界的能力的强调也是如此。”（洛奇《文论集》P186）洛奇对巴特的这一观点感到为难，因为他认为任何作品对作家来说都有父母般的责任感，写作过程的思考、受苦都是真实的。并且他强调，小说没有与现实脱离，通过小说反而可以认识现实世界的一些实情。以洛奇自己的作品为例，如果读者没有从中看出学者或者罗马天主教徒行为的真实情况，那么它的作品就是失败的。作者的地位并没有如巴特描述的那样已经退居幕后或者彻底消失了，作者还是文学作品的独一无二的创作者，而小说的虚构成分与现实是相辅相成的依存关系。

虽然巴特对作者与文本的极端表述显得相当具有吸引力，但是对于与生活现实相关联的还原式阅读还是有必要的，即把文本看成是真实符号的象征。乔伊斯的长篇和短篇小说中的每一件事和遇到的每一个任务几乎都可以与其本人的现实生活经历相关，但是他也提出他的叙事具有超越时间的普遍意义。小说家都具有矛盾性，一方面想将具有想象力的故事情节和表现力的真实突出出来；另一方面又会提供某些线索供读者追溯其真实可靠性，如他们会用滑稽模仿、框架叙事或者是互文性手法。虽然这些虚构作品凭借自身的存在宣示它与现实的分离，对于解构主义批评家来说这是不言自明的，但是对于读者来说确实很难发现。例如，在小说中安排了作者本人与主人公的相遇，这种“自省镜像效应”的元小说技巧在很多作家的作品中都是存在的。

但是，并不是说作者必须使用这种技巧，而是将此类技巧与现实主义对立是不恰当的做法，作者在元小说范畴内出现在文本表演的最前列，这是一种本能的防御行为。洛奇在他的《文论集》中提到：“小说不是生活，它们讲故事的位置与生活中的经验隔绝，他的主题被大大地导向意识形态，其功能是帮助人们适应现代世界的分崩离析和孤独。小说的阅读作为一种社会行为帮助我们抵御变革。”他认为小说家对空间叙事的处理导致了读者对个人和客体的偶像崇拜。现实主义小说中的主人公并非具有复杂的人格特点，只是现代作者心甘情愿使自己的作品被现代创作手法异化，因此会出现小说无法处理的群体对话，这种对话形式与现实中的对话并不相似。在与洛奇持有不同观点的劳伦斯[①]认为：“小说之所以重要，是因为在所有人类话语形式和认知形式中，小说是唯一一种可以拥抱整体人类经验、拥抱世间所有人的形式：作为小说家，我认为我比圣者、科学家、哲学家和诗人都要优越，他们都是人生不同方面的大师，但都不能囊括人生的全部。小说是一部生气勃勃的生活之书。书不是生活，它只是在大气中颤动，但小说则是可以使世间所有人都颤抖起来的颤动，它比诗歌、哲学、科学，或者其他任何书引起的颤动都要多。”从二者的观点对立中可以看出，戴维斯的争论并没有确切的答案。如果生活和艺术、

---

① 即戴维·赫伯特·劳伦斯，英国小说家、批评家、诗人、画家。

行为和阅读都对立起来，它们之间不是包含关系，如果认为文本的创作是改变现实世界而不是客观阐释，那么小说便没有存在的意义。

（二）读者空间

针对上文中提到的不同观点，如果真要找到一个既可以超越人文主义又与后结构主义观点相左的理论，将小说的整个发展历史从意识形态的角度做好辩护，洛奇认为最合适的人选就是米哈伊尔·巴赫金的理论著作。巴赫金将散文小说语言的多样性称为小说的杂语性，并且这种杂语性和对所有意识形态进行批判的文化功能之间具有紧密的联系。他认为，一旦将话语的多样性纳入一个文本空间，那么就设立了对所有话语专有权的防御机制，在这种情况下，作者的话语不再具有特权，也不会通过评判和阐述主人公话语来掌控意义的增值部分。从某种意义上来说，控制是相对而言的，并且是虚无缥缈的。巴赫金的对话，包括了主人公话语和作者话语，也包括了所有话语和文本之外的其他话语，这种小说的话语多样性是为了防止作者把单一的世界观强加给读者，读者可以在不同的对话空间中接受多样性的话语模式，从而形成多维度的作者与读者间的对话空间。巴赫金指出，一部作品中存在着多种空间维度，它们之间是由复杂的、与作者和文本具有特殊关系的相互关联的多维空间连接的，它们相互渗透，可以共处一室，也可以交相辉映，相互比照或对立。这种复杂的相互关系具有广义的对话性，但是这种对话性是身处作品文本所描绘的世界之外存在的，并且不能存在于任何一种被描绘的空间中。

作者和读者空间的存在是可以被感知的。从作品的外部布局结构中可以感知作品材料的生动性和符号性质，可以听到他们之间的对话，而我们拿在手里的文稿也在空间占据位置，但是有所局限；在创作文学作品的时候，这种生动性和符号性质不但会形成时间流程，还会在各个环节中听到人的声音。这份现实存在的文稿在现实空间中创造了语言，也联系着现实中的人，这些人是作者和读者，他们可能处于不同的空间中，这些空间或者相距几个世纪，或者相隔遥远的距离，但无论如何，他们都仍然处于一个统一的现实存在的但没有完结的历史世界空间之中，这是巴赫金开始指出的文学作品总的空间世界。这个总的空间世界与文学作品描绘出来的空间世界间具有鲜明的界限，而我们将总的空间世界称作文学创作的空间，其中的表演者、读者或者作者，全都平等地参与到整部文学作品总的空间世界的描绘空间世界中。恰是这个文学作品创作的总空间生发出被描绘的空间世界中的那些被揭示和被创作的空间世界。它们之间具有原则上的界限，不可以将从事创作的空间与被创作出来的空间混淆，也不可以将不同空间世界中的作者身份混淆。作者本人和创作作品的作者有所区别，而读者随着时代的变迁以及受到自身阅读能力的限制也是有所不同的。但是，尽管如此，不同空间世界间的界限也绝非不可逾越的鸿沟，这不符合文学创作的规律，因为尽管它们之间存在着原则界限，但是它们之间也相互作用，相互关联，相互交流沟通，犹如生命的有机体生活在繁荣复杂的环境中一样，具有环环相扣的功能机制，就犹如供给生命养分的发动机，维持着整个机体的新陈代谢，如果离开了这个环境，生命也就不复存在。巴赫金关于文学创作中的空间世界解读的确高于并超越后结构主义者的视野局限，给予文学创作以及作者与读者间的关系以更广阔的存在范畴。文学作品即被描绘的空间丰富了现实空间世界，与此同时，二者也融会贯通、相辅相成。这一过程不仅发生在创作文本的同时，也会发生于文本创作之后的阅读过程中，这就需要读者的参与。正如上文所述，读者与作者的存在空间是可以相互感知的，作者创作的文学文本在读者创造性的阅读过程中不断被更新，不断与读者产生共振。这个共振的过程本身便具有空间性质，它发生在历史发展的空间中，又不能脱离如此频繁变化的空间世界。在这里，作者与作品、读者与作品、作者与读者都发生了创造性的、将作品与现实融合的特殊交流。

关于读者的创造性阅读及参与，早在乔伊斯的《尤利西斯》中便有所体现，他把这部作品构思成一部现代史诗，正如小说主人公斯蒂芬·德达勒斯在《一个青年艺术家的画像》中告诉我们的，读者第一眼看到的是哭泣与节奏，接着便是酣然流畅的叙事，最终从中提炼出具有人格化的本我，犹如创造之神，停留在超越或是俯视他自己的作品的状态，隐秘的悄无声息的。虽然乔伊斯的论断有所偏颇，但他肯定了读者在阅读中的作用，这一点是不可否认的。他假定读者具有都柏林人的特征，十分了解都柏林的日常生活以及历史，这便给予了乔伊斯灵活传递信息的权利——隐匿的作者以及间接传递出的有效讯息都是碎片式的，例如通过随意的交谈被抛出，或是嵌套在不同的象征参照层中。所有涉及都柏林生活和历史的典故，以及小说发生的二十四小时的外部事件，都是如此。普通小说中为读者总结的所有事实背景，在这里必须从分散在全书各处的片段中重建出来，有时甚至是数百页。因此，读者被迫以和读现代诗歌完全相同的方式来阅读《尤利西斯》，也就是说，要通过不断地将片段拼接在一起，并记住典故，直到通过反身参照，才能把这些典故与它们的补语联系起来。

乔伊斯希望以这种方式在读者的脑海中建立起都柏林作为一个整体的感觉，包括所有的人物之间的关系和所有进入他们意识的事件。读者希望在阅读小说的过程中获得在空间上连接典故和参考文献，并逐渐意识到其关系模式的感觉。甚至可以说，乔伊斯真的想让读者成为都柏林人，因为这就是乔伊斯所追求的：读者要有都柏林人与生俱来的那种对都柏林生活的本能认识，那种把都柏林看作一个巨大的、环绕在周围的有机体的感觉。这是一项与生俱来的权利：在任何时候，都应让读者了解都柏林的过去与现在，并将其视为一个连贯的整体。只有具备了这样的知识，读者才能像书中人物一样，将所有的参考文献置于恰当的上下文中。可以说，《尤利西斯》不能被读，只能重读。读者对小说整体的把握是对理解任何一部分都必不可少的，除非读者是都柏林人，否则只有在读完这部作品后，将所有参考文献都放置在恰当的位置并加以掌握后，才能够获取知识。这种创作方法给读者带来的负担是无法克服的，但事实是，乔伊斯在其令人难以置信的叙事结构碎片化的过程中，一直假设他的作品最终会有一个统一的空间帮助读者加强理解并获取他所传递的讯息。

（三）宗教关系的空间并置

不可否认，作为一个宗教徒，巴赫金自童年起便受到东正教的氛围教育，并且在20世纪初期，就曾因宗教辩护参与了一次公开讨论，并且与自己的好友组建的“康德研习小组”就宗教问题进行了深入探讨，将宗教道德与宗教哲学作为他们的研究中心。他与好友一同探讨康德和黑格尔的主要哲学思想和作品，抑或是当代某些宗教作家的著作，例如奥古斯丁、维雅切斯拉夫·伊万诺夫和弗拉基米尔·索洛维约夫[①]等。因此，苏联的学者们将巴赫金归为在东正教氛围下成长的宗教哲学家。

那么，涉及巴赫金的诗学范畴，又是如何影响，影响领域又是什么呢？宗教对巴赫金思想的影响主要体现在他宗教哲学思想中对“上帝与我”的深入思考。巴赫金的宗教思想植根于他的基督教传统，那就是崇拜现实、人性和生活中的繁复性。这种宗教精神的信念基础是承认物质的神圣功能性——对基督身体的崇拜，以及衍生到巴赫金在

---

① 奥古斯丁，基督教教父，欧洲中世纪基督教神学的重要人物，著有《忏悔录》《论三位一体》《上帝之城》等作品。

维雅切斯拉夫·伊万诺夫，俄国象征主义运动的主要诗人之一。他的诗具有明显的宗教神秘主义和哲学思辨的色彩，晦涩难懂，但又具有精湛的技巧。伊万诺夫不仅是诗人，还是理论家、翻译家和戏剧家。

弗拉基米尔·索洛维约夫是俄国宗教哲学家、诗人、政论作家。他在自然科学、宗教怀疑论、哲学和神学方面都有深入的研究，被认为是俄罗斯哲学和东正教神学的奠基人之一。

拉伯雷研究中对身体问题双重性的表述，并在巴赫金对拉伯雷小说时空体的研究里得到明显体现。

从另一角度，我们可以看到，与巴赫金思想息息相关的概念就是“自我与他者”。这便是作者与人物间的首要宗教问题，也暗示了宗教哲学在巴赫金思想中的地位是不可撼动的。如果深入研究巴赫金关于作者的定义便会从其中发现上帝的身影，这就涉及巴赫金时空体理论的一个关键点——“作者的时间与空间”要与巴赫金的宗教哲学思想相联系，才能从中寻求到合理的解释。但是，正如巴赫金的“对话理论”和“复调”一样，宗教背景对巴赫金的影响是具有广泛意义的，是宗教、哲学、文学批评和超语言学诸多学科共同组织起来的。与同时期俄国学者无法将宗教转化为其他领域的话语相比，巴赫金是位杰出的跨学科学者，因此他的学术意义具有世界性和跨学科性。巴赫金本人在自己的学术思想中体现了他本人提出的学科话语的“狂欢化”和“复调性”。在这里，巴赫金对“上帝与我”关系的思考与他的诗学思想中作者与人物的主体进行并置，而在他小说中已经被驱赶的作者的思想意识就是对现实生活的感悟与觉醒。巴赫金在时空体理论中关于“作者时空体”积极性的强调，更是具有宗教痕迹，因为这是一种对主体的肯定。由此，从此层面可以看出，宗教哲学对巴赫金时空体理论有着广泛影响，这是在接下来的空间叙事研究中需要注意的。

从上文宗教哲学对巴赫金诗学理论的影响可以看出，巴赫金的时空观是具有宗教意蕴的，接下来我们来探求它是如何实现的。如上文所述，“作者与人物”关系在巴赫金宗教哲学思想的关照下是对“上帝与人”关系的隐喻，因此我们可以理解为什么在他的诗学理论中强调作者可以作为一个全能的创造者，置身于作品之外、时间与空间之外，这便是巴赫金对宗教中“作者”神化的表现。客观看待上帝与时间、空间的关系可以联想起宗教哲学家一直以来关心的问题，那就是：上帝是否在时间之中一直困扰着奥古斯丁，如果上帝是在时间之中的话，那么他必定要受时间的秩序约束，那么上帝就不是自由的，就与上帝的无所不能产生冲突了。奥古斯丁虽然认为超脱时间是上帝独有的至高特权，但上帝并非在时间的维度上掌控一切，而是通过意识来实现对万物的认知。对于神学家而言，这种意识是造物主所能感知的，意味着人类的思想在上帝面前几乎是完全透明的。巴赫金也曾经就此与小组成员进行了专门的探讨，并从此开始关注时间与空间问题了。同时，在经文典籍《使徒信经》中，作为基本教义存在的一条就是上帝是一个时空的创造者，《尼西亚君士坦丁堡信经》第一条也同样提及了上帝作为时间与空间创造第一人的位置。对于东正教神学来说，“上帝不仅是物质的创造者，而且是时间与年代本身的创造者，物质在时间中获得了存在。”作为有宗教成长背景的巴赫金来说，这些基本教义无疑对他的哲学思想有着深远的影响，同时也很容易理解为什么巴赫金将作者定义阐释为处于时间与空间之外不远处的人了。这个人对时空世界发生的事件都亲眼所见，他是无所不在的，可以在自己的时间轴上自由走动，如同视频进度条的操控者，可以随时切入任何时间点，却不会破坏事件发展的进度。由此可见，巴赫金将作者与上帝相互关联，并将这种宗教情怀移植在了他的哲学思想理论中。

同样，受到巴赫金时空体理论影响的洛奇，也具有这种特点，成长于天主教家庭的宗教背景使洛奇在创作中也透露出他的宗教情怀。

戴维·洛奇出生于传统的天主教家庭，母亲是一名天主教徒。由于是家中唯一的孩子，洛奇从小便接受天主教式的教育，因此他对宗教充满好奇与疑惑，在他的作品中可以追寻到这种对宗教的特殊情结。洛奇在童年的学习生活中所接触到的是关于天主教信仰的理论基础知识，后来通过阅读其他当代作家的作品拓展了对宗教的认识范围，这也促使他在自己创作天主教小说时期产生了对宗教教谕教规认识的渐变。与其他英国天主教小说家的写作风格不同，戴维·洛奇的作品中宗教神秘莫测的玄秘色彩很少，而反映现实中天主教徒实际生活的情节很多。读者在他的作品中更多看到的是宗教对教徒在实际生活中的影响，以及他在创作天主教小说过程中对天主教部分宗教文化批判、质疑、包容的态度转变过程。在这一过程中，洛奇将“上帝与我”的关系思考和“洛奇本人与人物”的主体关系进行空间并置，使读者在享受阅读带来的愉悦的同时，也潜移默化地感知到洛奇对宗教精神慰藉的意识波动与转变。灵魂与欲望的冲撞是宗教教谕教规与教徒现实生活欲望不和谐的撞击，在对此两种矛盾的诠释中，戴维·洛奇试图寻找使二者得以调和的平衡点。在经历了变革时期无数次对宗教的批判、质疑后，他最终秉持着对宗教宽容、接纳的积极态度，鼓励现实生活中的信仰者在具有人文主义关怀的宗教教谕教规下追求幸福美好的生活。

1. 精神空间与世俗空间冲撞中的中心移位

从童年时期便耳闻目睹天主教徒生活的戴维·洛奇，深知教谕教规不合理性对教徒生活的影响，在精神追求与生活欲望的激烈冲突中做出抉择对于虔诚的教徒来说是十分艰难的。在《大英博物馆在倒塌》中，作者带着对宗教教谕教规的疑问、对世俗社会的控诉与批判，采用喜剧夸张的形式刻画了在“安全避孕法”重压下天主教已婚男女生活的荒诞性与讽刺性，并将之视为当时社会男女所面临的一个普遍问题。洛奇认为，在成长过程中始终保持虔诚信仰的早期一代天主教徒，似乎都与信仰之间达成了不成文的协议。尤其是受过良好教育的天主教徒，他们利用宗教中对虚无世界的憧憬，消除了心中关于生存的顾虑，并且毫无疑虑地过着单调乏味的稳定生活，同时也受到天主教教规教义苛刻且很高的道德标准的限制，有时甚至会难以接受。这样的宗教体系可以让教徒服从宗教条例并无法破坏和走出这个统一的庞大体系——破坏与离开就意味着质疑，对部分宗教教规的怀疑便是对整个体系的质疑，这在早期天主教徒看来是绝不可能的。

从宗教樊笼的束缚与禁锢中解脱，成为崇尚自由主义的天主教徒成为洛奇小说中探讨的核心问题。小说中的男女主人公亚当和妻子芭芭拉都是严守教规教义的虔诚教徒，甚至遵守婚内的避孕方法，但这种方法存在很大的不确定性，第四个孩子随时都有可能到来，使得这对天主教夫妻的生活面临巨大的生理、心理及精神上的重压。该部小说作为洛奇创作的第一部实验小说，充分运用闹剧式的讽刺、滑稽模仿、戏拟与拼凑等实验式创作手法，向读者揭示了一个社会普遍关注的宗教教谕教规不合理的现实问题。在该部作品的结尾部分，亚当的妻子被证实并没有怀孕，这也许为这对虔诚的天主教徒带来了些许的安慰和解脱，但接踵而至的是更难以解决的问题。洛奇曾指出，如众多传统的喜剧小说一样，《大英博物馆在倒塌》一文采用了传统保守的创作形式，在小说结尾处提出宗教体系不合理的冲突与矛盾的同时并没有触及教徒的灵魂深处，仅仅局限在探讨与批判宗教对性道德与生育问题的限制与非人道的束缚上。这种对宗教不合理性的探讨与批驳预示着戴维·洛奇天主教小说在宗教精神寄托与世俗生活冲撞的变革中创作中心的转移，而对宗教宏观发展和改革的进一步质疑与思考则体现在戴维·洛奇下一时期的作品中。

2. 精神空间与世俗空间冲撞中的质疑与思索

在接下来的小说创作中，寻找宗教传统教谕教规改革与教徒现实生活的平衡点成为洛奇天主教小说创作变革中期的核心，他在这一阶段的作品已从简单的揭示、批判宗教问题过渡到对于宗教尤其是天主教在过去 25 年中发展与演变的综合全面的审视与思考。

与《大英博物馆在倒塌》的创作风格相比较，戴维·洛奇的下一部作品《你能走多远?》格调更为严肃，作品结构和语言的使用更为严谨。由于当时欧洲大陆各国文化在对待原则与实践之间的矛盾时表现得比较宽容，因此英美两国天主教对于教徒遵守教谕的统一性便成为他们的一大特点，这在工人阶级与小资产阶级构成的天主教中表现得最为明显。《你能走多远?》这部作品，就是通过对一群英国中产阶级天主教徒对于婚姻和两性态度变化的描述，集中体现了从 20 世纪 50 年代早期到 70 年代末期梵二会议[①]给教会内部的教徒们带来的生活上的巨变，以及实行的内部改革制度。仅从该部作品的题目，我们便可探寻出戴维·洛奇对现实中天主教徒生活的不幸及教会教谕教规的质疑，同时通过作品中不同人物的回忆与行为，表达很多与天主教有关的深层、直接的讨论与思考。

“你能走多远?”一方面指射作品中人物在追忆校园时光时，提出的一个问题：这是对神父的提问，质疑天主教徒跟一个年轻女孩在一起到底可以走多远呢？这是代表所有年轻教徒提出的至关重要的生活问题。洛奇为读者勾画出一个青年天主教徒成长经历的图画，展示了青年教徒在生活中矛盾两难的境地。教会的超度者利用教徒对天堂的渴望和对地狱的惧怕心理，用“蛇梯棋”的游戏规则（“蛇梯棋”，一种棋类游戏，棋子沿梯形图前进可到达神圣的天堂，沿蛇形图后退则到达可怕的地狱）来制约教徒的一言一行，教徒们不可有一丝对于性等其他方面的思想活动，否则就会被视为罪恶的行为。由此可见，当时教会对其教徒在性行为与心理方面给予极小的自由度，对于此题目的解释也越来越趋于扩大化和非文学化。“你能走多远?”另一方面也预示着天主教在对教徒行为、思想等方面的自由改革能走多远，对已婚的教徒在生育问题上的改革能走多远，对于年轻一代教徒的心理行为与精神约束能走多远？同时青年教徒对教义教规的怀疑又有谁来解答呢？对于这些问题，洛奇本人处于矛盾状态，也不知该做出怎样的合理回答。在此部作品中，一方面，洛奇的小说中人物逐渐放弃了对教谕教规重新思考的意识和本能，却慢慢地向教谕教规要求靠近以取得心理上的安慰；另一方面，在 20 世纪 60 年代，“地狱”的概念悄

---

① 梵二会议，即梵蒂冈第二届大公会议，于 1962 年 10 月 11 日至 1965 年 12 月 8 日在梵蒂冈举行，是基督宗教 2000 年来第 21 次普世主教会议，被公认为 20 世纪最重要的宗教事件之一，是整个基督教历史上规模最大、参加人数最多、发表文件最多和涉及内容最广泛的一次会议。

然消失，没有人能说得清楚是怎样发生的。已婚夫妻已经在计划生育中采用了避孕法，违背了《人类生命的礼赞》（*Humanae Vitae*），他们的生活更趋于合理化、人性化。这些矛盾而又令人欣喜的变化使作品主题演化成为“作为一个天主教徒，你能走多远”，更加贴近洛奇创作的本意。可以说，戴维·洛奇的《大英博物馆在倒塌》这部以天主教为主题的小说，关注的是天主教徒生活当中的性道德和生育避孕问题，较为贴近教徒的实际生活内容，同时也具有探讨的局限性；而《你能走多远?》则关注的是天主教徒信仰的变化及对天主教教谕教规能否合理制约教徒生活的问题，已触及了天主教自身体系制度的合理性与否及是否应进行改革的核心问题，并由此引发了洛奇在天主教小说创作过程中对宗教宏观体系制度的合理性及其在发展、改革过程中的质疑与思考。

3. 精神空间与世俗空间冲撞中的矛盾融合

在洛奇对宗教逐渐了解与深入剖析的过程中，他本人对于教谕教规产生了新的思考。在历经了批判、质疑、思考的漫长创作变革的洗礼后，洛奇的天主教小说写作呈现缓慢调和的状态，这也是洛奇对于宗教精神追求与现实欲望冲撞的宽容与理解。1991 年出版的小说《天堂消息》（*Paradise News*）便是洛奇对天主教小说创作主题上的回归——更加注重矛盾之间的缓解。与前两部天主教主题小说相比，洛奇的态度更为缓和与包容，没有了对天主教的种种抨击与嘲讽，而是鼓励读者形成对宗教的一种新的思考模式，也是洛奇思考“上帝与我”和“我与人物”空间并置关系的新模式。同时，该部作品也更为现实与世俗，摒弃了早期天主教小说中烦琐的教谕教规和仪式，多了几分对他人的关爱与责任，重新深入探索与思考当今社会普遍存在的信仰危机问题，呼唤宗教中更为人性的关怀与责任感，这也是此部作品区别于其他作品的地方。

《天堂消息》是在《你能走多远?》之后，戴维·洛奇对天主教教谕教规及其对教徒生活影响的又一次新视角的探索与思考，并且回答了“天主教到底能走多远”这一问题：“你可以走得更远”。此部作品的主人公伯纳德·沃尔什辞掉了牧师的工作，放弃了天主教信仰。他本是一位优秀的牧师，虽然他可以高谈阔论天主教的教谕，但他本质上已经在远离宗教，丢掉了自己的宗教信仰，实际是利用心理距离对“上帝与我”关系进行重新审视与思考。洛奇就是抓住主人公精神与心理上对宗教的偏离过程这一主线进行创作，将作品人物的灵魂与肉体逐渐远离的渐变过程描述得恰如其分；同时，作者戴维·洛奇在创作天主教小说主题思想回归的过程中，将《天堂消息》中伯纳德·沃尔什精神寄托的回归并得以慰藉的过程也凸显出来。这部作品的基调虽较为和缓，但对于天主教信仰问题却探讨得深入而透彻。洛奇虽以主人公放弃信仰为创作主线，逐步刻画主人公伯纳德·沃尔什从宗教信仰到精神信仰这一过程的转变。但在对此部作品主题含义的探讨中，戴维·洛奇也认为，宗教对于教徒的约束在于对来世生活的美化，如果没有来世这一概念，宗教就没有存在的可能，同时也无法确定自己的彼岸世界是否存在。在《天堂消息》中，作者洛奇接受天国存在于此世的观点，将人们对天堂的幻想引领到对现实世界美好生活的憧憬与追求中，将令人振奋的、意想不到的好消息归结为来自天堂的消息，以此来激励世人珍惜现实的美好生活。年近而立的沃尔什收到令他难忘的“天堂消息”，圣诞节时又有结婚的喜讯、姑妈与父亲将会和解等好消息。沃尔什的同事曾问他有什么样的好消息，在小说结尾中他回答“非常好的消息”。事实上，对于沃尔什来说，从他的生活角度来看的“好消息”同时也是对福音与宗教未来的希望。也许沃尔什在夏威夷的经历没有使他重新建立信念，但却使他充满了希望，不仅为天主教徒带来灵魂上的慰藉，同时也阐释了天堂不仅是虚构的来世灵魂安息的地方，也是在与家庭、朋友和所爱的人之间建立的一种长久的友善关系。这也是洛奇本人在宗教题材创作中找到了

“上帝与我”关系的思考和“我与人物”主体关系空间并置的契合点。此刻，宗教、洛奇以及沃尔什都得到了精神上的慰藉与满足。与从前的天主教小说相比较，洛奇在《天堂消息》中一方面对《圣经》的神话虚构进行了否定和质疑，另一方面又肯定了其中鼓励人们对幸福和美好生活不断向往与追求的内容。同时，小说情节上的重新创作使洛奇在此部作品中没有留给读者一个充满想象空间的开放式结尾，而是采用最传统的现实主义小说的写作方法，使主人公获得了爱情与财富圆满的结局。这也表明，作者洛奇自身在对天主教所持的态度上不再是极端的质疑，对于人生的态度也变得更为积极向上，这也是洛奇在空间叙事中从作者上层叙事空间视角对“上帝与我”关系思考的结果，未来可期。

《治疗》（*Therapy*）是戴维·洛奇天主教主题创作变革中调和与回归本我的又一重大节点。此部作品中充满了人文主义情怀，将宗教严格的教规与人性化的关爱相结合，是作者戴维·洛奇对于宗教的崭新思考，同时也寄托了洛奇对宗教能够在教徒生活中充分展现关怀、爱心、责任的期望。作品《治疗》的主人公是一位50多岁的成功作家劳伦斯，他拥有不尽如人意的生活，虽然物质富裕，却被疾病缠身，又接到离婚通知，陷入了心理崩溃的危机。当与旧日恋人恢复感情后，他的隐疾奇迹般消失了，值得一提的是，旧情人也是天主教徒，也许这就是对于宗教信仰的质疑与回归阶段。这时的劳伦斯才发现所谓的精神拯救只不过是虚无缥缈的，真正的拯救必须建立在现实存在的生活中。作者洛奇用一个非天主教视角来叙述，读者自然会产生对天主教会的反感，这也是作者又一次调动读者的感伤情绪对教谕教规进行质疑，以阐释天主教革新的必要性。而女主人公莫琳身上似乎寄托着洛奇的新天主教理想。洛奇用世俗的、具有关爱与责任的人文主义价值观和对现实美好生活追求的精神分析理论，对传统天主教教义神学过滤并阐释出新的宗教信仰。《治疗》进一步表现了洛奇的创作从前期对宗教的批判、质疑到后期的包容与接纳，最后回归至树立新天主教“人文关怀”理想的转变。人们在得到物质满足后的精神危机，是后工业社会和物质较为发达的社会普遍面临的问题。小说对“治疗”与“拯救”主题的探讨，正是洛奇对天主教教义对于广大教徒实际生活影响的深入探讨，是一部引人深思的天主教充满人文主义气息的主题小说。

戴维·洛奇的天主教小说创作中，时刻充满着灵魂与欲望激烈的撞击，它向读者充分阐释了天主教徒对于宗教完满的精神寄托、灵魂慰藉与教徒现实生活的矛盾。同时，在对全能上帝的认知下，在对抗时间与空间的掌控中，在矛盾相互抗衡与冲撞中，戴维·洛奇凭借他敏锐的洞察力与独特的批评视角不断调整其在天主教小说创作中的位置，从作者空间层面审视“上帝与我”和“我与人物”的关系，并将精神空间与世俗空间冲撞中的中心移位、动荡与融合看在眼里。从愤怒而激烈的批判到深入切肤的质疑与思考，从时间到空间对宗教精神寄托的理解与宽容到对新天主教理想“人文主义关怀”的憧憬与期望，戴维·洛奇在时间与空间上都经历了天主教小说创作的重大变革，同时也为读者展开了具有普遍而深刻现实意义的宗教人文主义价值观。

六、乔伊斯、布尔曼与洛奇空间叙事的现代主义互文

除了受到乔伊斯的影响，洛奇空间叙事结构的建构也与约瑟夫·弗兰克提出的空间理论密不可分，仿佛洛奇手持一面镜子走在创作的路上，其中反射出了19世纪传统小说线性结构与层层递进内容的特征；但是，当他在路途上遇到了乔伊斯，他的镜子便开始向内照射。在这个过程中，那些不依照时间顺序排列的元素并未得到最终解决，

这可能是因为没有一个绝对的结论。相反，读者所面对的是一系列开放性的、相互关联的主题元素，他们需要将这些元素整合起来，形成一个整体——一种“空间形式”的构造，也可以理解为“字段的意义是由一系列连续同时作用的元素共同构成的，这取代了传统的线性、顺序相关联的元素序列。这种结构化方式产生了一种连续的参照框架，其中元素的顺序变得不那么关键，因为即使元素以不同的顺序重新组合，它们所构成的整体图像仍然与原先保持一致”，这就是空间叙事结构的独特之处。更为形象的比喻可以参考戈特弗里德·贝恩的阐释：“一部小说犹如一个橙子，这个橙子由许多瓣组成，每一片水果，每一片切片，都是一样地挨在一起，价值相等……但它们都不向外，而是向内、向中间、向白色坚硬的茎……这种坚硬的茎是表型，是存在的——只有它，各部分之间没有其他关系。”罗伯特·斯科尔斯和罗伯特·凯洛格也提出：“情节开始发展，而这些情节以重新安排的时间为基础，因此解决方式与其说是已结束行动的停滞，不如说是启迪的停滞；当丢失的时间拼图碎片都最终归位，图像因此也得以完整。在这些近代小说中，读者是受教育的那个人，而因此改变的也不是小说人物本身，而是我们对他们的认知。”

弗兰克认为，乔伊斯在《尤利西斯》中将浪漫反讽与空间形式互为补充，并认为他对反讽的运用达到了超然的境界。从乔伊斯的小说中可以看到存在主义的滑稽，以及在与其他所有时空形式的关系中呈现出的有限的静态或动态。乔伊斯打破了作品的艺术虚幻性，迫使读者与他保持距离，由此产生的停滞实现了小说中空间性的隔离，这种本质具有宗教色彩。

乔伊斯将这种框架技巧分为以下几种：一是在叙事之外对读者的心理空间形成初步建构，形成固定框架，是通过空间建构的几种技巧搭建起来的。最明显和必要的是对历时时间的固定；必须在各个层面上停止时间和顺序的安排，以实现细微的聚焦，并防止这种新架构不够稳定。当然，用结构主义的术语来说，他是在试图摆脱现象的历时性或顺序性的运动，而沿着共时轴或垂直性的共时轴运动。二是一种空间装置，它不仅赋予任何事件以意义，而且还计算出事件的垂直维度或意义水平。作为作者，乔伊斯帮助读者在阅读中意识到了场景的独特性，并促使读者在阅读中停止思考。三是为读者呈现特定人物的思想与心理特征画面，由此建设一种静态的、具有启发的状态。四是与主题有关，但从哲学意义上辨别，它与之前的几种技巧是不同的。神秘的终极巧合的概念可以用一种结构性的方式来消除，不仅是讽刺，还有可能是进入读者私人回应的符号。如果框架被成功地固定，所有的东西必须以绝对的方式结合在一起；场景必须有自己独立的完整性，虚构的对立面必须一致，矛盾和模糊必须消失，场景必须开始有自己的意义，没有任何外来的可能性。在小说的初步阶段，很明显，乔伊斯在这个以多变形式为基础的场景中，会提供这样的巧合。

在弗兰克空间叙事理论与乔伊斯空间叙事结构搭建技巧的支撑下，洛奇结合自己的文学创作特点，将乔伊斯当作他创作灵感的主要来源之一。洛奇本人曾承认他最钦佩的作家是詹姆斯·乔伊斯，并且认为乔伊斯早期作品中对现实主义真理的讲述和强烈的诗歌激情都成为他本人在文学创作中一直追求的目标。结合此小节前对洛奇空间叙事的分析以及涉及的文学理论来看此节中乔伊斯对洛奇创作的影响，可以分析出洛奇对小说空间叙事结构建构的思考与实践体系。洛奇本人曾提出：文学作品的外部架构就是叙事结构搭建起的文本骨骼，看不到但是却勾勒了文本建筑的整体形态与特点。从互文性角度分析，如果说洛奇从文体层面与格林相似，那么他处理意识流的方式则更像乔伊斯，或者说在对现实空间的呈现上增加了一种象征性的特点；从结构上看，洛奇的《电影迷》可以找到《尤利西斯》中“漫游的岩石”章节的影子，《大英博物馆在倒塌》与《尤利西斯》也具有多处相似之处，尤其是对莫莉·布鲁姆独白的模仿。洛奇指出，他本人的小说是以乔伊斯式小说为结尾的，英雄在冒险的一天回到家中与妻子团聚，沉沉睡去，而神志更为清醒的妻子则懒洋洋地在思考男性弱点的悖论性和他们婚姻的历史。在洛奇与乔伊斯的这两部作品中，动作的持续时间都被限制在一天之内，同时，洛奇小说中乔治与艾拉·格什温的歌曲《雾天》也曾经被考虑当作小说的题目，“这一定是以《尤利西斯》为先例才会做出这样的决定。”洛奇自己也承认，乔伊斯对他的影响体现在小说创作中的很多处，如反英雄的《奥德赛之都》，亚当是天主教徒，布鲁姆是犹太人；主人公难以摆脱的婚姻问题，亚当不断地思考芭芭拉可能怀孕，布鲁姆尽量不去想莫莉可能通奸的事。除此之外，即使是很小的细节也强调了结构上的文本互文关系，并且对小说发展起到了重要作用，例如图书馆、酒吧、性诱惑、报纸广告等。这种互文关系，可以归结为对乔伊斯空间叙事技巧四点的运用，即让特定人物的思想占据了画面：一种虚构的、启迪性的、静止状态出现了。洛奇小说中运用的任务意识或跳跃或静止，勾勒出小说虚构的空间叙事层次结构，借用意识空间阐述人物的不同心理活动，使读者产生空间上的错乱。

关于乔伊斯对洛奇的影响，伯纳德·贝贡兹指出了这与洛奇天主教家庭背景有关：“洛奇的成长环境是伦敦南部天主教家庭生活，破旧而文雅，而与之最为接近的文学作品就是乔伊斯的《一个青年艺术家的画像》中的家庭场景。”这一点与乔伊斯第四点空间叙事结构技巧有关，即与主题有关——宗教，但在哲学含义上与之前的技巧不同。神秘的终极巧合的概念可以用一种结构性的方式来消除，不仅是讽刺，还有可能是进入读者私人回应的符号。场景必须有自己独立的完整性。虚构的对立面必须一致，矛盾和模糊必须消失，场景必须开始有自己的意义，没有任何外来的可能性。在洛奇的《电影迷》之后，他便回归天主教摇篮式的成长经历，这也显示了洛奇对乔伊斯的喜爱，从某种意义上来说是对乔伊斯作品结构的依赖。洛奇本人也曾指出，他的《走出避难所》与乔伊斯的作品一样具有“可读性”，更加“乔伊斯式”：“并没有留给读者过多的阅读任务：每一个场景的切换都是被仔细标记过的，每一条信息的提供都需要读者深思熟虑，不在对话中就是在叙事中存在。”总之，由于互文性，乔伊斯对洛奇而言，正如荷马在乔伊斯创作中的地位，各种互文与潜台词在不同叙事层面相互交织，两位作者持续不断地将主题与意向编织在一起形成互文的暗流，在小说中涌动。而洛奇的另一部作品《小世界》便是追求文学罗曼司神话潜台词的经典力作。

《小世界》这部小说是洛奇最为经典的校园三部曲之一，在创作之初便有对全文结构的考虑。洛奇在这部现实主义小说的形式上进行了实验和创新，并且表现出了对现有传统文学与话语模式创作上的偏离。这种偏离是对现代小说全新的审视，也是在传统小说基础上对人类大脑意识、潜意识以及无意识的人文关怀，因为它给予了更多沉思、内省以及幻想与解析的叙事空间，通过对外部事件减少关注而转向内部意识空间，强调了现代小说由外向内的空间叙事新转向。洛奇提出：

“现代小说没有真正的‘开始’，因为我们被突然拉进了意识之流中，只有通过推理和联想的过程才能慢慢熟悉小说内容；而且小说的结尾往往是‘开放式’的或者模糊不清的，使读者对人物的最终命运充满疑惑。为了弥补叙事结构和整体性（unity）的缺失，其他的美学调度变得更加突出，比如对于文学模式或神话原型的引述或模仿，对于主题、形象、象征稍作改变的重复——这一技巧有不同的描述，如‘节奏’‘主旋律’和‘空间形态’。现代主义小说避免以时间先后次序安排情节，避免使用一位可靠的、无所不知和闯入式的叙述者。相反，它要么使用单一、有限的视角，要么使用多重视角，这些视角都或多或少地受限或不可靠：它倾向于流动的或复杂的时间处理，包括很多跨越行为正常时序跨度的前后互相参照。”

显然，洛奇在叙事结构的形式上受到乔伊斯的影响，受到乔伊斯小说浪漫史反讽的启发。《小世界》便是一部以个人意识为主要视角，以诸如《尤利西斯》神话为创作灵感的反讽原型小说。洛奇称他也“考虑过以艾略特在《荒原》中对圣杯传奇的使用作为小说结构的借鉴”。洛奇的《小世界》与乔伊斯的《尤利西斯》都是具有神话结构的小说，对于乔伊斯来说，他是将神话标题作为参考，而众所周知当小说出版时，所有关于荷马篇章的标题都被删除了。正如安德烈亚斯·费舍尔指出的“这也可以被看作从显性到隐性的一个过程”，因此，如果读者不具有足够的文本敏感度，也不会意识到还有一个“神话”维度的故事结构嵌入其中。洛奇对这种并置平行的文本结构的应用要更为明显，小说的副标题《学术罗曼司》以及引自霍桑的语句已经向读者明示了这部小说为罗曼司小说：“如果作家将自己的作品称为罗曼司，或是浪漫传奇，毋庸置疑，无论是形式还是情节都希望拥有自由，免除局限性，而如果写的是小说，就会无权享受此自由。”并且其中的故事线、情节结构与人物特征都是符合传统找寻罗曼司为主题的理想化内容，除了对意识的描述，更是具有对一系列冒险的叙述。正如洛奇在开篇引文中写道：“当四月以清新的阵雨根除了三月的干旱，将每一寸土地沐浴在使花朵孕育、绽放的雨水之中，当和风以怡人的气息唤醒每一处矮树林和每一片石南荒野上的嫩枝，青春的太阳走完白羊星座的一半，整夜睡觉的小鸟睁开眼睛鸣唱（大自然这样激发了它们的内心），正如乔叟所述，人们对于朝圣的渴望是随着季节的变化而变化的。只不过现在变成了开国际学术会议，犹如圣徒朝圣般，但也有所不同，他们还要在做学术的同时享受旅行的快乐。”

另一位对洛奇创作产生影响的人物并非学界中人，而是电影导演约翰·布尔曼。1981 年，当洛奇着手准备小说《小世界》之时，他被一个问题困扰了很久，那就是无法找到一个恰当的叙事结构建构整部作品，恰逢作品涉及《换位》中的人物，如何关联所有细节成为洛奇遇到的最大难题。洛奇曾在日记中写道："能否像《尤利西斯》一书中那样，用某种神话来达到这一目的？比如有关圣杯的传奇故事。"洛奇当时一直在思考乔伊斯是如何仿照荷马史诗《奥德赛》的故事，来描写一群现代都柏林人一天的生活的。布尔曼的电影《亚瑟王的神剑》深深打动并吸引了洛奇，并给予洛奇以启迪，用一种全新的叙事结构演绎神话故事，这才有了后期《小世界》中模仿中世纪骑士圣杯传奇故事，将一群学者与文人的行业竞争、同时卷入的爱情故事引入神话原型的叙事结构中。布尔曼后期的自传《一个郊区男孩的冒险经历》（2003）带给洛奇的最大影响也是寻找圣杯的传奇故事，这在布尔曼的心中与作品中已经深深扎根，也是理解他作品的关键之处。"圣杯"就是耶稣在最后的晚餐中使用过的杯子，先由马洛礼记入《亚瑟王之死》，后又被艾略特等人加以重新解读。从布尔曼的自传中可以看到标题背后隐藏的英雄气息，他一直都在寻找圣杯，在探寻用独一无二的叙事结构进行拍摄，这种不断地探寻自然也构成了一次布尔曼本人脱离郊区男孩身份、摆脱精神荒原、找寻"圣杯"的传奇之旅。

七、本章小结

从洛奇的空间叙事结构特征中，我们可以看出他对文学文本中特定的叙事元素进行形式主义批评的可行性——即如何通过次序和视角等组织安排对文学文本进行剖析，从语言形式的表层结构纵深延展，这也是对文本的立体空间化批评的可行性实施。当文本中的事件发生并按照时间的线性顺序持续发展时，如果叙事时间是以多维度的方式推进，那么这两种时间线不可能同步进行。当必须在它们之间做出选择时，故事中的时间线就会中断，转而进入叙事时间的范畴。这种转换是共时性的，标志着具有空间叙事特征的转变。作为一位具有独特创作视角与自觉引发读者阅读意识的作家，洛奇通过文本形式的多变与文本间的互文性，在读者阅读过程中建造了一个宏大的小说空间，如果读者想要进一步参与作者的创作，理解他的创作意图，就要努力反复参照小说情节并参照前后文的阅读与回忆，进一步整合头脑中的图像，如此，便形成了典型的作者空间创作和读者在此空间的阅读。这种洛奇作品中图像的整合，是话语的图像化，是帮助读者理解意义的不确定性，而非坚持现实小说与现代、后现代的非此即彼。他对此表现了包容的态度，不会用接近荒谬的碎片化处理以及无规则切分影响读者的文本视觉化，从而影响读者对整部作品的理解与认知。

除此之外，洛奇作品中的社会与个人空间也具有重要意义，具体表现为社会性别空间，是通过社会公共环境这个大背景建立的具有两性特点的不同观念与思想意识存在的社会空间，既可以是公共的空间结构又可以是私人的空间结构，其中的轻重与否是与当时具有话语权的一方支配的，是双方思想斗争的产物。洛奇作品中的社会性别空间是动态变化与可重置的，从女性对男性“空间的僭越”，到男性空间的萎缩，在女性人物意识觉醒的同时，女性私人空间也在逐步扩大，其间的空间二元对立促使小说中的男女主人公努力找寻自己的平衡点，公共空间与私人空间的界限开始变化，意义将被重置。在戴维·洛奇的文学创作中，宗教情感作为精神动力之源，在洛奇心中时刻充满着灵魂与欲望激烈的撞击，它向读者充分阐释了天主教徒对于宗教完满的精神寄托、灵魂慰藉与教徒现实生活的矛盾。同时，在对全能上帝的认知下、在对抗时间与空间的掌控中、在矛盾相互抗衡与冲撞中，戴维·洛奇凭借着敏锐的洞察力与独特的批评视角不断调整其在天主教小说创作中的位置，从愤怒而激烈的批判到深入切肤的质疑与思考，从时间到空间对宗教精神寄托的理解与宽容到对新天主教理想“人文主义关怀”的憧憬与期望，戴维·洛奇在时间与空间上都经历了天主教小说创作的重大变革，同时也为读者展示了具有普遍而深刻现实意义的宗教人文主义价值观。

第四章　戴维·洛奇空间叙事的主体阐释

洛奇的空间叙事不仅仅着眼于理论实践与结构建构，同时也注重叙事身份主体的建构，包括主体价值与主体意识，这是洛奇空间叙事特征及里纵深的表现。洛奇将意识的切换与分裂和宗教大小叙事空间对话纳入主体阐释范畴，展现了创作中人文主义的光辉，也是他个人在宗教信仰上的回归。在与格林与克雷斯的横向比较中可见，洛奇的空间叙事研究异于他人，而格林对“宗教与虚构空间的重叠”以及克雷斯表现出的对虚构与现实空间的“双重意识”都是对空间叙事所表达出的不同声音。

洛奇的叙事身份主体是具有自我和谐统一的“异质”综合特性的，他不仅仅局限于文学创作中，而且是逐渐动态演变的状态。洛奇创作中的叙事身份主体都出现在文本空间与读者空间的交界地，也就是说这种叙事身份主体既符合文学中人物角色的身份，也同样是洛奇现实生活中的某个人或某个身份。而架起故事空间与读者空间的主要手段便是叙事的认同，是对两个空间叙事的认可，同时通过虚构文学空间的叙事身份建构读者空间的叙事身份。洛奇作品中的这种叙事身份主体经常与独白、回忆或是日记书信方式同时出现。

洛奇作品中人物独白部分除了是对乔伊斯的致敬，同时也是人物表达内在情感、丰富人物形象的内主体。无论是何种形式空间结构的故事情节（碎片化的情节抑或意象化的情节），都是对人物心灵深处复杂情感的深入塑造，而空间叙事则更有利于心灵上的沟通。

洛奇作品中的回忆看上去是对逝去时间的追忆，但其本质是对人物心灵与时间结合、时空组合，使用空间重组人物头脑中的回忆片段，这是一种并置。因此，当读者开始阅读关于人物回忆的片段时，其实是进入了具有现在进行时意义的现时空间。正如梅洛·庞蒂所述：身体的空间性有别于其他空间性，它不是关于空间位置的感觉，而是对身处环境的感知。很明显，洛奇创作中的记忆不仅仅是对过去的追忆，也是对人物的心灵支撑，是对“处境空间”中身体上进行的自我抵抗，这是主体价值与主体意识的体现。正如他作品中的人物回忆自己年轻时的意气风发，是对现实的自我反省，也是对自己心灵的鼓舞。每当此时，过去空间与现时空间并存，便是一种强烈的叙事对比，使读者感觉到阅读的反差，也让此刻位于交界处的叙事身份产生共鸣，这是洛奇创作中张力的体现，也使主体具有存在的内在含义，且更顺利地进入文学作品的主题层面进行叙事。

洛奇作品中也出现了大量日记以及书信体内容，除了是对后现代写作技巧的实践形式，其本质则是一种隐晦的自我表达方式，如上文所述，无论从小说结构还是时空安排上，都可以服务于人物主体的心灵与个人情感需求，使故事情节顺利发展，并且突出创作中的主体意义。洛奇作品中的日记、书信体，有利于将中断的叙事碎片在人物主体情感与意象中加以并置，同时克服时间线，将异时空的故事情节与情感加以融合做出现时表达，这有利于形成文学创作主题的复杂性与层次感。

一、主体价值：宗教文化观念的动态切换

（一）宗教文化的无限空间大叙事

拥有双重身份的洛奇作为文学批评家并不是对整体文学进行批

评，而是通过自身主体的洞察力利用专业知识对文学进行分析，帮助读者理解为什么文学可以以独特的叙事方式反映现实生活，并成为文学艺术。洛奇这一文学批评家的身份已经超出文学疆界，对文化研究做出了重要贡献，其原因就在于洛奇自身的宗教背景以及宗教观念。正如上文对克雷斯虚构小说的分析，洛奇的创作中也会出现真实与虚构、严肃与戏剧性的内容，而这不能简单粗暴地被称为对文化的空间分裂，而应该辩证统一地看待这两种倾向与趋势，从而让它们在空间叙事中形成一种对话关系，并使它们和睦相处。在处理对待不同内容的指涉态度上要加以区分和强调，通过对不同叙事时间的分离，表现出对文学、宗教等文化意义的独特洞察力，而文学与宗教恰好代表了世俗眼中的“动荡”与“永恒”。那么，洛奇又是如何在空间叙事中表现出来的呢?

传统文学中讲故事的权威总是急于将现在赋予过去，而这种权威却有被当代其他种类的叙事所颠覆之势。“那些叙事迫不及待地要复活过去，并将它重新置放到现在之中。”这种重置是空间叙事特点，是与互文性密不可分的语境重启与更新，也是对叙事空间的格式化过程，正如上文提及的神话原型空间重构，产生了两个重要结论：第一，叙事中是对过去的再利用，是空间的并置、时间的回归；第二，重启更新的过程将会对元叙事产生全新的语境化重构。以上这两种结果都在空间叙事中形成螺旋上升式的自我指涉，这也是对叙事时间的解构。这种对线性时间的解构，反映出叙述与重新叙述循环的加速跑，是对普通生活中时间的压缩。这种加速跑带给读者一种现代性的意识，在对历史的脱离与进步中产生了分裂、压缩，将历史作为空间、作为共存的一种状态供读者进行货架商品式的选择。

虽然洛奇经常被贴上后现代主义作家和文学评论家的标签，但他的内心拥有其他后现代思想家少有的内心世界或主观性隐秘领域的思绪，这种思绪是宗教文化给予他的。洛奇的精神世界是一个极具挑战性并且具有动态变化特征的空间，他的精神生活可以从外界的反映找到解释，他的心灵与世界之间的疆界已经消失。洛奇的精神世界与宗教文化世界是相互联系的，他叙事的自我意识在传统的时间链上出现了停滞，而无法保证事物的线性本质，这就造成了洛奇创作语言在时间和叙事的线性顺序上、序列意识上的停顿。在停顿的同时，个人依照经验会仰仗目前为现在时间的某种过去与将来时间上的一致，对于个人的宗教身份也是同一个道理——洛奇认同自己为不可知论的天主教徒，在过去、现在、将来的线性时间链上出现了断点，打乱了宗教的整体性，取而代之的是断点上对宗教与文学创作间关系的游离与不确定。这种不确定不是相互排除的，而是构成了如巴赫金所述的声音的复调与喧哗；这种叙事是无序的，是对话语复调与喧哗形式中的多种来源的体验与认知。如此，这种宗教文化大叙事便不再是简单的线性轨迹，而是进入了压缩时间的永久恒定与无线叙事空间中。

在深入进行洛奇空间叙事中的宗教观念动态演变过程论述之前，有必要明确几个问题：第一，空间—时间压缩问题；第二，大叙事与小叙事的相互关系。大卫·哈维[①] 1989 年出版的《后现代的状况》证明了文学与文化理论之间相互渗透的关系。首先需要纠正长久以来对叙事产生的误读。从后现代的角度看，多数争论都将重点放在了空间与时间的压缩，认为这是关于叙事事件被删除的问题。换句话说，叙事在空间中的产生导致了自身的消解。叙事貌似遭到了各种文化时间性的攻击，“话语时间短于故事时间，文学话语只能单一传递信息”，同时，这种不调和也存在于文学作品研究中；我们应该意识到，叙事不该轻易被消解，也不应在后现代中消失，而后现代更不该横扫一切传统智慧。哈维的著作也都阐明了在新的世界中存在事物间新的

---

① 大卫·哈维，英国地理学家。他在 1989 年出版的《后现代的状况》（The Condition of Postmodernity）一书中，探讨了后现代主义在文化、经济和政治上的表现及其对现代社会的影响。哈维以其对资本主义、城市化和地理思想的深刻见解而闻名。

秩序竞争排序，而后现代应该总是新旧认知过程间的对话。总之，“叙事被空间—时间压缩的过程用某种方式去掉了”的说法是耸人听闻的，它忽视了这样一个事实：叙事大小之别决定了他们的来去，对于后现代学者来说，宏大叙事是被批判的目标，而相比较而言的小叙事则如鱼得水。

纵观历史，每当新历史思潮出现并对文学研究产生重大影响之时，都会破除标准——这种破除是对当时文学价值观的挑战，并且打破了文学研究中的霸权，进而消除了文化间的疆界。总结来说就是：整个文学史可以由一个小小的片段表现出来。文学著作中大小叙事兼备，但是大叙事是一种评判标准，是高于其他力量的建立在线性历史基础上的文学整体。宗教文化可以被称为一种标准叙事，即元叙事或大叙事。大叙事中的所有故事都具有叙事意义，并且构筑起全球标准的叙事模板，如此一来这种大而全的叙事便无法表现故事的复杂性和多样性，这种缺失也就使宗教大叙事失去了权威与优势。洛奇便是在大叙事中进行的文学创作，但是这种大叙事也是一种叙事，也可以被解构主义和叙事学进行分析。总的来说，有两种后现代特征的叙事态度：“第一种认为叙事与元叙事之间的差别已经消失，因为元叙事那种煞有介事的普遍性已被简约成了很多叙事中的一种；第二种态度则是将具体的、零碎的小叙事提升成本土叙事的反策略。……很明显，叙事并没有消失，它已被区分成了大叙事与小叙事两个端点，前者宏大雄伟，后者娇小细腻；前者是文学作品的宏观想象，后者是对现实的具体描述。”宗教的大叙事表达出来的是对其他不可归纳以及掌控的叙事保持着警觉，并在道德上占有有利地位。洛奇的天主教宗教背景对他的文学叙事影响巨大，从空间叙事角度看，无论是从线性传统的叙事中排除其他平行叙事，还是从宗教文化大叙事的连贯单一身份叙事中的多维空间争论——各种洛奇式小叙事间的对话，都可以看出洛奇的大叙事与小叙事均承担着不同故事之间，既共存又无衡量标准的叙事责任，在大小叙事间存在空间上的动态切换，预示着洛奇在宗教文化大叙事背景下的个人意识波动。

（二）个人宗教信仰小叙事的空间对话

作为大叙事的宗教文化与小叙事的洛奇个人宗教信仰在洛奇本人的文学创作中是相辅相成、空间动态切换的，可见洛奇的空间叙事具有双重性与对话性。

在此宗教背景下成长的戴维·洛奇将个人对宗教危机的思考融入作品创作中，表现为洛奇创作中的小叙事：洛奇的作品中充满了对立与危机，这是对现代文明社会重重危机的艺术展示，一方面是宗教，另一方面是创新与人文、生命与死亡的主题贯穿始终。从被动的接受训诫到对宗教教规、教义的质疑、思考与宽容，洛奇在宗教创作的道路上历经坎坷磨难。他曾经对宗教政策的纠结与困惑，对陷于宗教樊篱的“死亡与来世”的思考，对教徒人生危机的警醒，都是洛奇文学创作的朝圣之旅，是一次他自我觉醒、自我治疗的旅程。当洛奇将文学创作方向转向对广大人类生命的诠释时，他本人便已在朝圣旅途中开始重新审视宗教信仰问题，以及如何在宗教的伴随中逐步实现个人的自我逾越，这些都是洛奇个人宗教信仰小叙事的体现。

1. 用小叙事的喜剧形式展现对大叙事的批判

洛奇的小说创作主题趋于两个方向，一个是文学性的创作，另一个是关乎信仰与道德的创作。而后者之所以尤其重视关于天主教节育教规的描述，是由于洛奇本人和妻子在年轻时便是虔诚的天主教徒，严格地遵守着教会规定的禁止采用人为手段避孕的条例。在这样的写作背景下，洛奇将自己亲身体验到的提心吊胆写进小说，将现实与虚拟结合，将宗教的圣洁与现实的世俗进行对比，用他锋利而睿智的语言嘲讽了这种令人尴尬的教徒生活，进而将主题深化至人性关怀角度加以批判，这也暴露出当时宗教信仰与信徒世俗欲望间无法调和的矛盾，以及天主教徒普遍存有的对未来生活的迷惘态度。

梵二会议的召开为当时宗教环境带来了些许现代意识与进步的改变，但最终关于家庭、人口以及节育等问题遭到新任教皇的否定，而在教皇通谕《论人生》中，传统的教规教义又重新被确立了不可撼动的地位，教廷此举动摇了宗教信仰在教徒心中的绝对权威，同时引发了新一轮关于信仰与世俗关系的论战。

洛奇的《大英博物馆在倒塌》第一版是写于此事件之前若干年，足以证明洛奇本人对信仰危机的先见之明与睿智思考。考虑到要让英国本土不是天主教徒或基督徒的读者们能够切身理解教徒所受到的桎梏与尴尬，洛奇采用了喜剧形式将一对年轻的天主教信徒夫妇的生活呈现给读者，其中充满了对现实生活的种种不满与顾虑，以及他们是如何努力解决世俗生活与宗教间的冲突与矛盾的。洛奇在此部作品中表现出强烈的批判意识，揭露了宗教是如何违背人性、压抑本能，进而求得表面宗教蓬勃发展的本质的。

洛奇认为在生育问题上，传统作品最终多半归于悲剧结尾，但是在创作《大英博物馆在倒塌》时，他却将氛围营造成一个英国文学研究生的喜剧小说。此研究生潜心研究各位作家，他本人的行为作风也越来越在模仿他的研究对象，同时，洛奇引入了大量戏仿与拼贴来印证此人正在研究的作品。洛奇本人在这部书的“后记”中写道：戏仿在我作品中的应用，完全出于对传统文学心存的敬畏感，这是当时每一个作家，尤其是年轻作家所面对的问题，将传统与创新融合，心存敬畏之心，敬前任之道。这种实验性的技巧使读者阅读到前人的观点，熟识其中的人物特征，注入了当代文学的新内涵。洛奇将这种技巧归结为“言语意识”，他指出：“具有创意的艺术家开始注重言语的外在，并且从另一个人的视角，采用不同的语言与风格，这种方式是具有喜剧效果的。”洛奇在第一章中曾经描述亚当泡茶时引发的对“罗马天主教”这一词条的百科全书解释：

罗马天主教，根据考古证据，20世纪时在地球这个行星上传播散布相当广泛。就西半球而言，它的特征是：一套由性爱禁忌和宗教仪式组成的复杂系统。已婚配偶之间的性交严格限制在根据日历和女性体温决定的某些特定时段。来自火星的考古学家已经掌握了如何辨识罗马天主教徒的住所，依据就是众多复杂的图表、日历、写满数字的小册子和大量破碎的温度计：与上述准则有关的重要证据。有些学者指出，这只是限制人口增长的一种方法；但是由于有确凿证据表明，罗马天主教徒比社区内其他家庭生养孩子的平均数目要多，所以这种论断站不住脚。罗马天主教的其他教义还包括信仰神圣的耶稣救世主以及死后还有来世。

这段选文将亚当的荒诞离奇想象与严肃的现实生活问题并置，在戏谑的内容中展现了戏仿技巧在现代小说中的文学张力。同时，在使读者愉悦阅读后产生了一系列对天主教徒现实生活的同情与思考，也是对教廷剥夺教徒生育权利、压迫教徒思想意识行为的严厉呵斥。

此部作品中的戏仿或者拼贴最为明显的章节是最后一章。洛奇对亚当婚姻问题的思考，以及用亚当妻子芭芭拉的视角加入的大段没有标点的意识流内心独白，很明显是对乔伊斯《尤利西斯》中莫莉的戏仿，而且还将“也许”一词代替了莫莉的口头语“是的”。正如洛奇本人所说：“《尤利西斯》是一部心理小说，而不是一部英雄史诗。我们对人物的性格了如指掌不是因为被告知，而是因为我们以一种安静、迅捷和毫不停滞的意识流方式，分享了他们的内心想法。”“《尤利西斯》一书并不全是以意识流写成的。在把心理写实主义带到高潮之后，乔伊斯在这部小说后面几章采用不同的语体风格、拼贴与戏仿等手法；这不但营造出一首心理史诗，更造就了一部语言巨作。”除此之外，洛奇还在此部作品中引入约瑟夫·康拉德、格雷·厄姆格林、欧内斯特·海明威、亨利·詹姆斯、弗朗兹·卡夫卡、戴赫·劳伦斯、弗雷·罗尔夫、查珀·斯诺以及弗吉尼亚·伍尔夫等多位作家的戏仿或拼贴，正如洛奇在“后记”中所写：“我相当清楚，对于戏仿和拼贴的大量运用是一种危险的手法，尤其会出现让辨认不出这些暗指的读者感到困惑和疏远的危险。我的目的是让这样的读者完全意识到叙事和文风的频繁转换，并觉得满意；与此同时，文学功底更加深厚的读者在看出这些戏仿后，能获得额外的愉快。”在读者获得欢愉之余，洛奇将更深刻地对教会的嘲讽隐藏于这种“文本狂欢”现象背后，行文中形成了荒诞与严肃对抗的张力场，引发读者对人性的思考。

2. 用大叙事的理性展现对小叙事中自我的审视

历经梵二会议后期对教徒的精神压榨，教徒开始用冷静的态度看待生活，并且重新定位与宗教的互动关系。洛奇在这一时期展现了具有精神抚慰与解读含义的宗教新定义，并称之为后宗教时代的开始，宗教信仰从遥不可及的彼岸来到现世，满足了信徒对来世的期盼，也带来了具有人性的现世关怀。“上帝权威”已经悄然改变，取而代之的是对独立人格的追寻和依托宗教信仰产生的自我审视与思考。信仰在此时已经不再是宗教独有的精神慰藉，而是显示人性魅力与力量的源头，此宗教时代的结束预示着又一个宗教新时期的悄然诞生。

宗教是带有目的的信仰，朝圣也不例外，洛奇将他的文学创作朝圣之旅引入现实生活，具有世俗的现世意义与功能，这可以说是洛奇创作中体现出的后宗教主义理想的表现，是对人性、普世人文主义的颂扬以及对传统宗教教规教义的重新审视与过滤。后宗教时期的实质是对人文主义的推广，如果没有人文主义价值观的介入，信徒一旦对永生和来世失去信心，便什么都没有了。洛奇与宗教的对话“扩大了对宗教的漠视，这使那些视宗教为鼓舞人心的信仰与实践的人产生了焦灼感”。洛奇的《治疗》这部作品便采取了日记体形式记录了人物的精神世界，此体裁也更便于展现作品人物是如何在宗教信仰与现世生活中理性地展开对宗教的重新审视。

洛奇通过《治疗》向读者展现了新旧交替时期教徒普遍对教会的不满，以及对个人生活的无助与沮丧。洛奇希望通过“治疗”这一主题找到帮助教徒自我觉醒、自我审视的可能，打破当时英国社会弥漫的焦虑阴霾。洛奇利用主人公泰比腿疾这一象征，暗示了当时普遍存在的心理问题，并且将现实中的克尔凯郭尔哲学理论与宗教体系构建结合，向读者传递了“超越天主教单一精神依托，个人信仰与自我治疗并行”的信息，重新建构教徒与教会间的互动关系。《治疗》中的泰比是一位成功的电视剧作家，当他满足于他的婚姻状态时，妻子的离婚诉讼让他颇为震惊与不解。婚姻的瓦解与事业的低谷迫使泰比沉迷于克尔凯郭尔[①]理论，并且深信不疑。洛奇认为仅靠泰比一己之力无法充实第一叙述者的语言与形式，小说需要借助其他不同的话语模式和视角转换，才能达到引人入胜的阅读效果。“小说家通过他们对生活的了解塑造形象，当然，小说家也十分注重形式。但是他们都是通过个人的不同生活经历和道德观念的凝聚来体现小说的传统性。”克尔凯郭尔在作品中便扮演着话语狂欢化的角色，并且与泰比一起推动了小说情节的并行发展，成为另一条贯穿作品的主题。解读克氏哲学理论的关键模式可以得出“拯救与治疗”的结论，这巧妙地成为洛奇此部作品的框架，也解释了为什么泰比使用第一人称日记体进行写作治疗。

“写作治疗”是洛奇设置的有效自我审视方法，小说中亚历山德拉建议泰比将他生活中积极与消极的事件一一记录下来并加以对比：

好事一栏：1. 事业成功 2. 经济良好 3. 身体健康 4. 婚姻稳固 5. 子女已经长大成人 6. 大房子 7. 豪车 8. 长假。

---

① 即索伦·克尔凯郭尔，丹麦哲学家、神学家和作家，被认为是存在主义哲学的代表人物之一，并对后现代主义哲学产生了深远的影响。

坏事一栏：1. 大多数时间都不快乐。

几周后，我又加上一条：2. 膝盖疼痛。

洛奇将泰比生活与心理的痛苦巧妙地反映在日记里，也是通过这种日记体的写作治疗方法实现主人公对自我的认知与审视。泰比表面的随和谦逊与内心的自恋格格不入，他自始至终也不明白他到底在婚姻中做错了什么。他的妻子说道："也许我不了解我自己，但我很清楚他是怎样的人。……他根本不知道什么是宗教信仰。"洛奇在这部作品中展现了对传统天主教生活的信心。与前期作品不同，洛奇以充满人性的大团圆结束此部作品，主人公泰比结束朝圣之旅与初恋情人冰释前嫌，腿疾神奇地自愈，"洛奇这种对婚姻稳定的坚持，使他的作品介于浪漫主义与现实主义之间。"洛奇似乎更在乎保持婚姻的完满与夫妻的团聚，不得不说这也是他本人对宗教背景下的现实婚姻的理智思考。没有了前期创作中的犀利批判，洛奇在这部作品中更多的是给予主人公自我反省、自我关照的内心成长，并在创作意识中加入了更多的理性思考。

3. 用大叙事的人文主义关怀展现个人宗教信仰小叙事的回归

如果说初期与中期作品中洛奇将重点放在宗教发展的变迁中，那么他后期的作品则表现出对人文主义与社会问题的格外关注。我们在他 2011 年出版的《失聪宣判》（*Deaf Sentence*）中可以看到，洛奇对大学学术科研精神的丧失抱有直接的讽刺，也看到了洛奇对主题写作的深入与延伸，除了对危机主题的叙述，还有对生命意义的探讨和思考，这也是洛奇在晚年回归的标志。洛奇本人其实也如《治疗》中的主人公一样饱受疾病的折磨，晚年的洛奇耳疾频发，对他的生活和学术工作产生了负面影响，同时对他的精神也造成了很大困扰。《失聪宣判》的出版正是洛奇与克尔凯郭尔理论间产生共鸣后的力作，文中涉及的关于存在的荒谬之观点也是洛奇一直关注的。同样，关于人文主义关怀与宗教价值存在意义的探讨，激发了洛奇对此生与来世的重新思考。他认为，作为宗教信仰应该使信徒的现世生活更有价值和意义，这才是宗教最终的崇高目的。正如曾经采访过洛奇本人的国内学者欧荣提到："信仰包含必需的临时叙事，与文学叙事相似，它也是人类对于生命和死亡的一种解读，而对这种解读，我们会保持一种双重意识，认识到这种解读既是真实的又是虚构的，既是自由的又是受限的。"

洛奇后期的作品曾被人嘲讽为才华殆尽之作，但相比前中期"青年"派的作品，洛奇后期的作品应该称为"退休学院派"的佳作才对。《失聪宣判》采用极简风格的第一人称日记体叙述，生动描述了一对步入老年的再婚夫妻面临婚姻、亲情以及疾病问题困扰的现实生活，同时引入大量经典。菲利普拉金的耳聋与雪莱的《致云雀》之间的联系，产生了一种黑色幽默，这种黑色幽默紧密地关联着失聪与喜剧；俄狄浦斯的失聪具有喜剧性，正如失明具有悲剧性："假设他不是弄瞎自己的双眼，而是戳穿了自己的耳膜。其实这样更合乎逻辑，因为他是通过耳朵才了解到有关自己过去的可怕真相，但果真如此的话，其宣泄作用就会打折扣了。"还有《力士参孙》中令人绝望心碎的呐喊，似乎都产生了共鸣。这部新作少了作者年轻时代犀利的语言和直率的批判，多了些许对人性的关照以及对生命、衰老和死亡的深刻自省。

从作品的名称我们便可确定洛奇的用意。洛奇认为，一个发人深省的名称作为与读者首先见面的文本部分具有吸引读者注意力的强大作用，对于自传体类型的作品尤其如此。区别于 19 世纪作品的名称（如《呼啸山庄》《理智与情感》等作品），现代主义作家更倾向于象征或比喻类型的名称，如《黑暗的心》《虹》《尤利西斯》等。洛奇则十分认可《尤利西斯》作为书名的确定性，作为全文的可寻线索，《尤利西斯》的书名是整个文本中唯一能够被证实的内容。《失聪宣判》书名的英文为“*Deaf Sentence*”，“Deaf”本应是无可非议的“失聪、耳聋”之意，但是作者洛奇却执意地一再强调它与“Death”的发音相近，可见洛奇除了在书名中显示主人公的耳聋状况之外，还将“死亡”命题以误读的形式引入读者思考范围，并先入为主，在“前言”部分向读者加以解释，言外之意便是提醒读者此部作品除了“耳聋”问题之外，还有“死亡判决”之意，表达了人文主义对人类此世归宿问题的关怀，深刻且带有悲凉之意。

洛奇的创作意识在此部作品中延续表现前中期作品的宗教主题，并向读者继续展现天主教对教徒的禁欲法令、梵二会议后的改革新况以及教徒普遍的对现世欲望追寻中的爱恨交织。而本部作品的主人公则处在旁观者的位置观察与反省这种末世情境，在不断的自我觉醒中将个人意志与人文主义批判意识相结合，将传统宗教观念与后宗教时代观念结合，在追求相互融合与和解的道路上并没有打算完全颠覆天主教的教规、教义，而是站在至高点，以睿智的思想反思回望传统，将两种意识有力地结合，使彼此相互支撑、相互促进发展。洛奇强调：“小说总是在表现作者宝贵的经历，……，包括情绪、直觉、记忆和幻想。……正如19世纪经典小说的作者简·奥斯丁和乔治·艾略特一样，他们将小说人物当作社会人一样进行关注，并通过对人物的细致描述分析他们的内在品德与内心情感。”

《失聪宣判》这部洛奇的退休之作对主人公德斯蒙德的学术、个人生活进行了细致描绘，尤其是人物的内心活动。继续延续校园背景下的学生、同事的各种复杂狂欢式的关系，将巴赫金的狂欢理论实践得淋漓尽致，然而其中不再有学术圈内的你争我夺以及《小世界》中圆桌骑士般的“圣杯”情节，而是更加突出人物的内心世界：

走出大楼时，正好是四点钟，一扇扇门在我的身前身后打开，传出咕咕哝哝的说话声和椅子腿在木地板上拖动的声音。学生们从研讨室和阶梯教室蜂拥而出，涌向楼梯平台，摩肩接踵地走下楼梯，晃荡着背包和公文包，叽叽喳喳，或者彼此大声打着招呼，释放着刚才那个钟头里被压抑的精力、挫败感和无聊感，也可能是——谁知道呢——对一次鼓舞人心的教育经历的敬畏和兴奋之情。

洛奇在此部小说中表现出对人物内心超凡感悟以及对外界现实生活的实践意义，《失聪宣判》具有这样的功能，“正视自身存在的人性的弱点，然后可以克服、跨越人性的弱点，使心灵得到净化和提升。”德斯蒙德将退休后的新生活设想为走出现世牢笼与人走茶凉的冲突，在不断地自我反思与自我警醒中逐渐消除内心疑惑，进入宽容和解之态。洛奇对内心冲突的处理体现在他面临“死亡”这一主题时选择的认知到教育的过程。《失聪宣判》中几次提到与死亡相关的内容，例如研究生对斯帕克死亡小说的效仿，对“遗书”的研究，以及面临父亲病逝、婴儿新生带来的生命议题。洛奇在此部作品中给出了他对生命意义的圆满解答，那就是：“你可以说出生本身就是一种死亡宣判——我估计某位能言善辩的哲人在什么地方已经说过这种话——但这是一个怪异而无用的想法。最好是多想想人生，并尽量珍惜不断流逝的时光。”如此生命轮回的故事情节堪称是洛奇小说创作的经典桥段。德斯蒙德最终接受了一个全新的生命循环周期，“对灵魂的雕塑需要个人的生活经历，在这里便是指新生儿的诞生”。洛奇在个人欲求与宗教道德、人类幸福与社会性之间做出了调和矛盾与冲突的抉择。洛奇的小说创作表现出的宗教信仰与个人欲求间的冲突无论结果如何，都将对信徒内心产生影响，或是宗教对信徒人生的导向，或是宗教与信徒内心欲望的最终调和，在洛奇看来这些都是“被选择”的过程。如果在感性的前提下被选择，是不能从宗教信仰中得到心灵的慰藉以及人生的成功的，如此一来倒是将人禁锢在宗教中，压制了人性的发展。这也充分反映出洛奇创作后期对生命的尊重、对人性的理解以及对死亡的谦卑，显示出洛奇退休后走向了更为独立与自省的创作意识。

以上洛奇文学创作的三个时期是具有代表性的三个转折点，显示出一个不确定论者具有的宗教文化标准与个人宗教信仰的变迁与切换，也将洛奇宗教文化大叙事与个人的宗教信仰小叙事的双重性特点展现得淋漓尽致。梵二会议对洛奇创作的影响不言而喻，同时也撼动了他本人的宗教态度，从初期的犀利批判、严肃揭露，到中期的善于思考、自我反省与顿悟，再到后期对生命与死亡主题的深刻解读，最终达成具有人文主义关怀的和解，整个过程突出了洛奇对天主教文学创作的持续关注、对宗教信仰功能性的重新解读，以及他坚信信仰与人类现世生活最终将达成和解的决绝态度。我们借用《失聪宣判》中德斯蒙德的经历，可以参透其中的寓意。洛奇的宗教文学创作之路是他本人追寻天主教信仰的朝圣之旅，是洛奇本人最终抱有宽和之心与命运达成和解，自我反思、自我觉醒、自我超越的过程，这也是洛奇一直在追寻的个人信仰与宗教本质间的二元建构新模式。由此可以认为，洛奇进入了"后宗教"时代新模式的文学创作时期。

二、格林与洛奇：宗教空间与虚构空间的重叠

当洛奇开始着手准备《电影迷》一书时，他阅读了各种天主教小说，其中格雷厄姆·格林[①]对他的写作产生了相当大的影响。在后期离开军队与下一部小说《金杰，你真傻》完成期间，洛奇在他的论文《牛津运动后的天主教小说》中对这些天主教作家进行了更详尽的研究。他从格林开始研究，最终回到纽曼，之后开始阅读大量 19 世纪

① 格雷厄姆·格林，英国作家、编剧、文学评论家，1932 年以作品《斯坦布尔列车》成名。

天主教小说。格林在洛奇的最初两部小说中留下了他的印记，但那时候的影响是毫无意识的。1968 年，洛奇接受记者贝戈齐采访时提到他的《电影谜》中某些特殊的行为举止是受到了格雷厄姆·格林的影响，鉴于洛奇的文学批评著作与格林小说间的互文性特点，可以看到格林对洛奇创作产生的深远影响。从更广泛的层面分析，洛奇的《电影迷》也分享了格林式的对道德败坏与失败的迷恋，洛奇称其为“种子”。这种具有种子特性的破烂不堪的郊区环境从一开始就运用了转喻手法，“莫里斯·伯克利先生在投影室旁边的办公室的天花板已经开裂，要脱落下来了。”读者不仅在与达米安或神父相遇时感觉到了挫败感，同时对克莱尔以及她的朋友马克——一个逝去的罗马天主教徒与准作家，在克莱尔追随他成为神父后失去了信心。其中提到“当你越是粗暴地诋毁上帝，那就越是承认上帝的存在”，这一论点的逻辑与格林如出一辙，正如格林作品中的一句话“我说我恨上帝，但一个人能恨蒸汽吗？或者说我恨你，上帝，就好像我恨你的存在一样。”

洛奇的下一部小说创作于 1960—1961 年，其中显示了格林无处不在的影响力迹象，“例如，回顾第二部作品《金杰，你真傻》，我发现从结构上来看它还是来源于《安静的美国人》，同时也有对格林的戏仿。除了在写作中的明喻以及叙事中的平淡无奇，还有年轻士兵名字的特殊意义。乔纳森的故事充分体现了洛奇小说中的‘不可靠叙事者’特点，这种叙事技巧令人十分振奋，这是洛奇早期作品中向传统叙事空间之外倾斜的征兆，同时也是突破传统叙事空间的意识觉醒，是洛奇后期作品中自我意识空间发展的先兆。”《大英博物馆在倒塌》中让读者更近距离地看到洛奇对格林式影响的竭力守护，用他自己的话来说，就是“这部小说的创作是为了驱除任何文学作品对学生产生的巨大影响，因为如此，就可以帮助作家找寻自己的独特创作风格”。洛奇在对格林的模仿中，开始回归对《电影迷》的中肯评价，通过分析模仿来总结与揭示格林的写作特点，这一点在洛奇的《小说的语言》一书中已经提及，尤其是通过对各类风格作家写作特点的梳理与分析可以看出。

洛奇与格林在修辞方面具有相似性，他经常扭转抽象与具体的正常比喻关系。例如在《权利与荣耀》中提到“喝了白兰地的牧师犹如坠落地狱”。此外，戏仿还包括对“诅咒”与“救赎”之间的讽刺对比，正如在弗吉尼亚·伍尔夫一章，读者可以发现大量嵌入式批评的集中形式，将亚当放置在图书馆书库的神学部分，洛奇似乎唤醒了关于格林的存在大局势。这种分析式的模仿最成功的地方在于没有对文体层面产生任何局限，正如在洛奇的著作《十字路口的小说家》中提到的，他对于格林的大部分痴迷都以某种方式存在于洛奇的小说《大英博物馆在倒塌》中：“关于死亡——悔改、警告的表面形式，审判的日子即将来临。关于背叛——犹大情结，这是背叛。总之他在另一个国度，黑暗、发霉、地狱般的……就好像他突然倒下掉进了城市的下水道。关于追求主题——就像格林笔下的人物一样，亚当也感觉自己进入了一个无形的被放逐的空间，所有那些被黑暗猎杀的人都是纯洁的和令人敬佩的人所避之不及的。洛奇的读者甚至可以看到格林对尸体的痴迷的痕迹，当亚当联想到一个变质奶酪三明治时，他将其描述成像尸体的脚一样翘了起来。”总之，从《电影迷》《金杰，你真傻》《大英博物馆在倒塌》中可以明显例证格林对洛奇创作的影响，这些作品是从无意识模仿到《庇护所》中的有意识借用，之后再到《换位》与《你能走多远?》，洛奇最终可以超然地看待格林。正如伯纳德指出，格林的小说历经数年作为受人推崇的天主教小说家洛奇创作中的潜文本而存在。

洛奇对格林也有专门的评价，他借用第三人的作品如诺曼·谢里和比科伊耶两位作家的创作视角对格林本人生平、性格以及创作风格进行了详尽的讨论。谢里对格林进行了传记式的描述，也是一种对格林生平的记录，因为关于格林的这部三卷本传记花费了谢里二十八年时间，这也算是对格林的一种痴迷了。洛奇断言，如果过于沉浸于某部传记，耗费全部身心是一件危险的事；并且如果在想象中重新经历传主的一生，就会在另一个空间中体验他人的生活，并以某种方式在传主的人生空间与艺术作品空间中找到完美的相交。谢里在他的第三卷里宣称“如果小说家不承认自己体验的真实性——即使这些体验令他不安——那么他的小说就不可能是可信的。针对谢里的这一观点，洛奇提出了对语境空间中“真实性”含义的质疑。即便我们承认作家经常在他们的小说中处理令自己痛苦和不安的个人体验（格林本人也曾写道‘写作是一种疗法’），可他们这么做的时候，不也常常背离这些经验性的事实吗？将经验加以改动，甚至完全颠倒、重新解读，或是与完全虚构的材料相混合。”由此可见，试图从作家自己的人生中一一确定他的小说中人物和事件的来源，是具有危险性的，如果真的做到这一点那小说是更加令人信服还是不可信了呢？洛奇将 20 世纪末“作者的死亡”运动与文学传记的实证相结合，认为文学传记的吸引力令人无法抗拒，但读者对于这种吸引力的认知是不纯粹的。谢里决心为格林小说中的每一个重要人物，在格林的现实生活中找到一个原型，格林小说中艺术地混合了观察到的事实与运用想象力的虚构。谢里试图将其拆解开来，这使得虚构空间与现实空间产生了激烈碰撞，同时加入了谢里的想象空间。这种空间的融合、交叉与冲突使得第三卷看起来篇幅宏大且内容充实。

关于格林的晚年生活，洛奇也有所概述，这不禁让读者联想到洛奇自己的晚年生活也具有相似性。格林在《名誉领事》中的场景揭示了他当时的生活状态：

“一天早晨，他出现在门口，看上去忧心忡忡，他没头没脑地宣布：‘一想到从现在起，我必须和某个叫查理福特纳姆的人生活三年，这真是可怕。’然后，他回去干他正在干的事，没再多说一个字。”

格林对他退休的评价就是，对于一个男人来说，退休总是令人痛苦的时刻。但对于一个作家来说，这意味着死亡。在这里退休的状态将格林与洛奇连为一体，他们对于退休的态度出奇地一致，包括洛奇后期的作品《失聪宣判》中对死亡的定义，都是和格林一样具有消极态度。20 世纪 60 年代后期，格林与小说家雪莉哈泽德交好，她对格林后期作品的评价虽然看似简明扼要，但却无以复加：

“早期小说中神启的痛苦没有重现，就连那些较为轻松活泼的作品——格雷厄姆曾成为消遣小说——中的热情也不见了踪影。剩下的是专业技巧：一种独特的见解和风格，老练、切中时事的叙事，抓住了读者的兴趣，催促你快速地读下去。辛酸已大半包含进厌世感，只是在真情爆发时，才又重新露头。”

从宗教角度来看，格林早期的宗教类作品风格和洛奇具有相似之处，都饱含对天主教的信任与仰仗，进而发展到质疑，但是最终格林的创作归为时事的叙事；而洛奇则表现为与天主教信仰的讲和与回归，在宗教信仰的心理空间这一点上洛奇要比格林处理得柔和得多。谈及宗教信仰，在格林漫长而多产的一生中，谢里对他的创作成就巅峰进行了分析。格林最后一部高度完美的代表作是《文静的美国人》(1995)，这部作品也是格林第一次在小说中暗示了他本人对罗马天主教教义信仰的减弱，而在格林先前的具有最大影响力的小说［即《布莱顿棒糖》(1938) 到《恋情的终结》(1951)］中，天主教信仰一直都是他作品的根基。但是在《文静的美国人》中，政治代替了宗教，为格林提供了意识形态的参照体系，明确了小说中人物的冲突；而格林的早期戏剧《园圃棚》虽然在 1957 年的伦敦大获成功，但是却在美国纽约遭遇寒霜，这部戏剧表明了天主教精神中的极端矛盾激起了格林的想象力。在那个时期，格林私下里也许不再相信天主教道德神学的有效性，然而无论他本人如何坚持声称自己是一位小说家，而不过恰巧又是一名天主教徒罢了，但当时的普通大众还是笃定他是一个伟大的天主教小说家，甚至有各种虔诚焦虑的教友向格林求助，向他寻求心灵的指导，也包括牧师。这种经历对格林来说真是充满了讽刺，也很尴尬。他自己也曾抱怨："我就像一个没有医学知识的人，来到了一个瘟疫肆虐的村庄。"由此可见，格林的"天主教小说家"的称谓对他本人的创作产生了困扰，也让广大读者产生了误解；而同样境遇的洛奇则看起来更像是一位在天主教空间中慢慢成长的宗教小说家，并始终沿着这条轨道延续至今。格林的另一部作品《麻风病人》对于喜爱他的读者来说充满吸引力，因为这部作品中具有忏悔录性质，尤其需要着重提到的是小说中的人物凯里——一位著名的天主教建筑师，因为他的作品充满宗教性和艺术性而大受赞誉，然而当转向凯里个人谈话时，则可以看到他是一位对宗教与艺术缺乏信仰、对感情心灰意冷的失败者。这种解读方式不得不让读者产生联想，这也是格林故意逗引读者对这部作品作传记式解读的原因，同时也令格林的天主教崇拜者们大感不适。这种作者心理空间与作品虚构空间的重叠，加强了作品的可读性，同时也增添了读者通过作品探寻这一伟大小说家传奇式人生的好奇心。

由于债务问题流亡海外的格林逐渐与祖国失去联系，也失去了对国家的关注。他先前的小说直到《恋情的终结》出版，一直都充满了对英国文化与社会深刻的认知，但是在后期流亡期间这些都不见了踪影。不得不说，对于一位伟大的文学家来说这是十分遗憾的，其实对于他的第二故乡法国，格林也没有着墨过多。1969 年，格林在荣获莎士比亚文学奖时的获奖感言中提到"作家应该随时准备着改变立场。作家是替受害者说话，而谁是受害者是会发生变化的"。这一言论与他的宗教信仰不确定性具有密切关联，同时包括他的政治立场，可见格林个人的心理空间与文本创作空间都是瞬息变化的，这与洛奇空间叙事方式有相似之处也具有相悖的可能性。从前几章的论述可以看出，洛奇的宗教信仰变化随着心理空间与文本创作空间的动态发展而发展，这个过程是循序渐进的，具有前因后果的过程，而非格林式激进的，随不同作品变化而变化的。关于格林政治立场的迁移，他本人在演讲中对天主教徒和共产主义者之间结成同盟大加颂扬，声称“在罗马天主教徒和共产主义者之间，我们的思想没有分歧。这一华丽的言辞公然忽略了罗马天主教会的神职人员及普通信徒内部存在的思想分歧，即时常支持暴虐的右翼政权的保守派与受解放神学影响的政治左派之间的思想分歧”。然而，谢里的格林传记中表现出来的是格林情绪化的政治立场，很明显格林是用轻松的态度调侃政治，并不是严肃的政客。洛奇之前关于格林的随笔中表达了他对格林的观点，“他对政治的干预，无论是公开的还是私下的，都不是出于连贯的意识形态方面的坚定信仰，他的动机基本上都是个人的、情绪化的和机会主义的。”

同样，格林的宗教观点也是难以确定的，这一点洛奇也是认可的。谢里也在格林传记中提到，格林的宗教信仰是非常混乱的，但是比起政治上的摇摆不定，宗教这一点不足为奇，可以被谅解。洛奇对格林的这种态度表示了对他的支持与理解，可见这与洛奇亲身经历有关。关于前几章的论述，我们可以明晰洛奇的宗教信仰也是动态不定的，其中关于信仰危机、生死的终极问题也曾经上演，因此，洛奇对格林做出这样的评价：“无论我们自我定义为相信宗教的人、曾经相信宗教的人还是不相信宗教的人，对于有关生死终极问题的回答，我们很少有人能完全做到前后一致。要知道即便是有坚定信仰的无神论者，有时也会在教堂里点燃一支蜡烛。然而因为是名人，所以格林命中注定要把这种信仰的变化不定，展现在众人面前。”其实，格林本人已经通过自己的作品间接隐晦地宣称自己不再信奉天主教了，《麻风病人》就是明显的例证。同时，在后期对格林的一次访谈中，面对天主教周刊《碑铭》记者约翰·康韦尔的采访，格林就当面自称为“天主教不可知论者”，另一次则更具有矛盾性地声称自己是“天主教无神论者”。无独有偶，这两个名称洛奇也使用过，从洛奇对格林传记的重视程度可以看出，在宗教信仰这一点上，二者具有惊人的相似之处。只是格林更加细致地区分了“信仰”和“信心”，洛奇称格林“已经失去信仰，但还保留着信心；然而在我看来，总觉得他所谓的信心，更像是一种徒然神往的希望，希冀虚无缥缈的整个基督教神话原来是真实的”。这种虚幻与真实的空间在格林的小说中比比皆是，给读者留下了无限联想，同时也是用空间的迁移提醒天主教读者，思考作者格林真正的宗教立场与信仰危机。

有趣的是，在谢里整理出版格林的传记期间，他声称发现了格林在晚年时期回归宗教信仰的蛛丝马迹，“格林为自己的乱交而担忧，想寻求主宽恕，以逃避地狱惩罚，并被神的怀抱所接纳。”如此大胆的推测，谢里声称是有理有据的，他的证据是格林在晚年与西班牙神父莱奥波尔多·杜兰亲密的友情，以及这份友谊带给格林以灵感并创作了《吉诃德大神父》(1982)，以及杜兰本人的回忆录《格雷厄姆·格林：朋友和兄弟》。然而洛奇并不认为格林的晚年具有宗教回归祈求宽恕的行为，是谢里产生了误解。洛奇根据格林的妻子伊冯娜的描述推测，格林对宗教的态度是没有改变的，还是无所谓的态度，正如他在弥留之际，对邀请神父杜兰来看望的建议是“都可以”。

回溯格林传奇的一生，与洛奇现在所处的时期还是具有差异的。格林的时代不像洛奇所处的现代文学世界，需要满世界地做推广宣传以及参加各样的学术文学节，为了各种文学奖项明争暗斗。格林在晚年除了接受新闻界的采访外，不参加此类活动。格林的整个创作生涯中的作品都使用了他在青年时期喜爱的冒险类故事的结构，因此才受到广大读者的喜爱，同时格林在文学创作中体现出了与众不同的对外界的感知力，这是传统小说创作中不具备的。这是洛奇对格林的评价。

格林的小说创作，如同奥威尔、贝内特或艾略特的小说，都基于一个假设，那就是他们都拥有一个共同的现象世界，这个世界可以通过经验主义历史方法进行可靠的描述，哪怕是后期的小说家认为这是有争议的想法，但确实这个假设所产生的小说形式已经同我们熟知的现实主义文学联结起来，可以说是私人体验与公众体验的结合，是通过第三人称过去式的作者叙事的模式，或是自传体式猜想表达的心理空间与外部虚构空间以及公众历史空间的结合。格林虽然在思想上与奥威尔没有共同点，但是在文学历史学家约翰·莱曼看来，格林似乎属于运动派，他追求快速对话，他采用的简洁的小说结构和措辞的口语化，极具可读性。当然，格林所关注的还是宗教或是精神救赎的主题，与洛奇相似的都是关于宗教信仰、救赎或是死亡的问题。从格林对他人的作品解读中，读者也可以感受到关于宗教信仰的暗示：

因为随着詹姆斯的去世，英国小说失去了宗教意识，随着宗教意识的丧失，也失掉了人类行动的重要感。就好像小说世界失掉了一个维度：著名作家如弗吉尼亚·伍尔夫太太和 E. M. 福斯特先生笔下的人物像硬纸板符号一样在一个薄如纸张的世界里游荡。甚至在我们伟大的小说家中最唯物的人——特罗洛普——身上我们都能意识到另一个世界的存在，以这个世界为背景，人物的行动变得轮廓鲜明。笨拙的牧师穿着黑靴子小心翼翼地在泥巴里走着，笨拙地打着伞，更不用说他可怜的薪水和结婚计划中遇到的磕磕绊绊了。他的存在方式绝不是伍尔夫太太和拉姆齐先生的存在方式，因为我们知道，拉姆齐先生不仅存在于他所面对的女人的世界，同样也存在于上帝的眼中。他在感受世界的微不足道恰如他在另一个世界的至关重要。

那些小说家可能是不自觉地意识到了自己的窘境，于是去求助于主观小说，仿佛通过开掘迄今为止尚未有人涉足的个性层面就能揭露“重要性”的秘密似的，但是在开掘作业中他又失掉了一个维度。对于他来说，可见的世界和精神世界都完全不复存在。在丽晶街上走着的达洛维夫人能意识到橱窗玻璃的闪光、汽车流畅的同行、购物者们的交谈，但这只是把达洛维夫人眼中的丽晶街传达给了读者而已——丽晶街变成了一首迷人的、古怪的、相当感伤的散文诗：一阵风，一点气味，一道玻璃的闪光。但是我们抗议，丽晶街也有存在的权力；它比达洛维夫人更真实，我们怀着乡愁回望那些小饭馆，那些丑陋的法院，静止的狄更斯星期日街。狄更斯笔下的人物有着永恒的重要性……因此莫利亚克先生对于英国读者的首要价值观，在于它属于伟大的传统小说家一类：对于他这样的作家，可见世界并未终止存在，他的人物有着人类的顽强和价值、有待解救或迷失的灵魂，而且他要求拥有小说家传统的和基本的权利，去评论、去表达观点的权利。

在这里，格林到底是一位英国小说宗教意识的捍卫者还是亲自在小说中扼杀了宗教意识的小说家并不清晰，但是从格林的字里行间读者能感知到前者的可能性大些。因为格林还提及对教条式的“纯”小说，作者的驱逐太过明显，作者是有权存在的，莫利亚克先生郑重声明了这一点。由此可见，格林有他的理由反对现代主义文学创作的写作模式，他也谴责了现代主义写作中对个人意识和情感的过于注重，以至于对可见的经验主义现实进行了否定和消解，这是格林在写作中维护作者主观创作空间的例证。另外，格林还将主人公的“存在方式”加以分析，以拉姆齐先生为例，将不同人物视角下存在的空间加以区分，使现实空间与神存在的空间并置出现。从宗教的角度来看，格林将可见的空间与宗教中的精神世界空间相比较，断定可见世界的空间叙述并不因精神世界空间的改变而消失，相反它是不断随之变化而从未终止存在的。抛开神的精神空间不谈，人类的可见空间充满了人类的顽强、坚持与价值，以及无数有待被救赎的迷茫的灵魂。只有小说家拥有帮助人类表达他们观点的权力，这也是为什么格林维护作者主观创作空间的原因。

关于这一观点，洛奇表示赞同和支持，同样，在他的天主教主题小说中也会发现类似的维护主观创作空间的痕迹，但同时，洛奇也承认关于现实主义和现代主义的两种创作风尚的钟摆一直在二者间加速摆动，速度快到同一位小说家可以同时站在两种创作风格之间，而并不是由于对现代主义多元化美学的推崇就失去对现实主义的主张。但是就文学评论家这一身份来说，否定他人的立场是不可取的，正如洛奇引用了弗莱所言："评论家把他恰好喜欢的东西定义为真正的艺术，进而按照上述定义宣称他恰好不喜欢的东西就不是艺术，这是不合理的。因此小说评论有必要接受两种现代小说的持续共存，接受它们的亚种和杂交品种。但是当我们观察小说评论时时常发现，如我们在活跃于文坛的小说家的附言中所看到的一样，好争议的党争精神的反复出现，是一种互相倾轧的文学政治。"这种现实主义与现代主义间关于"现实"的争论，从未有确定的结论，作为小说评论家需要一种能够描述自己所创作类型的评论方法来展开他的小说诗学。

三、主体意识：空间建构激发洛奇双重意识的切换与分裂

怀利·赛弗[①]曾指出："自我的丧失是现代主义和后现代主义的主导倾向之一。"而这种"丧失"并非完全失去，而是由历史时间的

① 怀利·赛弗，美国艺术史家、文学教授和艺术批评家，在1963年获得了古根海姆奖学金。他对于艺术史和文学的结合特别感兴趣，并且他的写作常常将艺术和文学的历史联系起来。

世界向神话永恒世界的转变，“自我”也不再是活跃在历史时间世界中的个人力量，它存在的意义在于通过同化进入一个神话般的永恒原型世界。这也是洛奇在乔伊斯影响下从空间叙事角度对意识流文学中“自我”功能切换的进一步阐释；借助弗兰克空间理论中提到的：“空间形式不仅是一个与前卫写作这一特定现象相关的概念，而且贯穿了整个文学史。文学的现代主义实验激进的本质是为批判意识的前景引入空间形式，但随着新颖性的逐渐消失，在更为广阔的文学视野中重新定义这一概念已经具有可行性。”在现代文学文本中建立语言共时维度的空间形式理论的意识是对传统叙事内容的延伸，而对心灵内在世界以及自然、社会等外部世界的描述，是通过突然介入的时间转换和意识流的使用来传达同时发生的事情，被认为是广义上“描述”的一部分。

小说是自我的、个体化的，也可以是第一人称视角的描述，用写作技巧和修辞表现意识的复杂性。一部文学作品的基本观念来自作者具有的人文主义自我和对个体的概念理解，并且随之而来的身份问题都与小说意识息息相关。人类具有的意识可以具有叙事特征，这个特征同时也关系到与小说的相互关系，在小说写作中的第一人称与第三人称结合的叙事形式便是小说人文主义与事物客观科学间的结合。纵观文学历史，传统的写实小说与现代、后现代主义小说中对人物意识的表现各有不同，而后者更加关注意识描写，倾向于通过人物的对话和行为表现人物意识，或使用双关语打破思维定式与局限，从而表现出意识非线性的空间跳跃特征。洛奇曾认为文学是对人类意识的最丰富、最全面的记录。无可争议，抒情诗是人们描述感质的最大成果，而小说是人们描写时空体验的最大成果。这与约瑟夫·弗兰克对现代诗歌的“空间逻辑”极为相似。他认为，任何现代诗歌中的词组的主要参照，诗歌本身已经具备，这种具有自我反应的“空间逻辑”要求读者对语言的态度要重新定位，而在索绪尔的影响下，语言学已经发生了这样的定位。雅各布森作品对语言学与文学批评的影响，导致作为现代文学意识一部分的这种重新定位受到普遍接纳。

相比抒情诗对意识的描述与诗人的个人生活联系在一起，小说中也有相同的描述，在洛奇的《走出防空洞》中有如下描写：

“火箭坠落，余烬消失，黑暗重现。然后，宛如魔法一般，熊熊燃烧的城堡突然出现，仿佛一架着火的飞艇，漂浮在他们对面的夜空中。它似乎被红色火焰笼罩，火舌舔舐着城墙和城垛；还有光芒从建筑内部散发出来，把残垣断壁的轮廓投映在照得明亮的窗户上，很容易让人联想到在拼命逃跑的人的影子。”

这一段表明了小说中描写感质所使用的基本技巧，如使用夸张和拟人，用“火舌舔舐着”的城墙和城垛与“残垣断壁的轮廓投映在被照得明亮的窗户上”增加了文本阅读的感质，这是一种心理体验，正如约瑟夫·康拉德所说的通过文字的魅力，让读者去听、去感受，超越读者认知的现实世界局限性，穿越时空，通过修辞将事件的复杂性通过文字描述和情节设计充分地表现出事件之间的内在联系。

在文学中对意识的研究还会涉及第一人称与第三人称叙事的有机结合与相互切换，这不仅仅是人称转换，也是洛奇对亨利·詹姆斯的模仿，从不同空间视角主观或客观地看待同一事件，并且在事件中隐藏文本，实现互文性网络的编织，时刻提醒读者阅读空间与意识空间的频频切换与分裂，在空间交错中感受文本的感质。洛奇在《想……》中就曾向小说家海伦·里德提过这一点：

“简言之，那是意识问题，”拉尔夫说，“是如何对一个主观的第一人称现象进行客观的第三人称描述的问题。”

“哦，但是小说家们在过去二百年里一直是这样做的呀！”海伦高兴地说。

“什么意思?”

她在小路上停下脚步，举着一只手，然后闭上眼睛冥想。突然她毫不犹豫地、熟练地背诵道：“她（凯特·寇罗伊）等着父亲进来，但父亲却迟迟没有出现。透过壁炉架的玻璃，可以看到她那张不时气得发白的脸，甚至在她的脑海里产生了不等父亲就走的想法。然而，就在这种想法产生的那一刻，她留了下来，从破旧的沙发起身坐到了一把扶手椅上。这把用光滑布料装饰的椅子使她立刻产生了她曾有过的又滑又黏的感觉。”

拉尔夫凝视着她，问：“你背诵的是什么?”

“亨利·詹姆斯。《鸽翼》开头几句。”海伦继续向前走，拉尔夫走到她身旁。

……“再背诵一遍吧。”

海伦又背诵了一遍引文，然后说道：“你看，你可以了解凯特的意识、她的思想、她的情感、她急躁的心情、她对是走还是留的犹豫、她对镜中的自我的感知以及她因扶手椅装饰布的质地而‘立刻产生的又滑又黏的感觉’——这不都是感质吗? 而这一切都是以第三人称的形式描述出来的，而且这些精确、优雅、形式完好的句子带有主观性，也带有客观性。”

“是，这一段落是在描写意识，我同意你的看法，”拉尔夫说，“但它毕竟是文艺小说，不是科学。詹姆斯可以声称自己知道凯特大脑里所想的东西，因为一切都是他安排的，他根据自己的经历和大众心理学创造了她。”

“亨利·詹姆斯的作品才不会有大众文化的特征呢。”

拉尔夫并没有纠结于这一模棱两可的话。“大众心理学是个专业术语，”他说，“它是对人的行为和动机所达成的共识、凝结的智慧，是人的一种标志。它适用于普通的社会生活，我们没有它不行。它也适用于小说，适用于《鸽翼》，也适用于《东伦敦人》……不过，它的客观性还远远不及科学。如果凯特是一个真实的人，那么亨利·詹姆斯永远也不可能说出凯特对那把椅子的感受，除非她告诉他。”

这本身就是一段具有互文性的小说节选，在提及亨利·詹姆斯的同时将人称不同视角转换解释得很清晰，同时也通过对装饰布料的描述，阐述了感质的作用。文中拉尔夫提到的凯特不是可以叙述自身感受的真实存在的人物，而是虚拟的小说角色，因此亨利·詹姆斯对她的描述真实性读者不得而知，这是文学意义上的，而非科学常识。而从另一个角度，从小说中读者还可以通过不同于他们自己的个人意识而感受他人意识，这种个人意识与大众意识间的切换，完全是依据读者个人的经历，因此人的意识是具有空间叙事特征的。米兰·昆德拉曾说过：“注定失去现在……我们只需描述几小时前经历的事情：把对话压缩成简短的小节，把场景压缩成几个大致的特征。即使记忆力好的人也是这样……我们可以坚持写日记，把每一件事都记下，但是有一天我们重读这些笔记时，会发现我们连一个具体的情形也想不起来。更糟的是，想象力不能帮助我们记忆或重建忘记的东西。现在——具体的现在……对我们来说像一个未知的星球，我们不能把它留在记忆里，我们的想象力也不能重新构建它。”从这段话中可以看到，记忆其实是碎片式的，不连贯的，非线性的，因此当我们回顾某个情景时，都需要借助日记文字的记录描述，使我们重新唤醒当时的经历、情感、感官。

当然，小说也是如此，读者通过文本，带着自己的经历被邀请进入人物的虚拟空间，在阅读中将自己的个人意识与作者的描述空间结合，形成具有个人特征的全新阅读空间，从第一人称视角到第三人称视角，从精美的细节描述到敏感的内心描写。空间不是封闭的，是开放且割裂的，各司其职的、联通的、立体的。正如叙事学家所说，文本在没有时间的线性安排时，是按照凯特的意识思绪来聚焦的。仿若读者被带领如流水般流入她的思绪，感受它的思虑，即使我们不知道她是谁，接下来会发生什么，我们也会随着她感受装饰布又滑又黏的感觉，文中描述的急躁和愤怒也会被感知，这是在现实空间中无法体会到和看到的。然而，在小说文本中，当叙事视角切换到第三人称时，我们便可以看到凯特在房间里踱步，能看到她的衣裙飘逸，看到室内的温暖阳光，也能感知她的内心焦灼。“这些话语是客观的，也是主观的，镜子里的形象便是这种双重性的象征。也就是说，措辞属于凯特的意识范畴，是主观的，而句法却是客观的。”这种主客观双重性特征实际上是空间叙事中意识的切换与分裂特征。

这种切换与分裂不是瞬间形成的，而是经过漫长的文学史变迁逐步演变而来的。维多利亚时期的小说家，如果处理同样的用个人意识来表现情节的方式，会使用第一人称的自传体小说，由若干角度进行描述，然后由作者型叙述者进行评论。这一时期的小说通常通过对一个人物的命运发展过程展现当时社会的变迁，其中涉及相关的社会问题与冲突。那一时期的作家相信，他们叙述的便是真理，这种真理如知识一样可以通过小说对人们加以训诫，他们认为客观事实与真理是可描述并可以被理解的。然而随着时代变迁，小说家对那一时期的创作产生了质疑，他们开始质疑创作中的客观性，开始怀疑第一人称视角的客观性，开始怀疑作为无所不知全能上帝的判断力。于是，他们的关注点开始逐渐转向对人物内心活动的刻画，努力用个人意识对客观现实进行重构，打破传统小说叙事空间的局限性以及人类理解的局限性。正如洛奇谈到的：

“在亨利·詹姆斯等人的小说中，人物的行为含混晦涩；在乔伊斯和伍尔夫的小说中，人物脑中记忆的上演打乱了事件的时间顺序；D. H. 劳伦斯使用象征主义手法描写了人物的‘超我’；在《尤利西斯》的夜城情节中，乔伊斯采用了超现实主义对梦的替换、并置以及移植手法描写了布卢姆的混乱的潜意识，而在《芬尼根守灵夜》中，他又进一步以一场梦的形式描写了人类整个历史，而且梦里每个人物和事件都是多因素决定的，即同时具有多层含义。在那部非同寻常的作品中，乔伊斯不仅展现，而且铺张了文学叙事表现意识的局限性。”

亨利·詹姆斯作为过渡时期的小说家，与同是意识流先驱的伍尔夫观点相似，而洛奇针对伍尔夫与乔伊斯的评论充分夯实了其作品中意识切换与分裂事实的源头。正如上文所述，乔伊斯对洛奇的影响不可小觑，亦如乔伊斯的意识现象描写在文学史上无人能及。区别于亨利·詹姆斯的第三人称叙事，乔伊斯的叙事不带有任何作者的痕迹，且具有不可靠性。这种不可信赖的评论与反思使读者质疑他的客观性与真实性。它的作用是帮助读者在阅读中逐步建立个人主观意识顺畅运行的时空框架，不完全依赖第三人称叙事，将个人主观意识引入阅读过程，换句话说，也就是读者与不可靠叙事者共同进行文本理解与分析。这一过程是动态的，是时时刻刻切换的，具有空间性的。

四、克雷斯与洛奇的友谊：创作与评论、虚构与现实的双重意识

作为英国伯明翰大学的教授，洛奇在创作中结识了与他经历类似的几位伯明翰作家，其中关系最为密切的当数吉姆·克雷斯。克雷斯虽比洛奇小十几岁，但洛奇却坦言由于他们的经历类似——都是把创作与评论相结合，将两个人紧紧地联系在了一起，他们经常在酒吧吃

午饭，谈论文学界，互吐心中的抱怨。这位集多奖项于一身的当代英国作家，凭借自己1986年的处女作《大陆》（*Continent*），荣获了惠特布莱德处女作奖、《卫报》小说奖以及大卫海厄姆小说奖；之后又创作了《石器礼物》（*The Gift of Stones*）、《阿卡狄亚》（*Arcadia*）、《遇险信号》（*Signals of Distress*）等十部长篇小说，并且斩获十多个奖项，其中《收获》获得了2013年布莱克纪念奖、坎贝尔文学奖以及国际都柏林文学奖。克雷斯沿袭他一贯的写作风格，打造了个人的幻境并借此传递现实关怀。

克雷斯出生于一个爱读书、亲艺术的工人阶级家庭。受到父亲自学习惯的熏陶，克雷斯从小具有丰富的想象力，他的《罗杰斯同义词词典》便是父亲鼓励他成为一名作家的第一份礼物。由于受到父亲老派社会主义者和无神论身份的影响，克雷斯决心成为一名严谨的政治新闻记者，他将约翰·斯坦贝克和乔治·奥威尔作为自己的偶像，立志用记者的文字改变读者的思想。直到克雷斯的一篇采访由于政治干预而被撤稿，他才开始思考运用自己一直梦想的“现实主义政治小说”进行写作，这奠定了克雷斯寓言作家的文学地位，从此脱离了现实主义写作轨道，进入所谓的“克雷斯幻境”。

克雷斯幻境可以被概括为以下四种特征：第一种是脱离现实，不指出确切的真实信息；第二种是脱离现实的同时，情节上也脱离现实；第三种具有教育功能，由主人公实现，作者是避而不见的；最后一种是没有明确的原则立场站位。从写作内容来看，与洛奇的校园写作大相径庭，克雷斯写作中都是尽显其想象力的写作内容，亦真亦假，很难准确找到风格定位，也许这和之前经历的政治干预事件有关，才使他用寓言和虚构的写作外衣来包装自己的作品，以此来保证写作自由度。但当我们深入分析克雷斯的作品不难看出，尽管表面的虚构如此夸张且脱离现实，但其实他写作的精神内核没有抛弃初心，仍旧留有对现实报以深切关怀的初衷，只是这种情感被深深埋入虚幻世界空间中，需要读者仔细搜寻罢了。从这一点来看，他与洛奇对现实世界的情感如出一辙。

克雷斯的作品可以反映出对第三世界国家的态度，可以反映经济大萧条以及全球化工业给城市带来的深刻影响，可以表现对英国信仰进步论的自由主义者的严厉批判，亦可以描绘一幅对未来国家的美好愿景。无论是《大陆》还是《石器礼物》，抑或《阿卡狄亚》《隔离》《遇险信号》《传染屋》，克雷斯都会做到创作前的知己知彼，提前阅读相关背景知识，列出使用的语言，结合文学创作技巧表现出现实中的情节，令读者在阅读中享受脱离现实空间的离奇幻境，仿若身临其境。洛奇的不同之处在于，虽为挚友，他写作的主题内容多围绕高校学术圈而发生，半真半假地夹杂在自己的创作中，可谓是一部半自传体小说；而克雷斯却拒绝将自己的生活作为创作剧本，但是在《往生情书》《群岛》以及《收获》中或多或少地传递了对父亲去世选择火化而非宗教途径下葬的愧疚与遗憾，同时在作品中流露出思念去世父母的真挚情感。因此，在我们欣赏克雷斯为读者营造的虚幻世界的同时，也应意识到他在环境中的真情实感，理解他作为小说家以及评论家的双重身份所表现出来的对现实世界的深切关怀和对文学写作发展的深度思考。虚幻与真实，只是克雷斯、洛奇这类小说家与评论家双重身份表现不同意识的方式。

正如洛奇对此类虚幻小说的评论那样，小说的故事情节跨越了现实小说和科幻小说的界限，当小说家开始怀疑现实世界，对他自己所处的空间产生了质疑，那么他们的写作意识产生空间上的迁移也就是或早或晚的事情，这是由对小说整体空间叙事结构的关注向个人意识空间的转向，这一转变将重点放在了对现实空间认知构建的困难，以及心灵沟通产生的障碍之上，还有就是人类理解力的空间局限性上。这一转变正如洛奇小说一样，是通过表明总体趋势——人的意识展开叙述，通过描写人物的个人主观想法以及感情思想来塑造人物，以体现深层个人思绪空间的内容。这是一种将表象与内心结合的小说创作，尤其是针对克雷斯这一类小说家与评论家。就“表象与内心”的论述，洛奇在他的论文集中曾有涉及，他借用奥尔巴赫[①]的“客观事实世界几乎全部消失了，差不多所有的东西都是以作品人物意识中的反思形成出现的”来暗示现代小说空间叙事的转向，是由现实的空间叙事转向人物内在的思绪空间，是由人物思想意识形成的新的空间叙事结构。这种技巧已经成为一种小说创作中的风向标，对现代作家具有指导作用，将他们引向“现实不是存在于共同现象世界，而是存在于个体人的心智对这个世界的感知中”，而这是现实主义小说中缺少的。反观现实主义小说，所谓的对客观事实的客观描述又何曾不是出自作家所见所闻所想的主观思想，进而产生的对社会现实的折射。可见，小说创作已经开始进入由表及里、从表象到内心深处的深入过程中，这一过程是无法被描述成尽善尽美的，小说家也只能尽力为之。

克雷斯在他的小说《收获》中便灵活运用了集体意识与个人意识相互切换的叙事方式，将社会的各个阶层全部写入小说——失去土地的农民、资产阶级以及封建庄园主等。克雷斯的小说中，通过不同人物设置将人性的多面性描述得淋漓尽致，这是任何一个单独的小说人物所不可能做到的。整部小说的叙事中心有时会从忠仆叙事视角转向集体叙事视角，这种视角的切换也是空间叙事角度的切换，将整个村庄面临巨变之前的黑暗与全体村民的心理与行为相互投射且全面地呈现在读者面前，使读者从多维空间角度感受人性的多面性与嬗变。正如都柏林文学奖评委会所言：克雷斯将读者带到村庄最阴暗的地方，空气中充斥着人类的恶毒与邪恶，这些人性的恶行是无法逃离的，因此文学作品才具有价值。现实意义的赋予已经脱离了对客观事实的客

① 即埃里希·奥尔巴赫，德国语文学家，比较文学学者。

观描述，而是如克雷斯一般通过对虚幻表象的描述直达人心，从而唤起读者心中的共鸣。小说《收获》的结尾处写道：“贝尔达姆太太放火将整个村庄夷为平地，瑟斯克也离开了村庄。”曾经如此恬静的世外桃源生活仅用了七日便消失得无影无踪，而这七日恰好是圣经中记述的上帝创造世界所用的时间，这是克雷斯运用的写作巧合，映射出生存与毁灭的冲突感，同时也是对现实世界的一种讽刺。无论是《收获》中对圈地运动的描述和对社会变革的期盼，还是《石器礼物》《遇险信号》中始终贯穿的大变革中的社区变化，都是作者克雷斯对现实社会的持续思考，以及借用虚幻小说情节表达的对生存、毁灭与重生文学命题的思考，同时也有对现实资本主义社会的批判。当读者读到瑟斯克离开时的不舍与坚决，会感受到克雷斯对社会大变革的强烈憧憬，也会找到《失乐园》的原型架构，感受克雷斯的伤感，这也是对现实世界赋予的最真实的人文关怀。

在克雷斯的所有小说中都有一种深藏于内心深处的渴望，会在精确时间中被解脱出来，并随时随地都会被读者挖掘出来。克雷斯的作品同时也是将诗歌与传统的精神写作相结合并在阅读中与读者产生共鸣，尤其是那些植根于严酷、毫无人道的现实社会中的人物。克雷斯将他们的灵魂与身体暴露在痛苦与神圣牺牲之中，这是典型的由表及里的纵深式写作。与洛奇的创作背景极为相似的克雷斯，也善用宗教在写作中的作用。克雷斯认为，在人类所有的思想活动中，神学最有可能成为正统且正确的方式来教化人类，因为它是可预测的。这一点与洛奇对宗教的质疑不同，克雷斯完全处于另外一条轨道。传统写作证明，当作者迈出现实世界而允许创作型写作进入时，宗教不得不付出沉重的代价；但现代小说不同，小说家可以借用虚构世界，自由转向新的世界，他们从不服从于传统写作世界，他们自己创造世界，而克雷斯的虚构世界，将人性逼到了边缘。作为小说家和评论家，克雷斯在语言与文本的传统写作中将想象力的虚幻加入，这是源自圣经西方文学，尤其是对希伯来文圣经的延伸与自我反省。那种有血有肉的人类脆弱，以及在写作中对人类弱点的描述，是无法通过现实小说表达的，只有在虚构小说中才可窥见一斑。克雷斯用“狡猾”的方式“欺骗”了当局者，隐秘地向读者与世人揭露了事实真相。

五、本章小结

在庞大的文本网络中，洛奇的文学创作并没有迷失方向。受到亨利·詹姆斯[①]的影响，洛奇的作品从不同空间视角主观或客观地看待发生的同一事件，并且在事件中隐藏文本，以实现互文性网络的编织。他时刻提醒读者注意阅读空间与意识空间的频频分裂与切换，使他们在空间交错中感受文本的感质。而从另一个角度看，读者从洛奇小说中还可以通过不同于他们自己的个人意识而感受他人意识，这种个人意识与大众意识间的切换，完全是依据读者个人的经历，因此人的意识是具有空间叙事特征的。于是，洛奇的创作关注点开始逐渐转向对人物内心活动的刻画，努力用个人意识对客观现实进行重构，打破传统小说叙事空间的局限性以及人类理解的局限性。它的作用是帮助读者在阅读过程中逐步建立起个人主观意识顺畅运行的时空框架，不完全依赖第三人称叙事，将个人主观意识引入阅读过程。换句话说，也就是读者与不可靠叙事者共同进行文本理解与分析，这一过程是动态的、时时刻刻切换的，是具有空间叙事特征的。

洛奇作为具有双重身份的作家与文学批评家，他的贡献已经超出文学疆界并对文化研究产生巨大影响，其原因就在于洛奇自身的宗教背景以及宗教观念。洛奇的天主教宗教背景对他的文学叙事影响巨

① 亨利·詹姆斯，英籍美裔小说家、文学批评家、剧作家和散文家。

大，无论是从线性传统的叙事中排除其他平行叙事，还是从宗教文化大叙事的连贯单一身份叙事中的多维空间争论——各种洛奇式小叙事间的对话，都可以看出洛奇的大叙事与小叙事在空间叙事角度承担着不同故事之间、既共存又无衡量标准的叙事责任。这种大、小叙事间存在的空间上的动态切换，预示着洛奇在宗教文化大叙事背景下的个人意识波动。

第五章　戴维·洛奇空间叙事中的后现代主题阐释

随着对洛奇空间叙事特征的深入研究与分析，洛奇创作中体现的空间叙事认知功能，以及主题并置带来的“空间活力”与后现代写作陌生化的“空间张力”，实现了洛奇从空间叙事本质上对读者空间认知机制与思维模式形成的引导与影响。这种本质的引导与影响是通过外部的结构特征、及里的主体阐释，逐步深入到读者意识层面而形成的。

正如麦克卢汉提出的“地球村”概念，具有时间特性的、历史的、序列的逐渐向地理的、同存的演变，空间感逐渐开始成为掌控人类感知中心的重要因素。综合考量乔伊斯等人对现代作品书写所展现的开拓精神，人们逐渐追求在创作中体现对空间性的期待。而从20世纪50年代开始，“新小说”的领军人物阿兰·罗伯·格里耶[①]也曾提到：在现代的文学创作中，线性时间次序已经被打乱，无法产生新的动态行为，也无法再生产出什么，始终处于原地打转的状态，不再具有关联性和连续特征。而在后现代小说中，体现空间结构的拼贴与并置等特点便更为明显常用。文本中充斥着对空间形式的实验，弥漫

① 阿兰·罗伯·格里耶，法国作家和电影导演，新小说运动的领军人物之一。新小说运动是20世纪50年代和60年代在法国兴起的一种文学流派，它反对传统的叙事方式，强调对时间和空间的新颖探索，以及对物体和场景的精确描述。

着对线性叙事的完全颠覆与解构。这种对空间形式做出的可贵探索充分表明空间叙事在后现代文学创作中的重要地位，学术界中无论是哪个领域都开始了对空间的探讨，而空间叙事更是将文学界引向了新的视域。

约翰·伯格[①]在讨论自己的空间创作时提出：文学创作已经向地理领域拓展，而非仅仅是历史方向。这种拓展体现为空间形式的发展，而非线性发展，其结果是无法预测的，因此，空间化的概念成为当前时代亟须解决的问题，应该引起我们的高度关注，以避免对故事情节的过度简化。显然，他看清了文学创作的相互关系、文本多样性与语境迁移，这与第二章所强调的不谋而合，也是戴维·洛奇所主张的。后现代的今天，单纯的线性叙事发展已经无法满足叙事的需求，因为同时发生的事情太多，时间无法校准，纵横交错的主线已经形成了阅读空间网络。如果将所有主体与情节加以联系，那将是更具有意义的时间的流动、空间的迁移，而这种同存性的介入将更深入地阐释文本主题。

戴维·洛奇的小说创作符合结构主义主题特征，宗教危机主题建构了洛奇作品的框架，并在他的创作中不断修正，在天主教教义与教徒间的冲突矛盾中寻找到平衡点，将批驳、质疑与和解的思想转变过程建构于每一部天主教小说中。而洛奇在创作中的实验精神，体现在他的解构主义者意识和对后现代文学创作的技巧应用，互文性理论最终解构了传统意义上的文学性，“非中心化、多元化不确定性、未完成性等特点”。洛奇提倡运用元小说理论进行创作，主要集中在人物的第一次出场、嵌套式空间结构的搭建以及拼贴等叙事策略中。在洛奇的创作中一直都存在二元对立关系，而巴赫金的对话理论强化了这

① 约翰·伯格，一位多才多艺的英国艺术评论家、作家、诗人、画家和公共知识分子。他的作品和观点对艺术批评、文学和社会思想产生了深远的影响。

种二元关系以及对双重意识空间叙事的建构。巴赫金的对话理论修补了结构主义和后现代的空间断层，在产生对话的同时，将结构主义与具有不确定性的后现代主义通过主题与形式的对话关系和解。

戴维·洛奇作为文学批评家、作家，一直活跃在西方文学界，而学术界对他的评价也都集中在他的后现代主义实验性小说创作中。然而，当读者深入到洛奇作品中就不难发现，尽管他的小说具有后现代主义创作特征，但是作品中都还存在固定的天主教危机主题框架，叙事方式也相对完整；小说中的每一个细节在洛奇的生活中也都有迹可循，但绝非简单的自传体小说。同时，洛奇的小说情节也具有典型性，每一部作品提笔写作时，洛奇都会倾向于一个符合结构主义或现实主义的主题，并使其贯穿于全文写作中。这种结构主义写作特征相对应的是洛奇的解构主义意识，互文性理论的应用打破了雅各布森结构主义文学性的局限，将当前文本与其他文本紧密相关，开启了文本创作中的自我书写功能，并将戏拟、拼贴等后现代写作技巧运用于作品中。面对结构与解构的空间断裂，洛奇没有袖手旁观，他受到巴赫金狂欢化理论的影响，将“对话理论”引入自己的创作中，将观念迥异的严谨结构主义与具有不确定性的后现代主义通过主题与形式的对话关系和解；其中，洛奇运用喜剧情节处理较为严肃的话题，将独白与杂语运用到叙事中，增强了文学作品的包容性和不确定性。

以上提及的结构主义和解构主义思想均存在于洛奇的创作中，并在各自的领域发挥着不可替代的作用：天主教危机主题建构文本框架，互文性理论解构传统的文学性，巴赫金的对话理论修补裂痕、产生对话性。洛奇的创作模式可称为二元结构的对立与辩证统一，他所创作的文本在不断修补空间叙事缝隙的过程中得以发展，叙事中的空间建构与瓦解并存的创作模式已成为洛奇文学作品中最为独特的创新之处。

一、空间叙事后现代主题特征

（一）宗教信仰与现实间的二元对立与统一

戴维·洛奇成长于一个天主教家庭，从小的耳濡目染加强了他对宗教信仰危机的敏感度，同时也使他不断思考信仰在现世人类生活中的启迪作用。洛奇的作品如《大英博物馆在倒塌》《你能走多远?》《天堂消息》以及近期作品《失聪宣判》等多部文学作品均适时地反映了梵二会议以后宗教信仰危机对信徒生活的巨大冲击，其间引发了洛奇对天主教徒受制于宗教桎梏，从而奋起反抗，到最终和解回归的一系列思考，建构了洛奇小说创作中不可撼动的主题叙事空间与文本框架。正如洛奇本人在《小说的艺术》中提到的："叙事框架正如高耸建筑物的支撑结构：你看不见它，但它却决定着作品的形式与特性，决定着一部小说的结构。"

洛奇对宗教信仰的态度始终处于质疑中，这种态度随着教徒在现世生活中的不断冲撞，影响着洛奇小说的创作，从而形成了一种渐变的创作过程。正如洛奇本人在《小说的语言》中提到的"任何一个作家在他使用语言的同时都打上了独一无二的烙印，这一烙印封存于作者的多数作品中，成为他的独特签名"，天主教主题的小说创作正是洛奇的独一烙印。洛奇"对天主教信仰的复杂和微妙既感到敬畏又为之着迷。……尤其是这种文化对艺术的敌视形成独特的批判眼光"。从变革早期对宗教信仰的讨伐和批驳，到中期对宗教改革的质疑与思考，再到最终与宗教达成宽容的和解。洛奇遵循此脉络主题一直在他的创作中不断修正，试图在天主教教义与教徒间的冲突矛盾中寻找到平衡点，将批驳、质疑与和解的思想转变过程建构于每一部天主教小说中，随着洛奇本人的创作成长沿用至今。这种严谨、细腻的结构主义创作特点是应该予以重视的。

洛奇的前期作品将“死亡”作为框架主题，以引发读者对宗教信仰的觉悟与警醒。“读者与作者之间产生了纽带关系，这是一种对作者产生信任并借作者之身见证故事情节的起伏跌宕。”洛奇抓住教徒的绝望心境，提出对宗教信仰体系的不信任以及对当时制度的讨伐，进而抛出了信仰最终能够走多远的问题，解析了当时天主教徒们对死亡的恐惧和对死后归宿的多重质疑。洛奇对自由主义的探讨和对不合理教规教义的批驳，触及了宗教体制改革前的命脉，但是传统式的创作形式在批判宗教道德基础上并没有涉及更为广泛的领域，而只是局限在生育问题与人道主义层面。

区别于《大英博物馆在倒塌》，洛奇在1980年出版的《你能走多远?》中打破梵二会议前期的保守与化解冲突的中庸态度，在此部作品中注入对救赎意义背景下生命内涵的崭新理解，从而也引发了教徒对宗教信仰的觉悟——死亡后的归宿成为教徒最在意的问题。以此部作品的题目为例，人类归宿的飘摇与不定性跃然纸上，洛奇鼓励读者在作品阅读中探寻信仰与人类欲望的共生关系，并为二者找寻到较为合理的存在空间。这种合理性是宗教改革与教徒现实欲望的交点，也是基调更为严肃、文风更为质朴、叙事结构更为严谨的一部力作。“洛奇在这部作品中加强了批判性语气，天主教已经成为作品的主题。”通过对教徒两性态度改变的层层解析，将梵二会议后宗教改革为教徒带来的翻天覆地变化呈现给广大读者，这也是洛奇将创作重心由批判转向质疑的重要时期。

尽管洛奇对宗教制度持有怀疑态度，但是作为天主教家庭长大的作家，他自始至终没有否定信仰对教徒的慰藉功能，洛奇本人一直在“探寻走上现代与文化结合的天主教朝圣之旅的道路”。同时，他沿袭危机主题的结构主线，在20世纪末创作的作品中表现了明显的互动关系，即教徒追寻个人欲望进而达成愿望与宗教条例之间的相互渗透。由此可见，洛奇在创作中又赋予信仰以新的内涵，那就是对鲜活生命的现世诠释，为世俗此岸与信仰彼岸两个空间建构了一座沟通的桥梁。《天堂消息》是洛奇历经洗礼后，对宗教表现出缓和态度的作品，此部作品为危机主题引入了些许人文主义气息，鼓励教徒在现世生活空间中将关爱与责任放在重要位置，进而与宗教信仰和解、并行，并共同寻求更高层次的精神空间。在此部作品中，洛奇设置了乌苏拉姨妈简单而明智的反驳，给读者留下了过于幼稚、使用文字替代现实、毫无生活经验的印象。在某种意义上，任何这种精神信念的表述都必然是矛盾的，它所希望事物的证据与对未见事物的确信，预示着个人精神追求中的存在与缺席。书中人物伯纳德对信仰曲折的追寻正是洛奇个人思想的投射，他从放弃到回归，将来世天堂的幻想嵌入对现实美好生活的觊觎与苦苦追寻。不仅给予教徒以希望，还安抚其灵魂，虚构了天堂这一充满关爱与友善的极乐世界空间。值得注意的是，书中使用的术语和整本书都是“Paradise”，而不是“Heaven”。前者比后者更具有人性内涵。它的主要意义不仅仅是伊甸园这一空间，而且当用于指代天堂时，它通常表明天堂中的欢乐更多的是存在于人类现实生活中的，这是两个空间意义上的区别。既然伯纳德发现的是一个现实空间的极乐之地，那么这也印证了作品中尤兰德的决定——在地球上建立一个属于自己的天堂、自己的空间。宗教危机主题至此已经磨去锋利的锐角，取而代之的是脚踏实地地借宗教信仰安抚现世灵魂，提供精神寄托。同时，在此部小说的故事情节上洛奇没有采用后现代式的开放式结局，而是用现实主义手法为作品画上完满的句号，这也充分显示出洛奇对宗教信仰危机主题的处理进入缓和且宽容的时期。

进入与宗教信仰危机主题和解时期的洛奇并没有因此停滞不前，2008 年的作品《失聪宣判》被称为他的退休之作，此作品少了青年时期的犀利批判，淡化了中年时期积极的和解态度，而更加注重人文主义的细节，以此引发对危机主题中老年人退化、病痛和死亡的深刻反思。这一时期可以称为洛奇后宗教时代与传统宗教齐头并进的阶段，其中的相扶相悖，并没有完全颠覆宗教信仰与现实生活的和解关系，而是站在至高点回首过去，重新对宗教信仰进行解码、编码，将文学作品独特的自省功能纳入创作，实现对人生意义的进一步探知、自我提升与自我超越。如果说洛奇的前期作品是从空间叙事外在的观察、思考得以对宗教危机主题的延伸，那么这部《失聪宣判》则是洛奇将创作笔锋回转向个人精神空间的内省之作。同样延续着结构主义主线，洛奇将现实与创作交织、转换，将自己耳聋的事实引入此部作品中，将危机主题结构框架提升到一个新的高度，对死亡处之泰然，对新生命充满期盼，对生命的意义重新定义。这种对“先进”宗教的批判是对传统宗教的背离，为宗教生活带来了新的难题。尽管旧的方式削弱了对精神空间的需求并扭曲了一个人的感性和情感成熟，但新的方式也遏制了教徒对个人的宗教经验与对终极问题答案的渴望。因此，洛奇开辟了一种后现代主义的宗教空间，在这种空间中，旧宗教传统的确定性已经消失，从而使得教徒在未来的“先进”宗教上“脱离中心”。在洛奇的新宗教中，多维度世俗的现实生活将人文主义关怀注入作品创作，宗教救赎早已超越其字面含义，个人的自省与超越才是借宗教之手给予人类最完满的精神依靠，宗教在此时已经进化为帮助人类认识自我、警醒他人的载体。

（二）后现代主义文本虚实结合的二元对立与统一

洛奇在创作中除了沿用循序渐进的宗教危机主题框架以外，还注重在创作中进行理论实践，他运用后现代主义文学表现手法，尤其是出于对互文性理论的偏爱，为作品注入意义更为广泛的文学特性，从而对传统的雅各布森结构主义文学性进行完全解构。洛奇本人认为每一部文学作品中都该具有一个将全文统一的写作规则，他认为“结构总是在作品中起作用，只是有时候会失去效力或者作用被削弱而已，它是文本存在的中心，是文本的源头”。就如乔伊斯对他的深远影响一样，洛奇试图将诸如《尤利西斯》中奥德赛的神话引入他的创作，如此手法成就了洛奇运用互文性理论重新编织文本网络的最终梦想。

互文性理论的提出者是法国批评家克里斯蒂娃，它是将文本放置到广大政治、历史、哲学等意识空间网络中进行的广义文学性探讨，其中将借用、移置作为主要关键词。克里斯蒂娃强调了文本的不确定性和无限性，同时注重文本的自我书写功能和建构功能的双重意义。互文性概念中的“文本”取代了传统意义上的主体位置，它更强调话语客体多维度写作功能。除此之外，互文性中的“文本”指涉的是动态变化的话语群，是在文本运动中对实物传统意义的解构和对新生文本网络概念的重建，是一个自主运行的个体。由于受到罗兰·巴尔特“作者已死”理论影响，互文性理论打破了结构主义形而上学的狭义文学性范围，引入文本间性概念，丰富了文学间性内涵，从新的视角重新审视文学文本的自我解构与建构。

洛奇对互文性理论的实践体现在他的学院派小说中，如《小世界》（*Small World*）中对中世纪传奇的戏仿。洛奇采用具有讽刺意味的方式在后现代主义氛围中消解至高无上的权威、中心论，在叙事中传递“不可知”论调，在现实与虚幻、怪诞与滑稽中展现特定学术圈空间内的工作、生活与思想全貌，“读者也可以在重新审视艺术生产的同时获得愉悦”。当洛奇构思出学者周游世界参加各种国际会议研讨，并在情感与学术中产生相互竞争的情形时，异域空间中亚瑟王圆桌骑士找寻“圣杯”的传奇故事便跃入读者脑海。诺思洛普·弗莱认为这种情节相似性的结构借用不仅涉及文本指涉，“当我们阅读文本，我们的思绪有两个走向，一条是主线，思考阅读的文字含义；另一条是辅线，反映该词在文本外的阅读中存在于记忆里的广泛含义。”还通过对英雄传奇的滑稽、戏仿向读者暗示框架与空间叙事内容上的相似，正如此部小说的副标题所示“学者的罗曼史”。相比中世纪的骑士精神，学者们也在彼此竞争中寻找自己的“圣杯”，而区别在于他们的苦苦追寻已不再神圣和令人敬佩，取而代之的是对欲望的追逐和对情感幻象的执着需求。在《小世界》的空间叙事中，学术圣杯周围至高无上的荣耀光环已幻灭无踪，学者们对现世物质欲望的奢求被无限放大，戏拟的运用更使传统与现代、英雄与学者、虚幻与现实的对照鲜明无比。洛奇对小说中的人物名字也有互文性戏拟的考虑，因为他坚信名字是人物性格的一个重要组成部分，需要更多背景含义的考虑。正如热奈特所说：“任何作品中的名字、标题等都是阅读文本的入口，可称为副文本，它处于文本内外边界，控制着对整个文本的阅读。”学术界泰斗金·菲舍尔的名字来自渔王菲舍尔，是生命力的象征，在这里他是崭新学术活力复苏的象征人物。这种巧合是后现代互文性的典型代表，它的作用是提示读者对作者创作意图的深入猜测；同时，这种巧合安排也展现了学者们在心理空间中对新旧思想的接受与转换。

洛奇文本理论的另一个作用就是解构文本释义的可能性。他将纳博科夫的文字游戏概念引入文本写作，认为作家在写作中将自身犹疑置于创作文本中，这样的小说类型被称为元小说，洛奇称之为“问题小说”，即文本建构于现实与虚构空间之中。洛奇提倡运用元小说理论进行创作，主要集中在人物的第一次出场、嵌套式空间叙事结构的搭建以及拼贴等叙事策略中。在洛奇的小说《你能走多远?》中，小说叙事者多次毫无征兆地闯入故事空间并对故事发展加以评价，这个可靠的叙事者的出现恰恰使读者开始质疑小说的真实性和权威性，这种暴露手法最终达到了对虚构情节合理性的反讽，提醒读者阅读空间的界限，是“游戏”的开始。当叙事者提示读者他本人就是戴维·洛奇时，随即提到了洛奇的理论著作《小说的语言》和《大英博物馆在倒塌》中的“安全避孕法”，读者连贯的文本阅读被粗暴打断，彻底破坏了读者阅读的全知优越感。谈到洛奇元小说的嵌套结构，读者会不自然地对两种截然不同的文本（即两种不同文本空间）进行类比，如《好工作》中的课程讲稿被直接嵌套在文本中，一个是写实的经典文本空间，一个是虚实结合的后现代文本空间，小说人物无法摆脱嵌套结构的束缚，而这也印证了后现代写作特征。洛奇的另一部作品《天堂消息》将日记结构嵌套入文本，利用叙事者的原叙述，重现异域空间中《哈姆雷特》排演弑父戏剧的画中画、戏中戏结构。空间中的空间，表明了文本的虚构特质。伯纳德解释这种现象时提到令人惊奇的多种风格混搭，正如超级市场一样，包含着传统写作，也有创新写作。

洛奇小说的叙事技巧破坏了对末世焦虑的肯定和安慰的可能性。洛奇是一位多产的文学评论家，也是一位小说家，他撰写的大量关于后现代文学技巧的文章，有时会用他自己小说中的例子来说明他的理论。在《天堂消息》中，他运用了几种技巧来打乱大部分直截了当的现实叙事，将其推入元小说的自我意识叙事中，从而使读者失去稳定性并拒绝让他或她留在传统故事舒适的空间中。洛奇似乎喜欢转换剧本模式，以接近他的小说结尾。例如，《天堂消息》采取了与“新天主教徒”一起拍摄复活节庆祝电视纪录片的转录形式，而《换位》最后一章则采用了电影剧本的形式。洛奇在《小说的艺术》中解释说，他在《换位》中大部分采用的是传统写作形式，因为他在前面的章节中采用了许多其他类型的风格转换、时态转变、新闻报道、信件和其他文件的插入形式，他需要提供一些更引人注目的东西，以便结论不会虎头蛇尾。他还说，他希望以“激进的不确定性”结束小说。洛奇在《天堂消息》中也遵循类似的路线，叙述的部分内容是伯纳德的日记，部分内容是伯纳德旅行团各成员发送的一系列明信片，部分内容是来自尤兰德给伯纳德的一封长信。洛奇的元小说策略是对片段、体裁、形式的拼贴技巧，如一篇报纸文章，一则广告视频，以及一位游客制作的录像带。洛奇通过展示旅游团队成员之间的对话，以及他们对录像带上所发生事情的评论，构建了两个并行的叙述空间——一个是过去发生的事情，另一个是当前紧张的讨论。游客们在屏幕上表现出的对视频事件的反应，包括忽视、惊讶、娱乐或者尴尬，都被洛奇巧妙地编织进人为构建的细节叙事化结构之中。如此一系列的随机无序事件出自它们创造者的安排和设置，最终成就了“天堂”故事，显然这种意义与现实不符，因为它带有明显的人为痕迹。制作者因为他的“粗糙”制作而向观众致歉，但无聊的观众却表现出对自己出现在他人记忆空间中的极大兴趣，他们的笑声、欢呼声出现在另一个故事空间中，仿佛在同一时刻展现了两个空间维度。他借用绘画技巧引经据典，将自己喜爱的作家艾略特、乔伊斯等请进文本，强调文本世界的虚构性、不确定性与游戏特点，将事实碎片化，无序化。在这种反规则的写作技巧中，堆砌着细节与言语碎片，标志着作者对传统的颠覆和对自身写作意图的质疑。

洛奇元小说特性可以说是作者自我意识在其作品中的实践，在自相矛盾的故事细节中将“拿来主义”进行到底，信手拈来他人作品的碎片，构建了元小说的片段网络。可以说，这是元小说中典型的拼贴技巧，也是很多后现代作家青睐的行文技巧。就根源来说，拼贴手法的产生来源于绘画技巧，就是将画家随手可得的各种材质粘贴在画布上，而“拼贴”这一特立独行的绘画技巧被移置到文学创作中。跨专业词语、文献、报刊、电报、广告、日记都已经被运用到现代文学的创作中，《地铁车站》的作者庞德、《荒原》的作者艾略特以及洛奇钟爱的《尤利西斯》的作者乔伊斯均是拼贴技巧的运用高手，也是他们立足于 20 世纪文坛的艺术原则。可以说，拼贴无处不在，它占据了一个特定时期的大部分艺术实践形式。洛奇认为“乔伊斯创造闪回片段的文学手法，正如伍尔夫一样，我们的思想变换迅速且由无数碎片组成来表现人物的内心独白，而不是语言。洛奇的碎片拼贴手法运用主要集中体现在他的《大英博物馆在倒塌》中，其中的元小说与互文性凸显了洛奇浓重的英国现代文学创作意识，而《小世界》中的各种文学批评理论将这部著名的校园三部曲之一提升到文学专业理论用书之列。例如，其中涉及十四个看似毫无关联的词句并置于文本中，从而给了读者更广阔的思考与想象空间，也突破了传统小说固有的空间叙事形式，营造了强烈的艺术冲突审美空间，达到了结构主义无法言表的艺术效果。尽管洛奇本人大张旗鼓地运用拼贴技巧，但他仍然认为英国文学界对此法抱有过分的偏见。在为现实主义注入新鲜血液与活力的同时，洛奇认为文学界也应该对此法在现代主义文学作品中的运用持保留态度。

（三）双重意识间的“对话”关系

洛奇在建构文本结构时尤其受到许多文学伟人的影响，如果说乔伊斯对洛奇互文性创作实践有着被借鉴与借鉴关系，那么巴赫金则是对洛奇的互文性理论体系的构建提供了创作意识上的坚实基础。洛奇曾评价巴赫金的成就：“是在布满荆棘坎坷中取得的非凡卓越的傲人业绩。”连克里斯蒂娃本人也认为：“巴赫金在对话关系中潜移默化地建构了人物性格的对立面，他是一个思考者，他注重类比、相互关系与对立。”

从洛奇个人的写作经历以及阅读散文小说的角度看来，他可以熟练地表现小说艺术的真实性，却在创作初期对小说批评做不到同等的公正。洛奇本人将其归结为诗学对他的影响，因为早期的洛奇认为，明确或隐晦的批评理论基础一直是诗歌享有的特权。正如巴赫金所说：“一种源于经典诗歌体裁——史诗般的抒情悲剧是不适用于散文小说的。”巴赫金认为，语言的本质是具有社会性或对话性的，“生活对话中的词语可以公然地、直接地指向未来的答案词，引发了答案，预测了答案，进而按照答案的方向逐步建构自己。”因此，小说在现代的主导地位因其能够与丰富多样的人类言论相匹配，并尊重多样性体现的意识形态自由而得到解释和证明。

巴赫金将话语分为三个类型：第一，作者的直接陈述。这意味着作者作为文本的编码，是一个客观而可靠的叙述声音。第二，文学作品中人物的代表性发言。这可以用直接言语表示或内心独白，抑或是那些属于角色的语言而非叙述者自由间接的报道风格。第三，双重话语。洛奇认为它包括所有的言论，这些言论涉及另一个发言人的另一种言语行为。第三类是巴赫金最原创、最有价值的贡献，他又将双重话语分为“仿格”“故事”“戏仿”以及“暗辩”四个子类。“仿格”是指借用他人话语，以服务于自己写作意图为目的，被用来构建叙述者与作者间的距离，尤其是叙述者是独自一个人叙述自己的故事。当这种叙述具有口头言语的叙述特性时，便称之为“故事”。“戏仿”与“仿格”有着本质区别，“戏仿”是当他人的话语被借用并转向与原意相反的含义时，形成的两种话语的冲突与对立。“暗辩”则是一种文本中缺失的言语行为，隐蔽在主人公的潜意识中形成双重话语，嵌入了思想意识矛盾活动的他者声音，做出陈述、辩驳或假设的隐蔽言语行为。对于巴赫金的这种双重话语，在大多数前期小说叙事（骑士文学，道德寓言）中出现过，叙述者不仅在故事中强加了自己的叙事框架，而且还让角色使用与他自己相同的语言，18—19 世纪的小说只能有限地使用这种双重话语。洛奇指出：“很明显，完全的对话小说是相对现代的产物，其特点是巴赫金的第一类话语范畴的衰弱以及第二类和第三类话语范畴越来越微妙和复杂的发展。”

因此，在任何文本中，读者都会意识到作者没有直接对他说话，而是通过某些人物或角色的代表性话语、某些可识别的文学风格，其中都有双重话语的现象。“而在作者的沉默与叙述者讲述间更容易产生解释性问题。”巴赫金乐于运用第三类双重话语中的第四子类“暗辩”，这引起了洛奇的特殊关注，它是指预期另一种言语行为，而不是以文字化和戏仿的方式在实际文本中口头唤起。而“暗辩”与其他三个子类“仿格”“故事”“戏仿”均大量出现在乔伊斯的《尤利西斯》的后几个章节中，这也是对巴赫金双重话语的认可。

在巴赫金的理论中，双重话语实际是“对话”的同义词，他认为多于单声部发声的话语具有语言基本的对话特征。正如上文提到，处于生活对话范畴的话语是直接的，可以公然地面向未来的答案词，它指向一个答案，加以预测，并在此基础上构建自己。《尤利西斯》这部小说在文学形式中是至高无上的，它表明了这一过程的实施过程，是评价对话理论的重要基础。受到巴赫金对话理论影响的乔伊斯也影响着洛奇的文学创作。

对话理论被洛奇应用于修补传统结构主义与后现代主义创作意识与实践裂缝，是洛奇文学理论与文学实践的黏合剂。洛奇在对话理论中主要致力于探寻文学言语与语言特性的对话关系。巴赫金的对话理论强调言语的形式与产生言语的主体存在某种关系，这种关系明确了对话内容，而文学的表现力在于不能依赖作者描述的主人公与读者空间存在的相互信任，而是读者在阅读空间中理解到的言语逻辑与社会性特征，这种带有社会性的言语背景才能彻底揭示作者通过话语与读者共同激发出的社会意识。巴赫金的对话理论并不缺少相关的对话元素，并且是通过话语体现出的对话含义，但是发声于不同的对话主体，立场也是不尽相同的，如此才能形成鲜明的对话。缺少相互指涉的文本话语是根本不存在的，其中有两个主体，二者具有潜在的对话关系，无论文学创作的主题如何，它都是非原创的，而是作者无法避免地与前人涉及的相关话语的相互指涉。文学作品中存在的对话现象都是对各种言语的联想，所有言语在行文中都必不可少地与其他言语发生关联与作用。当今所有言语均具有相关性，只有创世纪人物才具有原创性。如此，从狭义角度来看，互文性可以渗透进文本空间，而从广义角度来看对话理论，它可以囊括整个社会的、文化的和历史的世界空间。洛奇对巴赫金对话理论的实践集中于他的校园小说系列，对他而言，对话理论不单具有文学修饰作用，更重要的是它是文本结构搭建的决定性要素。洛奇对文学创作具有强烈的自主意识，强调作者与读者间的空间游戏关系，而小说本身就是游戏载体。作者除了对文本结构有指导性，同时也处于与读者相同的位置，时常邀请多种文体及不同空间领域引文介入创作文本。在这一点上，巴赫金与克里斯蒂娃达成了共识，他们都认为："作者作为主体渠道，将文本性与其他因素共同输入对话关系中，而读者的位置取决于使用哪种媒介。"

在洛奇的创作中一直都存在着二元对立关系，而巴赫金的对话理论强化了这种二元关系以及对双重意识的建构。在《你能走多远?》中，洛奇偏重于地狱和天堂、肉体与灵魂、宗教改革与保守的双重意识范式；而《好工作》中的工业化与社会化、《想》中的科学与人文的种种冲突都与学科互通，他将文本中多种声音的对话表达得恰到好处，对话性自然产生。《你能走多远?》中宗教与世俗世界的对话、来世空间与现世世界的对话，《失聪宣判》中对死亡与生命意义的人文主义对话等，使洛奇的创作中充满了空间对话的可能性。这种"中立者"角色充分调和了对话主体间的矛盾，也调和了结构主义与后现代主义文学间的主题危机与形式冲突。

这种结构主义与后现代主义相悖相融的理论与实践是洛奇文学创作中值得重视的地方，尽管洛奇坚持用结构主义者的观点构建他的校园系列小说，时而有结构主义行文的特点，但他将作品置于后现代文本语境中揭示话语的多重意义。洛奇按照传统写作的特点将历时写作与宗教主题作为结构主义建构的框架，在时间的维度中最终完成不同梯度叙述的整合与统一，同时，利用后现代创作中的碎片与不确定性彻底解构了文本空间的连续性，将后结构主义中的文学性在不断瓦解破碎的空间行进中得以发展，互文性起到了重要的解构作用。如此形成的两股相悖的结构与解构力量促成了洛奇小说创作相悖模式的形成，而这种相悖恰恰是促进结构主义与解构主义内在相互作用、相互对话的开始，最终形成了洛奇小说现实性与实验性的对立统一。两股力量都在文本中注入新的活力，不是毁灭，而是在结构与解构中浴火重生，在相悖相融的冲突中达成和解。

二、叙事性联系与空间叙事的认知功能

叙事中将叙事线索相互联系形成某一共同主题的叙事模式可以称之为主题叙事。主题叙事中的“主题”是维系作品灵魂之所在，从文本架构上可以看出情节线索的并行，但是线索间可以没有特定关联，也可以不按照时间线性顺序出现排列，各条线索的主叙事和子叙事可以互换顺序，不影响文本的叙事和核心内容的表达。从经典叙事学角度出发，“主题”即“场所”，“场所”即“空间”，因此，围绕主题的叙事应该归为空间叙事。关于叙事的作品种类繁多，可以通过所有能想到的媒介表达。在罗兰·巴特的《叙事作品结构分析导论》一文中，他提到：文学叙事作品繁多，任何事件都适用于叙事，各种形式上的叙事或是书面的，或是口头的，有声的或是有形的，适用于所有材质的混搭。世界充满了传统叙事，如神话、寓言、喜剧、悲剧、新闻等，并且以更为丰富的方式存在于所有时代、所有角落。尽管如此，大多数的叙事学家都把注意力放在了小说上，无论结构还是行文都是从线性时间顺序考虑的，经典叙事和后经典叙事都是如此。

近年来，学界学者们对空间叙事的关注度逐渐提升，也更加关注用文字叙事的作品中由复合线索形成的“空间模式”，笔者也展开了对“空间叙事模型”的思考。正如上文阐述的空间叙事的结构特性——语言图像化，它是考察图像与文字叙事间的相互差异以及转化的过程，是对直观视觉化的探讨，而本章将要考虑的是区别于上文空间形式的另一种“空间”，这是多重线索汇聚在一起形成的，读者只有通过思考才能找到的空间结构。

当读者读到由多重线索构成的毫无因果联系的叙事情节时，是靠什么将这些线索进行“叙事性联系”而形成一部作品的呢？我们可以从经典叙事学角度首先明确一个完整叙事行为的构成：事件——“也就是从混沌的事件之海中选择部分有意义的事件作为叙述的对象；其次是赋予选出的事件以某种‘秩序’，也就是把这些事件组合或‘编织’成完整的叙事文本。”显然，传统叙事文学作品将注意力集中在前者“事件”上，他们更加关注要“写什么”，而随着时代的发展，叙事者将注意力转向后者“秩序”，着眼于如何编织故事情节，如何将它们组织在一起，此时的叙事者不再关注事件的质量，而是更加重视如何运用叙事技巧。显然，传统的现实小说或历史题材文学作品符合第一点，而现代虚构类作品，尤其是小说则更重视后者。潘诺夫斯基[①]曾在他的论文《作为人文学科的艺术史》中提到：“将材料组织成自然宇宙和文化宇宙所采取的一系列步骤：第一步是观察自然现象和研究人类记录；第二步必须对这些记录进行破译和解释，诚如自然现象观察者面对自然信息那样；最后一步必须将其结果分类、调整，使之纳入一个合理的有意义的体系。”其所说的“将结果纳入一个有意义的体系”便是将多重线索整理归纳，它比挖掘事件本身更为重要，因为一部文学叙事作品的核心灵魂往往是隐藏在模式和文本结构中，需要读者去发现的。这种发现的过程便是上文提到的叙事文本的“叙事性联系”，与文本主题息息相关。

“叙事性联系”一词是由诺埃尔·卡罗尔[②]提出的，他认为叙事性联系必须满足两个条件：第一，两个或两个以上的事件；第二，这些事件具有同一主题，并有着清晰的时间线。显然，如果仅仅满足第二个条件，那只能称之为“事件”的罗列，它们之间如果没有围绕着

---

① 即埃拉斯穆斯·潘诺夫斯基，德国出生的美国艺术史家。他主要研究文艺复兴时期的艺术，被认为是 20 世纪最重要的艺术史学家之一。

② 诺埃尔·卡罗尔，美国当代重要的经验论美学家和艺术理论家之一。

一个主题是不足以形成"叙事性联系"的；反之亦然，只有主题，但缺乏时间线索，那只能叫记录，并不是生动且鲜活灵动的叙事。卡罗尔的论述对待单一线索的叙事作品是可行的，但是随着现代与后现代作品的出现，在多重复杂叙事线索的叙事作品中，他的理论便显得毫无说服力。例如多个事件同时发生，没有时间顺序，在空间上也相距甚远，那又如何判断这类作品的叙事模式呢？这便是我们即将要探讨的空间叙事中的主题并置问题。如第三章中曾经谈及的空间叙事中的结构阐释以及非线性结构并置，都是从空间模式角度进行的探讨，而本节探讨的是围绕某一观点或主题展开的故事情节的集合，它们不再有单一线索特定的因果关系，也没有清晰的时间线，它们在文中的位置都是服从同一主题而展开的。因此，比起第三章的结构并置，本章更重视叙事文本的思想意识层面，探讨是如何通过上一层的结构叙事进行更加深入的主题叙事，这也是叙事中空间的转换过程。空间叙事的界限在哪里是不清晰的，在于它是从哪个角度开始的。苏珊·弗里德曼的《空间诗学与阿兰达蒂·洛伊的〈微物之神〉》中提到："空间的唯心性、抽象性和虚幻性保证了它的意义上的建构活力。"诺伯格·舒尔茨[①]在其著作中提到：空间是隐藏在人意识深层的认知体系，读者在阅读中会开启此认知功能。可见，空间具有认知属性，无论是文学研究还是艺术或哲学领域的空间研究都是具有意识层面的，如果单单讨论文学研究领域，究其本质，空间叙事研究实质上是对空间认知机制的考察，这也是上文提到的读者如何通过思考找到文本的空间结构。

总之，文学作品中的叙事元素首先与空间相关，并且具有唯心特征，这是关于人类意识层面以及思维模式的认知；其次其区别于历时性，需要具有共时性特征，这种特征体现在复杂的时间线索上，同时

① 即克里斯蒂安·诺伯格·舒尔茨，挪威奥斯陆大学建筑学院院长。

表现的是某一事件的反复出现，地点间边界的变换，或是某一事物在不同空间的并置特征；最后，是叙事元素在空间叙事中的能指功能，这些功能参与了文本意义的统一构建，直接指涉了该文本的主题，这种统一的文本意义构建可以是空间的相互交互、相互平行或是相互对抗。

三、主题并置的“空间活力”与后现代特征陌生化的“空间张力”

多重线索的叙事我们可以称之为主题并置的空间叙事，它有以下特征：第一，主题先行且突出，是所有叙事线索的媒介与纽带；第二，从结构上看，是多重线索的并行发展；第三，线索间没有明显的因果关系，时间也是错乱的；第四，各线索间顺序可以打乱重组，不影响原文本叙事。这四种主题并置的空间叙事特征，都是在意识维度与认知范畴中存在的，在洛奇的作品中是有迹可循的。梅里特·莫斯利在其作品《戴维·洛奇：你能走多远?》一书中提到：洛奇的文学创作中具有很多突出特点，其中最醒目的便是对文本架构的设计以及人物的设置。洛奇惯用多条线索并置，摆脱了传统现实小说的情节设计与人物安排，将所有元素在形式上随机安置，实际上是具有内在关联产生作用的。罗伯特·莫雷斯也曾提到：洛奇早期作品中凸显的二元特征，在他的《换位》中更为明显。两位学者都评价了洛奇创作中的空间平行结构，也就是并置，即通过多重线索勾勒出一幅全球学者互动的全景图。读者可以发现，洛奇的《换位》中两条并行的情节线索分别随着主人公场所、情感、生活习惯以及心理变化而发生改变；《小世界》中通过对多个人物的并置与情节并置，向读者展现了仿若骑士勇夺圣杯般的学者互动；《好工作》中将不同场景进行并置，逐渐推演出故事发展态势；《治疗》中将天主教徒的中年与老年危机主题上升到教徒意识层面，表达出对精神空间与心理空间沉沦的叹息与期望得到救赎的愿景。《想……》中体现的是科技与文学间的“对话”并置；《失聪宣判》则是对生命与死亡主题的交叉探讨，平行并置的人物将两个极端主题推向高潮。简而言之，洛奇的文学创作不仅是主题并置，更深一层其实是二元对立统一的有机结合，这一点不单符合巴赫金的对话理论，同时也符合克里斯蒂娃的文本互文理论。

《换位》中的空间叙事模式为历时性特征被共时性特征所取代，小说中频繁出现的“同时”“此刻”等词语表现出事件在时间上的统一和空间上的转换，尽管这样，被叙述事件的抽象特征或反映出的现象本质是相同的，这便是对线索的并置和主题的潜在统一。“巧合”是这部作品中出现最多的细节，单凭结局终章中两架载有两男两女的飞机飞向纽约时，在半途差点相撞的情节设置，便可以看出其叙事空间的终极压缩与共时性特征发挥到了极致。

内景：飞机驾驶舱，VC10——午后。英国机长扫视天空，往右方看。

特写镜头：英国机长神情慌张。

切换到：

内景：飞机驾驶舱：波音707——午后。特写镜头：美国机长一脸惊恐。

切换到：

内景：飞机驾驶舱：VC10——午后。从英国机长的身后望去，可以看到距离可怕的波音707，正和VC10擦身飞过，机身一斜以免相撞。英国机长操纵控制柄向反方向倾斜。

这一部分中场景的切换，明显是叙事空间的共时性切换，由于终章前每一章节都呈现出并置线索的纷繁复杂，随着故事情节的发展才逐渐使事件丰满起来，其中两章“通信”与“读报”又为叙事空间留有空白，将叙事思绪引向陌生化特征的异质媒介，因此加强了整部作品的空间“活力”。

除了共时性特征之外，洛奇作品中还具有叙事中的时间倒叙特征，是指：在文本行文过程中对之前发生一切的叙述。例如，《换位》中，两位学者在交换项目发生之前的婚姻状况、学历背景以及生活状态，都是通过碎片式的回忆交叉出现在文中的，而此时的回忆时间已经超出了小说的时间线，这就是热奈特①所提及的“外倒叙”，即通过读者阅读作品时的自我梳理，对文本叙事进行的深层次意识空间进行梳理，才能够达到捋顺菲利普·斯沃洛与莫里斯·扎普求学以及学术生涯前半段的脉络。如果说事件的共时性和主题并置是一棵参天大树，那么这种对文本情节的外围补充，可以被看作大树的旁枝，向外延展，在读者缜密的思考中形成完整的文本叙事模式的空间图像。

除了碎片式的外倒叙叙事，我们在洛奇的作品中还可以发现具有完整故事情节的内嵌式叙事与文本理论的嵌入式叙事。此两类叙事与文本主题并行。这种故事中的故事、叙事中的叙事形式在《好工作》中突出了文本的中心主旨；《天堂消息》中男主的身世与情感、信仰等一系列的转变都是以日记叙事形式出现在文本中的，这是不同文学体裁的嵌入；同样，小说中的电影形成了如莎士比亚经典剧目的戏中戏，“看录像的人对镜头里的自己报以阵阵大笑，有欢笑也有嘲笑。”也可以说这是虚构中的虚构、空间套盒中的套盒，使读者对阅读文本产生陌生感，同时也产生了虚构空间中的对话效应。《好工作》中由罗芬向彭妮叙述的风流事件，可以看成故事中的故事，不仅在文本空间架构中充当了重要支撑枝干，同时也对文本框架的叙事作用做一补足，凸显了文本中对主题的并置实现了“主题功能”。在这种嵌入式

---

① 即热拉尔·热奈特，著名的法国文学理论家和批评家，被认为是20世纪60至80年代法国结构主义新批评的代表人物之一，同时也是欧洲经典叙述学的奠基人和重要代表。

的框架中，主人公间不同时间段的对话使读者切换于不同场所空间，罗芬与彭妮的对话、罗芬与维克的对话以及罗芬与维克女儿桑德拉之间的对话，涉及了不同时间层。这种写作方式，使读者往复于不同的思维意识空间，强化了对时间异质的空间思考，特别是文本中的直接引语和间接引语更加给予读者视觉上的暗示，使其在潜意识中进行场所空间的切换，辅助文本形成抽象的架构图式。不得不说，这种叙事中话语方式的交替，为读者阅读带来了难度，也为主题的空间化演绎强化了陌生化的效果。通过这种嵌入式的文本叙事，洛奇的这部《好工作》从第一叙事层面对人物鲜明性格与产生冲突的刻画，有效地表达了洛奇从更深层叙事中，将工业社会与学院文化间硬核实业与学术软实力结合的主题思路，进而将当时英国小说的文学传统叙事领域进一步拓宽，在坚持现实主义传统小说写作的同时，大胆探索对文本叙事有益的现代和后现代小说写作技巧，提升了洛奇小说创作的叙事价值。正如在英国文学评论家伯纳德·伯冈兹对洛奇的采访过程中，洛奇以多丽丝·莱辛[①]的《金色笔记》为例提到的：本书中莱辛似乎感觉到现实主义小说的局限问题，并将这种认知带入她的文学创作中。接着读者便会在强烈的传统小说责任感与大胆创新写作形式间找到一种具有趣味性、有效的创作力量，最终解决很多介于现实与艺术的疑难问题。

正如上文论述涉及的主题并置，空间叙事不仅具有多重线索的共时性，同时具有陌生性，这种陌生性指的是具有技巧的叙事方式，有助于作者建构整部空间叙事作品。弗兰克曾在他的《现代小说中的空间形式》中提到："成功的空间形式小说必须从小说的技巧中创造自己的意义。"读者在阅读空间小说中可以体会到纷乱庞杂难以梳理的

① 多丽丝·莱辛，英国女作家，被誉为伍尔夫之后最伟大的女性作家，并几次获得诺贝尔文学奖提名及多个世界级文学奖项。

内容头绪，这种阅读中的支离破碎使人具有强烈的挫败感。区别于传统纪实类小说，现代作品中表现的浮躁人世与社会的光怪陆离为阅读增加了难度。现代与后现代叙事作品中的情节碎片将叙事空间割裂为若干部分，众碎片间的相互并置、讽刺、互文与戏仿构成了作品的叙事模式陌生化特征，也可以将这种叙事技巧归纳为具有拱顶式架构的空间形式，这是叙事作品中内容与逻辑间的空间逻辑关系，也是充盈在读者心理空间的混乱与无序。这种混乱与无序将陌生化放大，实现了在阅读中的“空间张力”，与主题并置相辅相成。这种混乱与无序也可以解释为洛奇对小说创作的实验性尝试，也是他对现代以及后现代写作技巧的实践。同样是《换位》这部作品，在第二章中，扎普朗读了一段《小说作法大家谈》的内容：

有三种类型的故事：结局美满、结局不美满、结局既非美满也非不美满，或者换句话说，压根没有结局。

最好的小说是结局美满的那种；次好的是结局不美满的那种；最差的是根本没有结局的。新手最好从第一种类型开始练笔。事实上，除非你有天分，否则就不要尝试其他种类。

讽刺的是，《换位》便是以第三种方式，即没有结局的方式结尾的，这是洛奇对传统小说写作墨守成规的嘲讽。在第三章“通信”中布鲁姆写信对斯沃洛说：“你仍要我把《小说作法大家谈》寄过去吗？真是本有趣的小书。有一整章是关于如何写部书信体小说的，但是从18世纪以来肯定就没人这么做了吧？”这是写作纲要的嵌入式写作，是洛奇嘲讽并试图提醒传统写作中过于古板的形式。对这部小说，洛奇以戛然而止的方式结束，这是现代或是后现代文学创作中对读者阅读上的震慑，以防止其与传统写作文本间界限模糊不清。

洛奇的另一部小说《小世界》被约翰·法韦尔称之为“各种文学理论的百科全书”，读者可以找到各类批评理论的影子，如索绪尔、巴特的结构主义和后结构主义，德里达的解构主义等，其中最为突出的是对浪漫传奇文学与解构主义作为故事情节的反复叙述，这也是洛奇关注的中心。如果说《换位》中斯沃洛宣称现实主义小说正在死亡，那么在这部作品之后的《小世界》，便是洛奇对写作技巧的有力实践。洛奇引用霍桑《七个尖角顶的宅第》的序作为卷首语指出：在文学创作中，当作家把作品称之为传奇，那么可以推断出此部作品无论是形式还是内容都具有自由性，但当他指出自己的文学作品是小说，那么就无从谈起自由了。他就是在篇首提醒广大读者关注浪漫传奇的写作特征和互文性的心理预期，也是提醒读者请做好闯入广阔文本世界的准备。弗莱曾在他的《浪漫传奇结构研究》一书中提到："浪漫传奇常常循环往复地讲述先前已被讲述过的故事和使用过的母题。"这种往复讲述和指涉也就是洛奇小说中关于浪漫传奇以及其他文本与《小世界》这部小说的文本互文和戏仿关系。

"当四月以清新的阵雨根除了三月的干旱，将每一寸土地沐浴在使花朵孕育、绽放的雨水之中，当和风也以怡人的气息唤醒每一处矮树林和每一片石楠荒野上的嫩枝，青春的太阳走完白羊星座的一半，整夜睡觉的小鸟睁开眼睛鸣唱，这时候，如诗人杰弗里乔叟许多年之前所说，人们便渴望去朝圣了。只不过，如今专业人士不说朝圣，而说去开会。"

读者开篇阅读时，便迎来这一段熟悉的描述，阅读思绪陡然迁徙跳跃到乔叟时期的朝圣之旅，这种阅读中的空间跳跃使洛奇的读者在开篇便体会到文本的相互指涉之趣。小说的整体构思是以亚瑟王圆桌骑士传奇为参照展开的，无论是情节、人物还是主题表达都可以找到圣杯传奇的影子。学生对珀斯说的话语中充满传奇的意义：圆桌骑士找寻圣杯仅仅是宗教传奇，其中蕴含的真正教育意义在于关于生命的持续更替。这部小说最明显的特点就是对"圣杯"的借用，圣杯传奇起源于土地肥沃仪式[①]，骑士们为了找寻圣杯来到渔王管辖的贫瘠干涸的土地，渔王的衰老预示着土地生殖繁衍的衰败，而他的死而复生体现了具有自我牺牲精神的渔王与他的土地和人民间命运共同体的无形联系。除了情节，关于人物名称的戏仿也是洛奇考虑的范畴，小说中金费舍尔的名字取自渔王之名，他同样失去了生殖能力，通过珀斯的提问才获得修复与治愈。除此之外，《小世界》中还回响着其他文本的声音，正如前文所述，洛奇对互文性的灵活运用，敞开了阅读空间的大门，其中包括对《仙后》《坎特伯雷集》《疯狂的奥兰多》及《荒原》等作品的指涉。这部作品中真正营造了一个文本世界空间，复杂而多声部，相互独立而又相互指涉关联，犹如空间中形成的一张大网，牵一线而动全身，这对读者的阅读经历提出了很大的挑战，对主题的整体建构也产生了影响。这部作品的整体构思、情节设定以及人物塑造均体现出洛奇对空间叙事的关注以及对后现代写作的主题演绎。

四、本章小结

洛奇的创作中还具有空间叙事的认知功能，以及主题并置的“空间活力”特征和后现代写作陌生化的“空间张力”特征。与空间结构形式相比，洛奇创作中的空间叙事本质上是读者对空间结构的发现，是对空间认知机制的考察，是人类意识层面以及思维模式的认知。洛奇作品中的主题并置更注重叙事文本的思想意识层面，探讨如何通过第一层的结构阐释、第二层的主体阐释进行更加深入的后现代主题阐释与演绎，这也是叙事中空间的切换过程，表现了空间的活力与张力。洛奇的作品中具有深刻的认知与活跃的意识，主题并置具有共时

---

① 土地肥沃仪式，是西方中世纪传说和宗教仪式中的一个重要概念，其起源和演变与古代农业社会对丰收和繁荣的渴望密切相关。

性特征，这种特征体现在复杂的时间线索上，同时表现的是某一事件的反复出现、地点间边界的变换，或是某一事物在不同空间的并置特征。这种特征在空间叙事中具有能指功能，这些功能参与了文本意义的统一构建，直接指涉了该文本的主题，这种统一的文本意义构建可以是空间的相互交互、相互平行或是相互对抗。洛奇叙事作品中的情节碎片将叙事空间割裂为若干部分，众碎片间的相互并置、讽刺、互文与戏仿构成了作品的叙事模式陌生化特征。我们也可以将这种叙事技巧归纳为具有拱顶式架构的空间形式，这是叙事作品中内容与逻辑间的空间逻辑关系，也是充盈在读者心理空间的混乱与无序。这种混乱与无序将陌生化放大，实现了在阅读中的“空间张力”，与主题并置相辅相成。

第六章　结　论

20 世纪初是现代文学的开端，传统的时间观念已经被空间观念所取代，历时与共时发生了角色转变，现代文学试图达成二者的妥协与融合，将历时性事件纳入共时性空间中来，从而达到空间的纵深性。空间不是叙事中可见的外部表象，而是条条由外及内逐渐延伸、触及叙事内部结构与发展的动脉，且空间叙事具有动态进化和认知功能。戴维·洛奇文学创作中具有以上明显的空间叙事特征，并且形成了他个人文学创作中空间叙事的架构体系：从结构阐释到主体阐释，再到后现代主题阐释，这是空间叙事由表及里、由结构模式到思想意识，再到空间结构思维模式认知的纵深性特征表现；思想意识的空间二元对立、关于宗教关系的空间并置、阅读与意识空间的切换，以及大小叙事的空间移位充分显现了洛奇创作中空间叙事的动态演变与进化过程；而结合对读者空间结构的思考，以及主题并置的“空间活力”与后现代写作陌生化的“空间张力”，更能凸显洛奇在创作中植入的空间叙事的认知功能。

首先，从洛奇的空间叙事结构特征中，可以看出洛奇对文学文本中特定的叙事元素进行形式主义批评的可行性——即如何通过次序和视角等组织安排对文学文本进行剖析，从语言形式的表层结构自由穿梭到深层结构，这也是对文本的立体空间化批评的可行性实施。当文本中发生事件延续历时线性发展，而叙事时间是多维度推进时，二者不可能同时发展，顾此失彼之时便是事件中故事时间中断进入叙事时间的时刻，这是共时性的，是具有空间叙事特征的。作为一位具有独特创作视角与自觉引发读者阅读意识的作家，洛奇通过文本形式的多变与文本间的互文性，在读者阅读中建造了一个宏大的小说空间。如果读者想要进一步参与作者的创作，理解他的创作意图，就要努力反复参照小说情节以及参照前后文阅读与回忆，进一步整合头脑中的图像，如此，便形成了典型的作者空间创作和读者在此空间的阅读。这种洛奇作品中图像的整合，是话语的图像化，是帮助读者理解意义的不确定性，而非坚持现实小说与现代、后现代的非此即彼，对此他表现了包容的态度，但不会用接近荒谬的碎片化处理以及无规则切分影响读者的文本视觉化，从而影响读者对整部作品的理解与认知。除此之外，洛奇作品中的社会与个人空间也具有重要意义，具体表现为社会性别空间，是通过社会公共环境这个大背景建立的具有两性特点的不同观念与思想意识存在的社会空间，既可以是公共的空间结构又可以是私人的空间结构，其中的轻重与否是由当时具有话语权的一方支配的，是双方思想斗争的产物。洛奇作品中的社会性别空间是动态变化与可重置的，从女性对男性“空间的僭越”，到男性空间的萎缩，在女性人物意识觉醒的同时，女性私人空间也在逐步扩大，其间的空间二元对立促使小说中的男女主人公努力找寻自己的平衡点，公共空间与私人空间的界限开始变化、意义将被重置。在洛奇的文学创作中，宗教情感作为精神动力之源，在洛奇心中时刻充满着灵魂与欲望激烈的撞击，它向读者充分阐释了天主教徒对宗教完满的精神寄托，以及灵魂慰藉与教徒现实生活的矛盾。同时，在对全能上帝的认知下，在对抗时间与空间的掌控中，在矛盾相互抗衡与冲撞中，洛奇凭借着敏锐的洞察力与独特的批评视角不断调整其在天主教小说创作中的位置，从愤怒而激烈的批判到深入切肤的质疑与思考，从时间与空间对宗教精神寄托的理解与宽容到对新天主教理想“人文主义关怀”

的憧憬与期望，洛奇在时间与空间上都经历了天主教小说创作的重大变革，同时也为读者展开了具有普遍而深刻现实意义的宗教人文主义价值观。

其次，在庞大的文本网络中，洛奇的文学创作并没有迷失方向。受亨利·詹姆斯的影响，洛奇的作品从不同空间视角主观或客观地看待同一发生事件，并且在事件中隐藏文本，实现互文性网络的编织，时刻提醒读者阅读空间与意识空间的频频切换与分裂，在空间交错中感受文本的感质。而从另一个角度，洛奇小说中读者还可以通过不同于他们自己的个人意识而感受他人意识，这种个人意识与大众意识间的切换，完全是依据读者个人的经历，因此人的意识是具有空间叙事特征的。于是，洛奇的创作关注点开始逐渐转向对人物内心活动的刻画，努力用个人意识对客观现实进行重构，打破传统小说叙事空间的局限性以及人类理解的局限性。它的作用是帮助读者在阅读中逐步建立个人主观意识顺畅运行的时空框架，不完全依赖第三人称叙事，将个人主观意识引入阅读过程，换句话说，也就是读者与不可靠叙事者共同进行文本理解与分析，这一过程是动态的、时时刻刻切换的，是具有空间叙事特征的。洛奇作为具有双重身份的作家与文学批评家，他的贡献已经超出文学疆界并对文化研究产生了巨大影响，其原因就在于洛奇自身的宗教背景以及宗教观念。洛奇的天主教宗教背景对他的文学叙事影响巨大，从空间叙事角度分析，无论是从线性传统的叙事中排除其他平行叙事，还是从宗教文化大叙事的连贯单一身份叙事中的多维空间争论——各种洛奇式小叙事间的对话来看，都可以看出洛奇的大叙事与小叙事均承担着不同故事之间、既共存又无衡量标准的叙事责任。在大、小叙事间存在着空间上的动态切换，预示着洛奇在宗教文化大叙事背景下的个人意识波动。

最后，洛奇的创作中还具有空间叙事的认知功能，以及主题并置的“空间活力”特征和后现代写作陌生化的“空间张力”特征。与空间结构形式相比，洛奇创作中的空间叙事本质上是读者对空间结构的发现，是对空间认知机制的考察，是人类意识层面以及思维模式的认知。洛奇作品中的主题并置更注重叙事文本的思想意识层面，探讨的是如何通过第一层的结构阐释、第二层的主体阐释进行更加深入的后现代主题阐释与演绎，这也是叙事中空间的切换过程，表现了空间的活力与张力。洛奇的作品中具有深刻的认知与活跃的意识，主题并置具有共时性特征。这种特征体现在复杂的时间线索上，同时表现的是某一事件的反复出现、地点间边界的变换，或是某一事物在不同空间的并置特征。这种特征在空间叙事中具有能指功能，这些功能参与了文本意义的统一构建，直接指涉了该文本的主题，这种统一的文本意义构建可以是空间的相互交互、相互平行或相互对抗。洛奇叙事作品中的情节碎片将叙事空间割裂为若干部分，众碎片间的相互并置、讽刺、互文与戏仿构成了作品的叙事模式陌生化特征，也可以将这种叙事技巧归纳为具有拱顶式架构的空间形式，这是叙事作品中内容与逻辑间的空间逻辑关系，也是充盈在读者心理空间的混乱与无序。这种混乱与无序将陌生化放大，实现了在阅读中的“空间张力”，与主题并置相辅相成。

参 考 文 献

爱德华·苏贾，2007. 后现代地理学［M］. 王文斌，译. 北京：商务印书馆：182-183.

安东尼·卡斯卡蒂，2007. 柏拉图之后的文本与图像［J］. 学术月刊（2）：34-35.

巴赫金，白春仁，1998. 小说理论［M］. 晓何，译. 石家庄：河北教育出版社.

陈世丹，张东昌，2012. 后现代主义浪漫传奇文本与当代学术界的荒诞景观［J］. 中国人民大学学报：140-147.

戴维·洛奇，2017. 写作人生［M］. 金晓宇，译. 郑州：河南大学出版社.

戴维·洛奇，2018. 走出防空洞［M］. 刘斌，译. 北京：新星出版社：344.

戴维·洛奇，2010. 小说的艺术［M］. 卢丽安，译. 上海：上海译文出版社.

戴维·洛奇，2011. 失聪宣判［M］刘国枝，郑庆庆，译. 上海：上海译文出版社.

戴维·洛奇，2018. 戴维·洛奇文论选集［M］. 罗贻荣，译. 北京：中国社会科学出版社.

戴维·洛奇，2007. 小世界［M］. 王家湘，译. 上海：上海译文出版社：16.

戴维·洛奇，2007. 换位［M］. 张楠，译. 上海：上海译文出版社.

戴维·洛奇，2010. 大英博物馆在倒塌［M］. 张楠，译. 上海：上海译文出版社.

丁兆国，2010. 英国现实主义小说的传统与革新：论戴维·洛奇《小世界》中的“戏拟”［J］. 世界文学评论（2）：255-259.

黄裕生，2005. 论奥古斯丁对时间观的变革：拯救现象与捍卫上帝［J］. 浙江学刊（4）：15-21.

蒋翃遐，2011. 戴维·洛奇小说中的元小说策略［J］. 国外文学（3）：67-74.

蒋翃遐，2012. 戴维·洛奇校园小说的空间化叙事研究［M］. 北京：中国社会科学出版社.

罗伯特·斯科尔斯，詹姆斯·费伦，罗伯特·凯洛格，2016. 叙事的本质［M］. 南京：南京大学出版社：309.

龙迪勇，2015. 空间叙事学［M］. 北京：三联出版社.

龙迪勇，2011. 试论作为空间叙事的主题-并置叙事［J］. 叙事丛刊（2）：107-158.

龙迪勇，2007. 时间性叙事媒介的空间表现［J］. 江西社会科学（4）：18－32.
龙迪勇，2008. 图像叙事与文字叙事：故事画中的图像与文本［J］. 江西社会科学（3）：28－43.
乐峰，1996. 东正教史［M］. 北京：中国社会科学出版社：71.
凌建侯，2007. 巴赫金哲学思想与文本分析法［M］. 北京：北京大学出版社.
罗兰·巴特，2006. S/Z［M］. 屠友祥，译．上海：上海人民出版社：85.
罗兰·巴特，1989. 叙事作品结构分析导论［M］. 张寅德，译．北京：中国社会科学出版社：2.
李维屏，2001. 洗尽沙砾还金来谈弗莱原型批评文学史观研究中被忽略的一面［J］. 外国文学（3）：46－51.
李玉平，2014. 互文性［M］. 北京：商务印书馆：128.
米哈伊尔·巴赫金，2010. 陀思妥耶夫斯基诗学问题［M］. 刘虎，译．北京：中央编译出版社.
梅洛·庞蒂，2001. 知觉现象学［M］. 北京：商务印书馆：137.
马克·柯里，2004. 后现代叙事理论［M］. 宁一中，译．北京：北京大学出版社.
诺斯洛普·弗莱，2006. 批评的解剖［M］. 天津：百花文艺出版社.
欧荣，2011. “双重意识”：英国作家戴维·洛奇研究［M］. 上海：复旦大学出版社.
潘诺夫斯基，2007. 作为人文学科的艺术史［M］. 曹意强，译．杭州：中国美术学院出版社：7.
秦海鹰，2006. 克里斯特瓦的互文性概念的基本含义及具体应用［J］. 法国研究（4）：16－27.
秦海鹰，2003. 人与文，话语与文本：克里斯特瓦互文性理论与巴赫金对话理论的联系与区别［J］. 欧美文学论丛（6）：1－30.
任兵，2016. 戴维·洛奇小说《换位》中的性别空间［J］. 国外文学（3）：111－118.
饶静，2008. 太初有言：诺思洛普·弗莱研究［D］. 上海：复旦大学.
申丹，2010. 西方叙事学［M］. 北京：北京大学出版社：127.
孙鹏程，2007. 巴赫金时空体理论研究［D］. 温州：温州大学.
石平萍，2015. “克雷斯幻境”中的现实关怀［J］. 外国文艺（）：1－2.
苏珊·弗里德曼，2007. 空间叙事学与阿兰达蒂洛伊的《微物之神》［M］. 北京：北京大学出版社：210.
托多罗夫，2008. 巴赫金、对话理论及其他［M］. 蒋子华，张萍，译．天津：百花文艺出版社.
王先霈，2013. 从社会批判精神的张扬到人生意义的追问：读戴维·洛奇的《失踪宣判》[J]. 外国文学研究（2）：69－75.
王祖友，2011. 危机、对话、系统：评洛奇和《“双重意识”英国作家戴维·洛奇研究》[J]. 外国文学（9）：93－94.
徐巍，2008. 视觉时代的小说空间：视觉文化与中国当代小说演变研究［M］. 上海：学林出版社：139.
徐文培，郭红，2010. 互文性视域中的文学研究与文化研究［J］. 外语学刊（1）：129－132.
伊哈布·哈桑 2015. 后现代转向［M］. 刘象愚，译. 上海：上海人民出版社：291.
张艳蕊，2012. 戴维·洛奇天主教小说的“拯救”内涵［J］. 外国文学研究（4）：111－118.
BernardBergonzi，1995. David Lodge [M]. Plymouth：Northcote House Publishers Ltd.
Christina Myers Shaffer，2000. The Principle of Literature [M]. New York：Barron' s Educational Series，Inc.：123.
DanielAmmann，1991. David Lodge and the Art－and－Reality Novel [M]. Heidelberg：Carl Winter University.
David Lodge，1990. After Bakhtin：Essays on Fiction and Criticism [M]. New York：Routledge.
David Lodge，2011. A Man of Parts [M]. London：Random House：564.
David Lodge，2011. Secret Thoughts [M]. London：Random House：2.
David Lodge，2003. Consciousness and the Novel [M]. London：the Penguin Group.
David Lodge，1989. The British Museum Is Falling Down [M]. New York：Penguin Group：6.
DavidLodge，2001. Language of Fiction [M]. London：Routledge.
DavidLodge，1992. The art of Fiction [M]. London：Penguin Group.
DavidLodge，1998. Paradise News [M]. London：the Penguin Group：304.
DavidLodge，1993. The Picturegoers [M]. London：Penguin Group.
DavidLodge，1995. Therapy [M]. London：Penguin Group.
David Lodge，1986. Write On [M]. London：Martin Secker & Warburg Ltd..
David Lodge，1995. Samll World [M]. New York：Penguin Group.
David Lodge，2000. Modern Criticism and Theory [M]. Hongkong：Pearson Education Asia Ltd..
DavidLodge，2001. Thinks... [M]. London：Random House：42－43.
D. McFarlane，2011. Northrop Frye and the Problem of Satire [J]. English Studies in

Canada (2): 153 - 172.

Doreen Massey, 1994. Space, Place and Gender [M]. Minneapolis: University of Minnesota: 4.

EduardVlasov, 1995. On the Description of Space and Spatial Forms in Mikhail Bakhtin' s Works [J]. Canadian Slavonic Papers (37): 37 - 58.

Franco Moretti, 1998. Atlas of the European Novel [M]. London: Verso: 70.

Frank Kermode, 1978. A Reply to Joseph Frank [J]. Critical Inquiry (4): 578 - 588.

Frederick M. Holmes, 1990. The Reader as Discoverer in David Lodge' s Small World [J]. Critique (1): 48.

Gabriel Zoran, 1984. Towards a Theory of Space in Narrative [J]. Poetics Today (15): 309 - 335.

Gerard Genette, 1997. Paratexts, Thresholds of Interpretation [M]. London: Cambridge University Press: 2.

Graham Allen, 2000. Intertextuality [M]. London: Routledge: 95 - 97.

GrahamGreene, 1983. The End of The Affair [M]. Harmondsworth: Penguin: 191.

HansBertens, Joseph Natoli, 2002. Postmodernism: The Key Figures [M]. Oxford: Blackwell Publishing Ltd.: 26.

Henry Lefebvre, 1991. The Production of Space, trans. Donald Nicholson - Smith [M]. Oxford: Blackwell: 26.

Jeffery R. Smitten, Ann Daghistany, 1981. Spatial form in narrative [M]. New York: Cornell University Press.

J. Mythology Hart, 2009. Value - Judgements and Ideology in Northrop Frye's "Anatomy" and Beyond [J]. Ricne (1): 29 - 31.

Jonathan Culler, 1991. The Pursuit of Signs: Semiotics, Literature, Deconstruction [M]. New York: Cornell University Press: 103 - 104.

Joseph Frank, 1991. The Idea of Spatial Form [M]. New Brunswick and London: Rutgers University Press.

Joseph Frank, 1978. Spatial Form: Some Further Reflection [J]. Critical Inquiry (5): 275 - 290.

J. Russell Perkin, 2008. The Pilgrimages of David Lodge [J]. Christianity and Literature (3): 419 - 443.

JuliaKristeva, 1980. The Bounded Text, Desire In Language: A Semiotic Approach to Literature and Art [M]. Leon S. Roudiez ed: Columbia University Press: 36.

Marian E Crowe，2000. Intimations of Immortality：Catholicism In David Lodge' s Paradise News [J]. Renascence (2)：143 - 161.

Mary Orr，2003. Intertextuality：Debates and Contexts [M]. Oxford：Blackwell Publishing Ltd.：26.

M. Bakhtin，1981. Dialogic Imagination [M]. London：University of Texas Press：305.

Merritt Moseley，1991. David Lodge：How Far Can You Go? [M]. San Bernardino CA：The Borgo Press.

M. Keith Booker，1996. A Practical Introduction to Literary Theory and Criticism [M]. New York：Longman Publishers：103.

Moseley Robert A，1990. The Dialogical Novels of Malcolm Bradbury and David Lodge [M]. Carbondale：Southern Illinois University Press：156.

Natoli Bertens，2002. Postmodernism [M]. Massachusetts：Blackwell Publishers Ltd.：167.

Northrop Frye，2012. Anatomy of Criticism [M]. 上海：上海外语教育出版社：188.

Northrop Frye，2006. The Educated Imagination And Other Writings On Critical Theory [M]. Toronto：University of Toronto Press：190.

Northrop Frye，1976. The secular Scripture：A Study of the Structure of Romance [M]. Massachesetts：Harvard University Press：59.

Northrop Frye，1992. Words With Power [M]. Canada：Penguin Group.

Ross MitchellGuberman，1999. Julia Kristeva Interviews [M]. South Central Review (11)：190.

SeymourChatman，1975. Towards a Theory of Narrative [J]. New Literary History：295 - 318.

Shlomith Rimmon - Kenan，2002. Narrative Fiction [M]. London：Routledge，2nd ed.：46.

Sodre Byatt，1997. Imagining Characters [M]. New York：Random House：1.

W. J. T. Mitchell，1980. Spatial Form in Literature：Toward a General Theory [J]. Critical Inquiry (6)：539 - 567.